COLLECTION FOLIO

Jón Kalman Stefánsson

Lumière d'été, puis vient la nuit

Traduit de l'islandais
par Éric Boury

Gallimard

Titre original :

SUMARLJÓS,
OG SVO KEMUR NÓTTIN

Jón Kalman Stefánsson, né à Reykjavík en 1963, est poète, romancier et traducteur. Il est notamment l'auteur d'*Entre ciel et terre*, de *La tristesse des anges*, du *Cœur de l'homme*, de *D'ailleurs, les poissons n'ont pas de pieds* et d'*Ásta*. Son œuvre a reçu les plus hautes distinctions littéraires de son pays, où il figure parmi les auteurs les plus importants.

[Nous nous apprêtions à écrire que la particularité du village consistait précisément à n'en avoir aucune, or cette affirmation n'est pas tout à fait juste. Certes, il existe d'autres lieux où la plupart des bâtiments ont moins de quatre-vingt-dix ans, des ports de pêche qui ne peuvent s'enorgueillir d'être le berceau de quelque célébrité, d'aucun individu qui se serait illustré en sport, en politique, en littérature ou dans le domaine du crime. Il semble cependant qu'il y ait un point par lequel notre village se distingue des autres — nous n'avons pas d'église. Non plus que de cimetière. On a pourtant maintes fois tenté de remédier à ce manque, une église donnerait indéniablement de l'allure à notre environnement, le doux tintement des cloches réjouit les âmes en peine ; le glas porte avec lui des nouvelles de l'éternité. Les cimetières sont peuplés d'arbres qui se peuplent à leur tour d'oiseaux qui gazouillent. Sólrún, la directrice de l'école primaire, a tenté par deux fois de lancer une pétition demandant une église, un cimetière et un pasteur. Elle a tout au plus rassemblé treize signatures, ce qui ne suffit pas à obtenir un pasteur, et moins encore une église ou un cimetière. Nous mourons évidemment comme tout le monde, mais beaucoup d'entre nous atteignent un âge plus que respectable. La proportion d'octogénaires est plus élevée que nulle part ailleurs en Islande, ce qui est sans doute la seconde particularité de notre village. Une dizaine d'habitants sont presque centenaires, on dirait que la mort les a oubliés et nous les entendons rire le soir quand ils jouent au minigolf sur la pelouse derrière la maison de retraite. Personne n'a jamais réussi à découvrir le secret de cette longévité, mais peu importe, qu'elle tienne au régime alimentaire, à la conception de la vie ou à l'orientation des montagnes, nous soupçonnons qu'elle s'explique justement par la distance qui nous sépare du cimetière le plus proche. Voilà pourquoi nous rechignons à signer la pétition de Sólrún, intimement convaincus que celui qui y apposerait son paraphe signerait son arrêt de mort et que, tout simplement, il appellerait sur lui la camarde. Ce sont sans doute là des divagations, mais les élucubrations semblent parfois convaincantes dès qu'il s'agit de la mort.

À part ça, il n'y a rien d'extraordinaire à dire de nous.

On trouve ici quelques dizaines de pavillons, pour la plupart de taille moyenne et dessinés par des architectes sans âme ou des technocrates, on ne peut que s'étonner du peu d'exigences que formulent les gens auprès de ceux qui déterminent à ce point l'apparence de leur environnement. Il y a également trois petits immeubles de six appartements et quelques jolies maisons en bois datant de la première partie du vingtième siècle. La plus ancienne, âgée de quatre-vingt-dix-huit ans et construite en 1903, est tellement vermoulue que les grosses voitures freinent à fond quand elles passent devant. Les bâtiments les plus imposants sont les Abattoirs, la Laiterie, la Coopérative et l'Atelier de tricot, tous parfaitement dénués d'élégance. En revanche, on a construit il y a cinquante ans une jetée en ciment qui avance dans la mer, un ponton au bout duquel on s'amuse à uriner, le bruit du jet qui tombe dans l'eau est très distrayant.

Le village est plus ou moins au centre de la province. Au nord, au sud et à l'est, il y a la campagne, et à l'ouest, l'océan. C'est agréable de promener son regard sur le fjord bien qu'il n'ait jamais été très poissonneux. Au printemps, il attire des oiseaux des tourbières joyeux et optimistes, ses rives regorgent de toutes sortes de coquillages, au loin, des milliers d'îles et d'écueils surgissent de l'eau comme une denture aléatoire — et le soir, le soleil répand son sang à la surface de l'océan, alors, nous méditons sur la mort. Vous faites peut-être partie de ceux qui trouvent ça malsain, qui se disent que ces pensées alourdissent l'être humain, qu'elles l'emplissent de désespoir, qu'elles endommagent ses veines et ses artères, mais nous affirmons qu'il faut littéralement être défunt pour ne pas penser à la mort. Avez-vous jamais réfléchi au nombre de choses qui tiennent au hasard, toute la vie peut-être ? C'est une pensée rudement déplaisante, le hasard est souvent aveugle, ce qui réduit notre existence à un ensemble de tâtonnements, cette vie qui semble aller dans toutes les directions et s'achève le plus souvent au beau milieu d'une phrase — peut-être est-ce justement pour cette raison que nous allons vous raconter les histoires de notre village et des campagnes environnantes.

Nous n'allons cependant pas évoquer l'ensemble des habitants, nous ne comptons pas aller de porte en porte, vous ne le supporteriez pas, mais nous vous parlerons du désir qui unit les jours aux nuits, du bonheur d'un chauffeur routier, de la robe en velours sombre d'Elísabet et de l'homme arrivé par l'autocar, de Þuríður, de sa haute stature et ses désirs inavoués, de l'homme incapable de compter les poissons et d'une femme au souffle timide — d'un paysan solitaire et d'une momie vieille de quatre mille ans. Nous vous parlerons d'événements banals et quotidiens, mais nous évoquerons aussi ceux qui dépassent notre entendement, sans doute parce qu'ils sont simplement inexplicables ; des gens disparaissent, des rêves transforment une existence, des personnes âgées de presque deux cents ans semblent se manifester au lieu de se tenir tranquilles là où elles sont censées reposer. Et bien sûr, nous vous parlerons de la nuit suspendue au-dessus de nos têtes, de la nuit qui puise sa force au fin fond de l'univers, des jours qui vont et viennent, du chant des oiseaux et du dernier instant, cela fera sans doute un grand nombre d'histoires. Nous commencerons ici, au village, et nous achèverons notre périple sur un pas de porte dans les campagnes du Nord, voilà, nous commençons, qu'arrivent maintenant gaieté et solitude, retenue et déraison, que viennent la vie et les rêves — ah oui, les rêves.]

L'univers et la robe de velours noir

Une nuit, il avait rêvé en latin. *Tu igitur nihil vidis ?* Il lui avait fallu longtemps pour découvrir de quelle langue il s'agissait, il avait d'abord pensé que c'était un idiome imaginaire, se disant que tant de choses habitent les rêves, et caetera, et caetera. À cette époque, le village était sensiblement différent de ce qu'il est devenu aujourd'hui, nos gestes étaient légèrement plus lents et la Coopérative était le centre de notre monde. Lui, il dirigeait l'Atelier de tricot et venait d'avoir trente ans. La vie lui souriait, il avait épousé une femme si belle que certains perdaient pied en la voyant, ils avaient deux enfants et nous gageons que l'un d'eux, Davíð, apparaîtra quelque part dans ces pages. Le jeune directeur semblait taillé pour le succès, sa famille habitait la plus grande maison du village, il roulait en Range Rover, ses costumes étaient confectionnés chez un tailleur, nous étions tous mornes et gris, comparés à lui, puis un jour, voilà qu'il se met à rêver en latin. Ce fut notre ancien médecin qui se prononça sur la langue, hélas, il mourut peu après quand l'infâme cerbère de Guðjón se jeta sur lui en aboyant, ce qui fit lâcher son vieux cœur. Nous avons tué l'animal dès le lendemain d'un coup de fusil, ce n'était pas trop tôt. Guðjón a menacé de nous traîner en justice puis il a pris un autre chien, pire encore que le premier, certains d'entre nous essaient régulièrement de l'écraser en voiture, hélas, l'animal a la peau dure et le pas vaillant. Le vieux médecin ne connaissait pratiquement rien au latin, quelques mots et les noms des organes, mais ça lui a suffi pour identifier la langue dès que le directeur a réussi à se rappeler la phrase.

Celui qui rêve en latin est fait d'un bois fort peu banal. C'est une bonne chose d'avoir quelques rudiments de langues comme l'anglais, le danois, l'allemand, le français ou même l'espagnol, voilà qui élargit votre univers, mais il en va autrement du latin, tellement plus complexe, et bien trop pour que nous puissions nous mettre en tête de l'expliquer. Mais le directeur était un homme d'action, peu de choses lui résistaient, il tenait à maîtriser tout ce qui constituait son environnement, il lui était donc insupportable de voir ses rêves résonner d'une langue qu'il ne comprenait pas. La seule solution pour remédier à ce problème était de partir à la capitale pour y suivre deux mois de cours accélérés.

À cette époque, il était tellement élégant que cela confinait à de l'irrévérence. Il est parti à Reykjavík au volant de sa Range Rover, a acheté une Toyota Corolla neuve à boîte automatique pour sa femme, de manière à ce qu'elle ne fatigue pas trop ses jolies jambes fines pendant son absence. D'aucuns affirmeront qu'il aurait pu se dispenser d'une telle acquisition puisque certains auraient avec joie transporté son épouse à travers toutes les rues du village et sur tous les sentiers de la vie ; mais il est parti pour la capitale, dans son costume taillé sur mesure, l'air résolu et impatient — confiant — alors qu'au fond de lui, ce qu'évidemment nous ignorions, des rêves placides se déployaient, comme un immense lac où une barque l'attendait sur le rivage.

deux

Nous aurions bien aimé obtenir une explication, voire plusieurs, quant au grand changement, pour ne pas dire la métamorphose, que vivait le directeur. Il est parti vers la capitale d'où il est revenu radicalement transformé, désormais plus proche du ciel que de la terre. Oui, il est rentré en parlant couramment le latin, ce qui nous en a mis plein la vue, nous n'avons pas immédiatement remarqué la mutation, du reste, il conduisait encore sa Range Rover même si son costume commençait à s'user. Il parlait plus doucement, ses mouvements étaient plus lents et on eût dit qu'il s'était fait greffer de nouveaux yeux. Son regard résolu avait disparu, remplacé par un air que nous ne saurions définir avec précision, était-il absent, était-il rêveur ? On avait l'impression qu'il perçait à jour les apparences, l'agitation, la parlotte et le bourdonnement qui caractérisent notre existence, nos inquiétudes sur notre poids, nos finances, nos rides, la politique, notre coiffure. Nous aurions peut-être tous dû partir à Reykjavík étudier le latin et nous faire greffer des yeux neufs, dans ce cas, notre village aurait sans doute pris son envol et se serait mis à planer bien haut dans les cieux. Mais nous ne sommes évidemment partis nulle part, vous savez ce que c'est, piégés que nous sommes tous par la force d'attraction de l'habitude. Et c'est justement l'habitude, cet assommant défilé des jours, qui nous a accoutumés en un clin d'œil à ce nouveau regard, ces vêtements élimés, cette attitude altérée. Les gens passent d'ailleurs leur temps à se transformer, à cultiver de nouvelles passions, à changer de couleur de cheveux, à tromper leur conjoint, si bien qu'on a du mal à suivre et ce, d'autant que nous avons déjà fort à faire avec le bourdonnement qui nous emplit la tête. Un peu plus d'un an après ce cours accéléré de latin, un paquet expédié de l'étranger est arrivé au bureau de poste, un carton sur lequel le mot *Fragile* était écrit en neuf langues. Ágústa, la seule employée du bureau, était tellement intimidée qu'elle n'a pas osé l'ouvrir, nous avons dû patienter des jours et des jours avant de savoir ce qu'il contenait, mais vous imaginez sans peine le nombre de spéculations et de conjectures émises par les villageois, donnant lieu à diverses théories, toutes erronées, puisque ce carton ne contenait en fin de compte qu'un livre, certes ancien et mondialement connu, *Le Messager des étoiles* de Galileo Galilei. Il s'agissait de l'édition originale, ce qui n'est pas rien, puisque cet ouvrage a été publié il y a plus de quatre cents ans, en latin. Et quelque part, on y lit cette phrase :

Délaissant toutes contingences terrestres,
je me suis tourné vers le ciel.

On ne saurait mieux décrire la métamorphose subie par notre cher directeur, ou l'Astronome, ainsi que l'a surnommé une bonne âme en référence à un vieil hurluberlu mort des années plus tôt, évidemment par raillerie, dès que nous avons appris le contenu du paquet. Ce sobriquet lui a aussitôt collé à la peau, même si le sarcasme dont il était porteur s'est très vite estompé. C'est son épouse qui nous a dit qu'il avait reçu un livre, elle ressentait le besoin d'expliquer au plus grand nombre à quel point son mari avait changé, et croyez-moi, beaucoup de gens étaient disposés à l'écouter. Elle portait souvent du rouge à lèvres noir, si seulement vous aviez pu la voir dans son chandail vert, si belle, si désirable, elle habitait nos rêves, et certains, tenez, par exemple, Simmi, un célibataire qui n'allait plus tarder à fêter ses cinquante ans, propriétaire de huit chevaux, était littéralement hanté par elle, au point qu'il envisageait parfois de fuir le village pour retrouver dans sa vie un semblant d'équilibre. Il partait tous les jours se promener à cheval, et souvent il ralentissait devant sa maison dans l'espoir de l'apercevoir, ne fût-ce que brièvement. Un jour, ayant enfourché son destrier brun, il s'est mis en route et l'a vue quitter la maison conjugale d'un pas décidé.

Il a fait un grand détour pour arriver face à elle et ils se sont croisés, elle, avec ses lèvres noires, son visage aux traits délicats, ses cheveux roux, son nez en forme de larme, ses yeux si bleus, son chandail vert sous sa veste dont les pans flottaient au vent, belle, rayonnante comme une apparition, et personne ne s'explique comment un tel événement a pu se produire, mais Simmi, ce cavalier émérite, est tombé de cheval. C'est la beauté qui m'a désarçonné, a-t-il déclaré bien plus tard, même si certains soutenaient qu'il s'était simplement jeté par terre, de désespoir ou peut-être sur un coup de folie. Le fémur cassé et un bras foulé, il gisait sur l'asphalte. Le village avait perdu son médecin, décédé trois jours plus tôt, maudit cerbère, maudit Guðjón, et son remplaçant n'arrivait que la semaine suivante, nous avions donc plutôt intérêt à rester en bonne santé, les cardiaques devaient éviter tout effort, et voilà que tout à coup, Simmi a fait une chute de cheval. La belle s'est précipitée vers le malheureux pour le secourir, penchée sur lui, ses yeux sont plus bleus que tout l'azur des cieux. On a envisagé de transférer le blessé à l'hôpital de Reykjavík, mais ici, nous n'aimons ni l'agitation ni les complications, c'est donc le vétérinaire qui l'a soigné, d'ailleurs très bien, puisque Simmi boite à peine aujourd'hui. Les minutes qu'elle a passées agenouillée à côté du blessé, à inonder son visage de son parfum doux et chaud, sont les plus belles et les plus précieuses de la vie de Simmi, ce sont là des instants rares qu'il aime se rappeler. Il est toutefois improbable que l'épouse du directeur ait envie de revivre l'événement et ce jour où elle venait de comprendre que son mari avait vendu la Range Rover et la Toyota pour acheter *Le Messager des étoiles* de Galilée. Selon lui, la chose coulait de source, il refusait d'ailleurs d'en discuter, ce qui était sans doute le plus terrifiant : elle s'était précipitée dans la rue, tellement furieuse et désespérée qu'elle en suffoquait, le monde se désagrégeait autour d'elle et voilà maintenant qu'un cavalier approchait à toute allure.

Il est fort probable qu'une chose se brise en vous, peut-être même la corde du cœur, lorsque celui que vous pensez connaître de fond en comble, qui vous a séduite, que vous avez épousé et avec qui vous avez des enfants, une maison et des souvenirs, devient un beau jour un parfait inconnu. Certes, il est stupide d'imaginer connaître quelqu'un de fond en comble, chacun abrite toujours en lui des recoins sombres parfois aussi vastes que des palais, mais tout de même, elle avait épousé un homme plutôt jeune en prise avec la société, un des piliers du village, un homme qui influait sur notre existence, une entreprise en sommeil avait prospéré sous sa direction et engrangé des bénéfices, il avait été un exemple, une espérance, un ancrage, puis une nuit, il avait rêvé en latin, langue qu'il était parti apprendre à la capitale et il était rentré au village avec ses nouveaux yeux. Un an plus tard, il avait vendu ses deux voitures pour acheter de vieux ouvrages. Comparée à tout ça, une chute de cheval n'était qu'un détail négligeable, et encore, nous n'en sommes qu'au tout début. Les jours se levaient à l'est et sombraient à l'ouest, on ne voyait pratiquement plus l'Astronome à l'Atelier de tricot et Ágústa allait et venait entre le bureau de poste et le domicile du couple, les bras chargés de paquets dont certains portaient l'inscription *Fragile,* écrite en neuf langues.

Trois ou quatre semaines après que l'Italien Galilée eut délesté la famille de ses deux voitures, l'Astronome a reçu un ouvrage encore plus ancien. *Des révolutions des orbes célestes* de Copernic, imprimé en 1543. Ce dernier avait coûté une fortune, leur grande maison avait à peine suffi à l'acheter, mais la patience de l'épouse, que beaucoup d'entre nous regrettent douloureusement, a atteint ses limites lorsqu'il a reçu en édition originale du dix-septième siècle les œuvres de Johannes Kepler, *Les Tables rudolphines, L'Harmonie du monde* et *Le Songe ou l'Astronomie lunaire*. Avant que ces joyaux n'arrivent à la poste, beaucoup de villageois ont tenté de ramener l'Astronome à la raison, le directeur de la banque, le maire, le principal du collège, le représentant du personnel de l'Atelier de tricot. Tous lui ont demandé, que fais-tu de nos vies, tu les sacrifies à des livres, tu vides tes comptes d'épargne, tu perds ta maison, ton existence t'échappe, reprends-toi, mon cher ! Mais rien n'y faisait, il se contentait de toiser ses interlocuteurs de son regard neuf, souriait d'un air compatissant, et répondait en latin des choses que personne ne comprenait. Il serait inutile de vous détailler la suite des événements, presque quinze années ont passé, il possède aujourd'hui trois mille livres et continue à les amasser, ils couvrent les murs de sa petite maison, un grand nombre sont en latin, comme ceux qui l'ont débarrassé de la beauté, du confort et de la vie de famille.

Peu de temps après qu'Ágústa avait apporté les livres de Kepler, sa femme avait déménagé à Reykjavík en emmenant leur fille. Davíð était resté avec son père qui avait acheté la maison en bois à un étage en surplomb du village, restée inhabitée depuis la mort de la vieille Bogga, décédée dans son lit, ce qu'on a découvert lorsque le vent a tourné et répandu la puanteur sur la Laiterie — la solitude existe aussi dans les petites communautés. Lorsque l'Astronome a acheté cette maison elle ressemblait à un vieux cheval déformé, à demi aveugle et mourant, il a fait remplacer le bois vermoulu et les vitres cassées, imaginez un peu si on pouvait rénover aussi facilement une image vermoulue du monde, une culture à l'agonie, puis il a fait repeindre l'extérieur en noir, parsemant le toit et trois murs de quelques gouttes de blanc. Ces points forment les quatre constellations qu'il affectionne particulièrement, la Grande Ourse, les Pléiades, Cassiopée et la constellation boréale du Bouvier. Le quatrième côté est entièrement noir, orienté à l'ouest, vers la mer, il symbolise les limites ultimes du cosmos. Il est plutôt déprimant, mais on peut se consoler en se disant que ce mur-là ne donne pas sur la route. La maison de l'Astronome est la première qu'on aperçoit lorsqu'on arrive des vallées du Sud. Dans la journée, on a l'impression qu'un morceau du ciel nocturne est tombé sur la terre, en surplomb du village. Le toit est percé d'une grande fenêtre et tard le soir, on y aperçoit une lunette, un œil qui se gorge d'immensités, de ténèbres et de lumière. Aujourd'hui, l'Astronome vit seul dans la maison — Davíð s'est installé dans le cœur du village, à dix-sept ans — et parfois, il écoute le murmure de la nuit hivernale qui se presse aux vitres des maisons.

trois

À la grande époque, l'Atelier de tricot comptait vingt employés, ce qui n'est pas rien pour une communauté de quatre cents âmes, il a été construit en trois mois, à l'été 1983, 380 mètres carrés sur deux niveaux. Depuis les vitres du premier étage, on embrasse du regard le toit des Abattoirs et le fjord. L'Atelier a été planifié par l'État, les chantiers de ce genre avancent en général très lentement et de manière tellement hésitante qu'on a l'impression qu'ils vont s'interrompre à tout moment, au point que peu à peu, les gens oublient le but initial du bâtiment. Mais tant de choses relèvent du hasard. Les couleurs des montagnes, les rhumes du mois de mars, la vitesse à laquelle on érige un immeuble, une beuverie où deux députés se retrouvent, l'un issu du Parti du progrès et l'autre de l'ancien Parti socialiste. Au milieu de la nuit, ils se lancent un défi et parient sur celui qui sera le plus rapide à mettre sur pied dans sa circonscription une entreprise qui emploierait au moins dix personnes dans des locaux flambant neufs. C'est ainsi qu'on a construit l'Atelier de tricot, entré en activité à l'automne 1983, sous l'administration à la fois ferme et passionnée du jeune directeur qui s'apprêtait à quitter le village pour aller conquérir le monde lorsque le député du Parti du progrès lui a proposé cet emploi. Ont suivi dix années lumineuses et débordantes d'optimisme. Les machines s'affairaient au rez-de-chaussée, l'étage abritait une cafétéria, des toilettes et même des douches, en outre, un local avait été attribué à l'association des jeunes du village pour leurs activités. De belles années, nous avions l'impression que ce n'était que le commencement de grandes choses, persuadés que notre village ne serait pas saigné à blanc et vidé de ses habitants comme tant d'autres. Il nous suffisait de regarder le directeur pour être rassurés. Les machines s'agitaient, produisant chaussettes, chandails, bonnets, moufles et gants, quel plaisir d'aller faire ses courses à la Coopérative et d'y croiser disons cinq paysans en grande conversation, portant tous des vêtements sortis de l'Atelier, le monde n'était alors que beauté et harmonie, comme nous regrettons cette époque ! Mais tout a une fin, c'est la seule règle qui vaille en ce monde. *Tu igitur nihil vidis*, le directeur rêve en latin, se change en Astronome, sacrifie sa Jeep, sa maison, son épouse, sa vie de famille et sa brillante réputation en échange du ciel et de quelques vieux grimoires. Puis un jour, vers le milieu des années 90, on enlève toutes les machines du rez-de-chaussée pour les charger sur un gros camion. Des mois accablants ont suivi, où le soleil et la lune éclairaient la salle vide.

Il serait injuste de mettre sur le compte des rêves d'un seul homme ces changements délétères et déprimants, voilà qui risquerait de vous faire douter de notre bon sens et de la crédibilité de cette histoire, et dans ce cas, à quoi bon la poursuivre ? Les machines sont parties dans l'est du pays, où d'autres que nous en avaient besoin, d'autres gens touchés par le chômage, mais il va de soi que les choses auraient été différentes si le directeur avait réagi avec plus de vigueur, il est évident que ça compte quand l'intelligence, une Jeep rutilante et des vêtements taillés sur mesure s'opposent à une décision. Nous ne savons plus exactement combien de temps le rez-de-chaussée est resté vide, mais toute une année durant, l'Astronome a continué à percevoir son salaire très enviable en tant que directeur d'un vaisseau fantôme. Le menu fretin a, quant à lui, été envoyé paître sans délai, neuf employés, sept femmes et deux hommes. Les deux hommes se sont débrouillés, ils ont discuté avec leurs copains de foot, d'école, du Rotary Club, en résumé, ils ont rameuté tout l'empire masculin. L'un d'eux, Gunnar, est devenu l'ouvrier de Simmi, notre électricien, et l'autre, Ágrímur, Ossi pour les intimes, a été engagé par un plombier, un maçon et un menuisier, il partage sa semaine de travail entre ses trois employeurs. Au fil du temps, il est devenu polyvalent, on le demande ici et là pour toutes sortes de tâches. Ossi commence sa journée en remerciant la Providence d'avoir envoyé les machines de l'Atelier dans l'Est, tout près de l'endroit où le soleil se lève.

Parmi les sept femmes, cinq sont encore au chômage malgré les longues années qui ont passé. Cinq femmes, dix bras désœuvrés. Les deux autres ont eu plus de chance, l'une d'elles s'appelle Elísabet, nous vous en parlerons plus tard, l'autre, prénommée Helga, répond au téléphone entre 8 et 17 heures cinq jours par semaine.

C'est sans doute notre directrice d'école, Sólrún, qui est l'origine de cette création d'emploi. Depuis longtemps inquiète des angoisses qui affligent l'Homme moderne, la vitesse, la pression, la vie, elle a tiré sur quelques ficelles du système, écrit des lettres, parlé à des gens qui avaient le bras long, puis Helga s'est assise au standard où elle est restée depuis. Son travail, qui relève d'une sorte d'expérimentation, ou si on préfère d'innovation, nous ne sommes plus tout à fait sûrs du vocabulaire, consiste à écouter son correspondant, à acquiescer régulièrement à ses propos en glissant quelques mots ou une phrase et à garder son calme quoi qu'il arrive. C'est aussi simple que ça, même si en fin de compte, ça ne l'est pas. Certains appellent uniquement pour bavarder, parce qu'ils sont seuls, parce qu'ils ont envie d'entendre une voix, tandis que d'autres le font pour se débarrasser de l'agacement, de l'agitation et de l'angoisse que notre époque suffocante génère en nous. Sólrún certifiait que le travail de Helga contribuerait à apaiser les angoisses de certains et à panser les brûlures que la solitude causait à d'autres. Concernant le stress, elle avait souligné dans une des lettres envoyées à l'administration : « ... un ensemble de phénomènes qui s'accumulent en nous, et qui nécessitent qu'on ouvre de temps en temps la soupape. »

La quarantaine, le cou soyeux et gracile, Helga est célibataire, elle a un enfant dont le père, paysan dans les campagnes au sud du village, pense beaucoup à elle et à ce cou qu'il embrasse souvent mentalement, ce que nous faisons peut-être aussi. Elle aime son travail, elle se plonge dans d'épais manuels de psychologie et dévore des ouvrages qui s'efforcent d'analyser le présent, pour la plupart en anglais. Helga se dit souvent reconnaissante d'avoir perdu son travail à l'Atelier. Il y a évidemment des journées difficiles, certains de ses correspondants sont tellement submergés par le stress qu'ils hurlent dans le combiné, ou bien, tout simplement furieux, se libèrent en déversant sur elle des jurons et en la menaçant des flammes de l'enfer. Ensuite, ils se sentent mieux mais parfois, le soir, quand Helga met la table pour elle et sa fille, il lui semble qu'elle a encore une odeur de brûlé dans les oreilles. Certains s'en veulent sincèrement de s'être emportés au téléphone, ils lui envoient un petit quelque chose pour lui exprimer leurs regrets, leur reconnaissance, c'est une touchante attention. Anton, le chauffeur de taxi, lui offre des fleurs, des chocolats, du vin rouge, un pack de bières, une bouteille de vodka, un livre, un petit chien, un jour, il lui a même apporté un agneau marron dont les yeux reflétaient le ciel. Le chiot est aujourd'hui un chien exemplaire, l'agneau est devenu une brebis qui coule des heures paisibles dans le jardin de Helga. Nous aimons la voir marcher dans le village, elle est dans les prières que nous adressons aux cieux le soir : que les jurons noirâtres ne fassent pas exploser sa jolie tête.

Quand nous parlons de jurons, nous ne pensons pas seulement à ce que les gens lui hurlent dessus ou lui disent au téléphone, usés et détraqués qu'ils sont par le présent. Nous pensons également, et peut-être plus encore, aux cinq femmes, à ces dix mains qui sont toujours inactives. Elles se retrouvent deux fois par semaine depuis le jour où le camion a emmené les machines de l'Atelier, elles se tiennent compagnie et tentent de combler le vide qu'engendre le chômage. Dix mains dans un salon, dix mains désœuvrées qui ont autrefois joué leur rôle dans un circuit de production, imprimé leur marque sur la vie quotidienne, quel gâchis, et le temps passe. Elles ne disent pas que du bien de Helga, elles prétendent qu'elles s'acquitteraient de son travail bien mieux qu'elle en laissant de côté toutes les clowneries, les manuels de psychologie, le mouton marron, le pantalon noir assorti d'un T-shirt rouge, les dix mains s'envolent comme autant d'abeilles en colère. Et voilà que maintenant, des hommes l'appellent également pour s'épancher sur leur couple, se plaindre de leurs épouses, de leur manque de désir, sans parler des veufs, des divorcés et des célibataires qui lui téléphonent pour tromper leur solitude. Nous devrions nous plaindre au ministère des

Affaires sociales, claironne l'une d'elles, à moins que ce type d'emploi ne soit géré par celui de la Santé — elles n'en sont pas certaines, les mois vont et viennent, les cinq femmes regardent ensemble *Rénovation Maison,* des feuilletons, des émissions de cuisine, des talk-shows, c'est un travail à temps plein de suivre à la fois le programme télé et la vie du village, ces dernières années, il est cependant de plus en plus difficile de discerner le premier de la seconde. Et il y a ces dix mains au chômage, la table de la salle à manger est noyée sous les tartes, les plats au four, les cafetières, les recettes, les ouvrages de développement personnel, les romans à la mode. Vient l'été, vient l'hiver, lumière incandescente et nuits de goudron.

quatre

Ce bout du monde serait à peine habitable si l'hiver n'était aussi long et la nuit aussi noire. Les soirées d'hiver et la nuit, l'Astronome déambule à travers les rues, les yeux levés vers le ciel, parfois équipé d'une paire de bonnes jumelles et, quand il n'est pas dehors, il reste assis devant sa puissante lunette qui aspire l'infini et le déverse sur le village, il se plonge dans ses livres, pour certains rédigés dans cette langue antique, en latin, ou bien il scrute l'écran de son ordinateur, perdu dans ses méditations. Ses cheveux grisonnent, il est brillant, il comprend tant de choses du cosmos qui nous échappent complètement. Certains d'entre nous lui ont demandé s'il a vu le bon Dieu apparaître dans sa lunette, mais l'Astronome ne parle jamais du Créateur, le ciel et le latin lui suffisent, les étoiles ne vous abandonnent jamais, on ne peut pas en dire autant de Dieu. Les étoiles sont constamment à portée de main même si nous avons du mal à concilier proximité et astres lointains, attachés que nous sommes au quotidien ; Reykjavík est assez loin d'ici, Sydney se trouve aux antipodes, on atteint pourtant ces deux villes en quelques instants par comparaison à Mars, la planète la plus proche, située à 230 millions de kilomètres, ce qui fait un trajet rudement long pour la vieille Mazda de l'Astronome qui atteint péniblement les 110 kilomètres à l'heure dans les grandes descentes. Mais évidemment, tout est à la fois relatif et susceptible d'être inversé, la plupart des mots ont tant de facettes que nous sommes souvent pris de vertige, la personne qui partage votre vie quotidienne est parfois plus éloignée de vous que la planète Mars, et aucune navette spatiale, aucune lunette astronomique n'est capable d'abolir cette distance. Quoi qu'il en soit, nul ne saurait vivre simplement de ciel et d'air du temps, les années ont passé depuis que l'Atelier de tricot a fermé, l'Astronome ne perçoit plus son salaire de directeur depuis neuf ans, alors de quoi vit-il ? C'est qu'on a bien besoin d'argent même quand on n'a pas envie de s'offrir un nettoyeur haute pression, une plus grande télévision, une cuisine aménagée dernier cri ; nous nous posons la question sans oser interroger directement l'intéressé qui arpente la contrée, élancé, maigre comme un clou, le cheveu gris et luxuriant, le regard tout aussi gris, et profond comme l'abîme. Il y a chez cet homme une part de sacré, en sa présence, on baisse machinalement le ton et on chasse toute pensée triviale. Nous lui parlons des étoiles, du ciel, de Copernic, mais rarement d'autre chose et jamais d'argent. Même la vieille Lára n'ose pas l'embêter avec ses histoires, si seulement nous pouvions avoir cette chance. De loin, elle ressemble à un petit **r** en caractères gras, ses mouvements sont d'une lenteur extrême, mais elle est incroyablement douée pour nous coincer à la Coopérative, à la banque ou au dispensaire et nous raconter toutes sortes d'anecdotes qu'elle a vécues, en commençant toujours au beau milieu d'une phrase. Elle a eu une vie rudement longue, si on pouvait dérouler les années comme un mètre ruban, ce dernier atteindrait aisément Jupiter, même s'il ne serait pas assez long pour couvrir le trajet du retour. Et pourquoi des gens comme nous, ignorants, incapables, plongés jusqu'au cou dans l'isolement de notre quotidien, iraient-ils importuner un homme qui porte la voûte céleste dans sa tête et reçoit chaque année des dizaines de lettres en provenance de l'étranger, toutes rédigées en latin ?

cinq

Car il se trouve encore des gens qui s'attellent à écrire des lettres. Nous entendons par là à l'ancienne mode, ils couchent les mots sur le papier, ou les écrivent sur le clavier de leur ordinateur puis les impriment, glissent la feuille dans une enveloppe qu'ils portent au bureau de poste, et que le destinataire reçoit au mieux le lendemain, mais bien souvent beaucoup plus tard. N'est-ce pas là s'accrocher à un monde disparu, une forme de passéisme, une tentative de rallumer des braises depuis longtemps éteintes ? Nous sommes habitués à la vitesse, on écrit les mots sur le clavier, on presse une touche et leur destinataire les reçoit aussitôt. C'est ce que nous nommons réactivité. Dans ce cas, pourquoi prendre la peine d'expédier une lettre par voie postale, une telle lenteur met notre patience à rude épreuve — autrement dit : pourquoi aller quelque part en charrette à cheval alors qu'on dispose d'un bolide ? Les mots stockés dans les ordinateurs sont condamnés à sombrer dans le néant, claquemurés dans des logiciels obsolètes, définitivement perdus quand la machine plante, nos pensées et nos réactions disparaissent. D'ici à un siècle, et plus encore dans un millénaire, personne ne saura que nous avons existé. Naturellement, nous ne devrions pas nous en alarmer, nous vivons ici et maintenant, mais un jour, nous tombons sur d'anciennes lettres qui remuent au fond de nous un je-ne-sais-quoi, nous avons l'impression de retrouver un fil attaché à notre personne, et qui plonge dans le passé, alors, nous pensons, voilà le lien qui unit les siècles :

> Londres, le 28 mai 1759,
> reviens vite de cette guerre imbécile, rentre tout de suite à la maison pour mordiller mes seins. Je ne suis rien, je suis perdue en ton absence.

Les messages que nous échangeons par ordinateur auront disparu d'ici à quelques années et la pensée, le sentiment que nous sommes en train de rompre le lien nous obsède, ce fil qui part de notre personne plonge désormais dans le néant, nous créons un vide qui jamais ne se comblera. Nous tenons avant tout à faire preuve de loyauté envers notre temps plutôt qu'envers un hypothétique futur, et malgré tout, nous sommes rongés par la mauvaise conscience autant que si nous commettions un crime, d'ailleurs, nous sommes très doués pour engranger toutes sortes de culpabilités. Nous nous sentons coupables de ne pas lire assez, de ne pas parler suffisamment avec nos amis, de consacrer trop peu de temps à nos enfants ou à nos anciens. Nous optons pour le mouvement perpétuel plutôt que de nous installer confortablement pour écouter la pluie, boire un café, caresser une poitrine. Et jamais nous n'écrivons de lettres.

Il arrive toutefois que nous, qui vivons à l'écart, loin de la route nationale numéro 1, nous nous assoyions pour rédiger une missive que nous portons ensuite à la poste. Cela fait plaisir à Ágústa qui a l'impression d'être utile, en outre, une sensation délicieuse nous envahit, un peu comme lorsque nous nous souvenons du temps où on buvait du Coca avec une paille en réglisse, comme quand nous allons au Musée national ou que nous rendons visite à une vieille tante ; parce que, alors, nous faisons œuvre de loyauté envers le passé.

six

Autrefois, le bureau de poste était un des centres névralgiques du village, toutes les lettres et les paquets y transitaient, il y avait deux cabines téléphoniques pour ceux qui souhaitaient passer un coup de fil à l'extérieur de la province, et bien souvent, le jeudi, des files d'attente se formaient ; c'était la dernière limite pour commander l'alcool qu'on boirait le samedi soir, expédié depuis Reykjavík. Aujourd'hui, ces cabines ont disparu, les jours où Ágústa pouvait épier les conversations en se collant le combiné à l'oreille sont révolus. Le Monopole d'alcool a même installé une boutique au village, ouverte de 13 à 14 heures 30 le mardi et le jeudi — tout change.

Il y a trente ans, quatre femmes travaillaient au bureau de poste, Ágústa alors toute jeune portait un rouge à lèvres si épais et intense qu'il faisait penser à un sens interdit, ce qui explique peut-être qu'elle ne soit toujours pas mariée à cinquante ans. Quatre femmes il y a trente ans, et aujourd'hui, il n'y a plus qu'Ágústa, en dehors des facteurs, un qui délivre le courrier dans le village et quatre autres qui font leur tournée dans les campagnes. En décembre, elle a besoin de renfort et appelle ses nièces, si jeunes que l'air vibre constamment autour d'elles, les garçons apportent des lettres et des cartes postales, ils envoient n'importe quoi à n'importe qui simplement pour les voir. Ágústa et le bureau de poste sont aussi indissociables l'une de l'autre qu'un bras d'une manche. Elle impose aux facteurs une discipline de fer, petite, fine, légère comme une plume, elle se met en danger de mort si elle sort lorsque le vent excède les 13 mètres par seconde, la voix rauque, elle est ridée comme seuls le sont les gros fumeurs et ses mains font parfois penser à deux petits chiens curieux.

Cette comparaison incongrue est à nos yeux tout à fait justifiée car Ágústa est extrêmement fouineuse et il s'en est fallu de peu, à peine d'un cheveu, que son indiscrétion ne lui coûte son emploi et sa réputation. On l'a affublée de toutes sortes de sobriquets, on l'a menacée, mais elle a toujours tenu bon sans se laisser détourner du droit chemin et en restant fidèle à sa nature. Tout a débuté au milieu des années 70, le monde était différent, tous les Beatles étaient vivants, on prenait l'avion sans redouter les terroristes, les routes étaient moins rapides, plus tortueuses, les distances plus longues, le monde semblait plus vaste et le bureau de poste était un carrefour d'échanges. Ágústa y travaillait alors depuis trois ou quatre ans, très appréciée et courageuse, on sentait cependant bouillonner en elle comme une agitation, une insatisfaction, elle n'était pas sereine, il manquait quelque chose dans sa vie ; puis un jour, elle a ouvert une lettre envoyée par un villageois et l'a lue. Ce que ça faisait du bien, c'était aussi bon que d'allumer une cigarette après une longue abstinence, Ágústa avait senti une bouffée de bien-être l'envelopper, elle soupirait ; c'est le premier pas qui coûte. Elle a ouvert une seconde lettre, un paquet puis un autre et, au fil du temps, elle est devenue le principal organe de presse du village, elle nous rapportait les petites et grandes nouvelles, nous informait des espoirs et des déceptions. Par deux fois, elle a démasqué des infidélités, elle a prévenu trois couples de parents que leurs adolescents semblaient s'engager sur une mauvaise pente en lisant des lettres où ils confiaient leurs intentions à leurs correspondants. Vous trouverez peut-être étrange que les gens d'ici aient accepté de voir les mains de la postière se comporter comme deux chiens fouineurs qui ouvraient toutes leurs lettres et leurs paquets, qui savaient qui recevait quoi, qui était abonné à des magazines porno ou aux Nouvelles de l'Entrejambe, comme elle surnommait ces publications, mais n'oubliez pas qu'ici, l'hiver peut être long, il peut être lent et dénué d'événements, nous sommes peu nombreux, la neige envahit les rues et le vent vous glace quand vous passez entre les maisons. Il est alors fort utile d'aller faire un tour à la poste, de tenir à Ágústa les propos appropriés, puis d'en repartir avec une grande nouvelle ou une petite, un ragot à mordiller, à colporter en buvant le café, un ragot qui vous aide à faire passer le temps. Cela dit, il s'en est fallu de peu, en réalité d'un cheveu, qu'Ágústa ne perde son poste et sa réputation, on l'a accusée de violer la vie privée, de trahir la confiance, on l'a traitée de commère, de cancanière, de vipère, de sorcière. À cette époque, sa consommation de cigarettes a bondi d'un paquet à peine à plus de deux par jour, ce qu'elle fume d'ailleurs encore aujourd'hui, on peut donc dire sans trop risquer de se tromper que ces attaques, ces paroles blessantes, ont raccourci son espérance de vie de plusieurs années, certains parmi nous ont bien des choses sur la conscience. Mais on ne l'a pas licenciée et l'affaire a fini par se tasser. Précisons qu'au fil du temps, elle a gagné en finesse en s'arrangeant pour s'exprimer de manière à ce qu'on croie qu'elle avait appris telle ou telle chose de la bouche de quelqu'un, certes, elle n'abusait personne, mais avec l'habitude, tout finit par sembler banal et évident. Il est également indéniable que les informations qu'elle détenait n'étaient pas inutiles, la curiosité d'Ágústa a sauvé des mariages, arraché des gens à des relations délétères, nous avons pris l'habitude de mettre à profit cette situation, il nous est même arrivé d'envoyer des lettres uniquement parce que nous souhaitions qu'une chose soit portée à la connaissance de tous. Mais les temps changent, les bureaux de poste se raréfient, on les ferme ou on les installe dans un recoin, au fond des magasins d'alimentation, ils perdent leur spécificité, on parle de restructuration, et les courriels menacent les facteurs de disparition. La place d'Ágústa au sein de notre petite société a perdu en importance, elle n'est plus au centre, ce n'est toutefois que lorsque les lettres et les paquets ont commencé à affluer chez l'Astronome que nous avons compris à quel point nous dépendions d'elle, de sa vigilance et de sa curiosité. Vous imaginez sans peine son embarras quand elle a ouvert les premières lettres et qu'elle a compris que toutes étaient écrites en latin. Elle avait appris à déchiffrer celles rédigées en anglais et dans les autres langues nordiques grâce à de bons dictionnaires. Comment vais-je faire, a-t-elle pensé en manipulant la première missive entre ses doigts jaunis par le tabac. Le lendemain, une deuxième était arrivée, puis une troisième, et au bout d'une semaine, elles étaient au nombre de six. Abattue, la postière avait des cernes sous les yeux, elle était très affectée, nous n'avons pas manqué de le remarquer, elle a peut-être un cancer, avons-nous pensé en maudissant la cigarette. Mais Ágústa n'est pas du style à renoncer, elle a de la suite dans les idées, c'est une vraie guerrière, elle a parlé à Jakob, le routier qui, quelques jours plus tard, lui a apporté un dictionnaire latin-islandais. Mais le latin lui a donné du fil à retordre, en outre, toutes ces lettres étaient manuscrites et les expéditeurs semblaient s'employer à écrire le plus mal possible, de vrais salauds, disait-elle. Quelle ne fut pas notre déception ! Nous avions l'impression qu'elle avait failli, elle le sentait bien, parfois, elle avait l'air déprimée sans aucun motif. D'autres lettres sont arrivées et peu à peu, Ágústa a cessé de les ouvrir, le silence les a recouvertes, un mystérieux silence.

sept

Mais à quoi pense-t-il donc, nous demandions-nous parfois à propos de l'Astronome, comment va-t-il, que ressent celui qui a tout sacrifié, tourné le dos à la prospérité, à sa famille et à son quotidien ? Ces questions nous consumaient, elles donnaient lieu à d'inépuisables conversations les longues soirées d'hiver, quand le monde semble nous avoir oubliés et que les seuls événements notables sont les irisations des couleurs du ciel. Nous avons donc tous été surpris quand Elísabet a placé un papier sur le tableau d'affichage de la Coopérative, où le vieux Geir puis son successeur, Kiddi, annoncent les séances de cinéma depuis trente ans :

CE QUI COMPTE
À partir de mercredi prochain, en soirée, l'Astronome tiendra à la Salle des fêtes une conférence mensuelle sur ce qui compte le plus.
Son intervention débutera à 21 heures précises.
D'une durée de 40 minutes, elle est illustrée par des diapositives

et bénéficie du soutien financier
du Conseil des ministres nordiques.
L'Astronome répondra ensuite
aux questions du public.
Un café sera offert.

La Salle des fêtes était comble, il y avait autant de monde que pour les films les plus populaires qu'avait projetés Kiddi, *James Bond* et *Die Hard*. Davíð et Elísabet ne savaient plus où donner de la tête. Il fallait servir le café, les bugnes, les amuse-gueule, placer les auditeurs, s'occuper du vestiaire, c'était une belle soirée, nous avions des papillons dans le ventre, le grand moment arrivait, bientôt nous allions découvrir les pensées de l'Astronome et le contenu de ses livres. Nous avons bu le café, mâchouillé les bugnes, goûté les amuse-gueule d'un air suspicieux en disant, de bonne humeur : ce qui compte le plus, c'est qu'Arsenal gagne la coupe d'Europe, que je réussisse à hisser le pavillon ce soir, que mon mari, Goggi, ne jouisse pas trop vite, ce qui compte, c'est qu'on soit soûls comme des cochons samedi soir. Pendant tout ce temps, debout sur la scène derrière son pupitre, le regard perdu dans le lointain, l'Astronome semblait indifférent à notre bavardage, à cette soirée, à cette conférence. On eût dit qu'il voyait à travers les murs et scrutait le ciel du soir qui brunissait entre les étoiles au fur et à mesure que l'automne avançait. Il est au-dessus de la mêlée, pensions-nous, admiratifs, c'est un sage. Malgré ça, il devait s'agripper au pupitre pour ne pas s'effondrer, je n'y survivrai pas, se disait-il. Davíð lançait des regards vers la scène par intermittence, il n'y survivra pas, murmurait-il à Elísabet, galbée dans sa robe de velours noir qui laissait deviner ses formes, certains se rongeaient les ongles, d'autres se mordaient le poing, ce qui compte le plus, c'est une robe de velours sombre. Vous vous rappelez qu'Elísabet a travaillé à l'Atelier, pas très longtemps, elle y est entrée deux ans avant sa fermeture alors qu'elle sortait à peine de l'enfance, très vite, elle est devenue le bras droit clandestin du directeur, cette petite salope, pensaient les cinq femmes qui travaillaient au premier rang et épiaient tous ses faits et gestes, heureusement que les regards ne tuent pas. Elísabet a tamisé les lumières dans la salle et allumé les projecteurs qui éclairaient le pupitre, elle s'est assise au premier rang avec Davíð, au plus près de la scène, le faisceau des projecteurs pleuvait sur eux telle une bruine légère. Le cœur de l'Astronome battait la chamade comme celui d'un petit animal pris au piège, tout son corps tressaillait, ses mains tremblotaient. Nos regards fixaient la scène, les minutes passaient, il se taisait et se contentait de lever les yeux vers le plafond. Certains se demandaient s'il ne nous avait pas invités ici pour nous confronter au silence, pour nous dire que c'était le silence qui importait le plus, du reste, ses livres en regorgeaient. Oui, c'est évident, il en avait assez de tout ce bavardage, de nos caquetages, de notre verbiage, nous jacassons à longueur de temps sur des choses sans intérêt, la longueur des rideaux, le diamètre des pneus, puis nous mourons.

C'est dans le silence que se conserve l'or ; celui qui se tait, plongé dans une parfaite solitude, découvre tant de choses, le silence s'infiltre dans les chairs, apaise le cœur, calme l'angoisse et emplit la pièce où vous êtes, il résonne dans votre maison tandis qu'au-dehors, le présent se déchaîne, c'est un sprinter, c'est une Formule 1, un chien qui court derrière sa queue sans jamais l'attraper. Hélas, le silence fuit les foules, il ne survit pas longtemps au sein des multitudes et ne tarde pas à s'éclipser. Quelqu'un a toussé, un autre a avalé sa salive, un troisième a murmuré quelques mots, la main devant la bouche pour dissimuler son sourire railleur. Davíð a fermé les yeux en pensant, je n'en peux plus, je ne suis pas là, puis lentement, Elísabet s'est levée. Elle s'est tournée vers l'auditoire et a balayé d'un regard la salle plongée dans la pénombre, elle allait sans doute prendre la parole, elle nous regardait, elle réfléchissait, les murmures perdaient de leur intensité, les sourires moqueurs se dissipaient puis disparaissaient, nous la regardions, elle était là, devant nous. Elle n'avait que vingt-quatre ans, sa robe de velours sombre, ses longs cheveux bruns qui lui retombaient sur les épaules, ses yeux noirs, elle n'était pas vraiment jolie, mais elle avait quelque chose, nom de Dieu, pensions-nous, elle n'est tout de même pas nue sous sa robe — et tout à coup, le calme s'est installé. Le ciel s'est tu au-dessus de la Salle des fêtes, le sang a ralenti dans nos veines, plus rien n'importait en dehors de cette femme. Les projecteurs braqués sur le conférencier semblaient dévier vers elle et l'envelopper comme des mains douces et presque transparentes, et elle portait cette robe de velours sombre que seuls ses seins semblaient soutenir, ou peut-être était-ce l'électricité statique entre ses tétons et le tissu qui la retenait. Par le diable de tous les enfers, a pensé l'un de nous, désemparé, bientôt cette robe va s'affaisser et s'arrêter sur ses hanches ; mon Dieu, faites que ça arrive, faites que cette robe descende, permettez à mes yeux de contempler la beauté avant qu'arrive l'interminable hiver. Sale petite pute, espèce de garage à bites, marmonnaient les cinq femmes entre elles, c'est à ce moment-là que l'Astronome a ouvert la bouche : Le souffle du ciel renferme tout.

Une phrase comme celle-là signifie à la fois tout et rien, nous hésitions sur le sens à lui donner. Il y avait aussi Elísabet, comment réfléchir dans de pareilles conditions, digérer des paroles, puis elle s'est rassise et l'Astronome a poursuivi, d'un ton calme, mais tellement déterminé qu'il nous a rappelé la grande époque où il dirigeait l'Atelier : L'espace du ciel est immense, il abrite à la fois notre début et notre fin. Sa voix était aussi soyeuse et sombre qu'une robe de velours.

C'est donc ainsi que tout cela a commencé.

Depuis bientôt dix ans, nous sommes certains de le trouver une fois par mois derrière le pupitre, sur la scène de la Salle des fêtes. Neuf ans, le temps passe si vite, un matin, nous nous réveillons au son déchirant du cri de l'huîtrier pie, nous jetons un œil par la fenêtre et le ciel n'est plus que givre.

Et même si cette soirée d'octobre il y a neuf ans nous a ouvert les immensités de l'univers assorties d'une robe de velours sombre, le nombre de ceux qui venaient assister à ces conférences a diminué au fil de l'hiver. Au printemps, on s'estimait heureux quand dix personnes venaient écouter le tic-tac de l'horloge universelle dans le discours de l'Astronome, et ça n'a pas changé depuis. Bien sûr, nous aurions dû prêter l'oreille avec plus d'attention, nous avions un peu mauvaise conscience, encore une fois ce maudit remords, mais ne perdons pas de vue qu'on a des tas de choses à faire, les blizzards qui peuplent le quotidien sont sacrément drus. Il faut coucher les enfants, ranger la maison après la journée, feuilleter quelques magazines, peindre une porte, vérifier que tout va bien sous le plancher de la voiture, passer un coup de fil, et qui sait s'ils ne diffusent pas *Rénovation Maison* à la télé, ou peut-être un match de coupe d'Europe de football, or il faut bien avouer que les joueurs du Real Madrid sont plus énergiques que le discours de l'Astronome. Il nous arrive cependant de venir l'écouter de temps à autre, quand on n'a pas mieux à faire, quand il n'y a pas de match, quand un pied de la table de ping-pong est cassé, quand le café de la boutique du village est recuit et amer, quand on a effectué trente fois la traditionnelle promenade dans le village, quand on a suffisamment ressassé les derniers ragots, envié ceux qui ont l'ADSL, ceux qui possèdent un jacuzzi ou une belle collection de DVD. Nous pointons notre nez, nous écoutons le ciel respirer dans la bouche de l'Astronome, prenons un café et des viennoiseries à Elísabet, nous l'observons en nous demandant si elle est seins nus sous son chemisier, son chandail ou sa robe, puis nous fixons à nouveau la pâleur cadavérique du conférencier, de plus en plus décharné au fil des ans, son nez taillé à la serpe est devenu lame et, quand on le regarde de côté, on dirait une hache. Les dix mains ont complètement cessé de venir, les étoiles étant décidément trop lointaines pour elles. Nous préférons penser à ce qui nous touche de près, disent-elles, ce à quoi elles ajoutent que les hommes ne vont à ces conférences que pour loucher sur la poitrine d'Elísabet, ils espèrent qu'elle posera ses yeux sur eux et qu'elle introduira le bout de sa langue entre leurs lèvres humides, cette salope sournoise et fourbe sait parfaitement que la route qui mène à la volonté d'un homme passe par son entrejambe.

S'exprimer devant un auditoire aussi clairsemé ne perturbe en rien l'Astronome, il est aussi inspiré face à deux personnes que devant cinquante, et malgré notre réticence à venir écouter ses interventions, nous sommes satisfaits qu'elles existent, pour tout dire, nous en sommes même assez fiers, elles donnent au village un vernis intellectuel et constituent un enrichissement bienvenu de notre vie sociale. Il n'est pas toujours aisé d'animer les soirées dans un village de quatre cents âmes ; ici sont organisés sept ou huit bals par an, des soirées whist, des soirées bingo, et il y a aussi les séances de cinéma de Kiddi.

huit

Nous le surnommons Kiddi la vedette dans nos bons jours. Tout jeune, il a incarné un petit rôle dans *Skytturnar, Les Baleines blanches*, de Friðrik Þór Friðriksson, il connaît donc tous les rouages du métier. Les séances ont lieu le premier et le troisième jeudi du mois, de septembre à mai, l'affiche du film est placardée le dimanche et on peut acheter le programme, rédigé par Kiddi lui-même, au petit magasin du village pour 300 couronnes. Il indique le nom du metteur en scène, celui des acteurs, parfois celui du preneur de vues ou du monteur, et donne le synopsis. En 1990, Kiddi a pris le relais du vieux Geir qui nous montrait des films depuis plus de vingt ans en se servant toujours du même projecteur qu'il installait au dernier rang de la salle, qui hoquetait comme un tracteur dézingué, et faisait tant de bruit qu'il couvrait la bande-son des scènes les plus calmes, l'image était bien souvent floue et les couleurs bavaient. Geir est mort devant une comédie hilarante tandis que nous hurlions de rire. C'est si bon de s'esclaffer, un rire sincère est un étrange mélange de volupté et d'oubli de soi, nous nous désagrégeons en lui, nous tourbillonnons en surplomb du personnage que nous incarnons au quotidien, il fait de nous des êtres humains. Hélas, nous avons oublié le titre du film. Juste avant l'entracte, alors que de grands éclats de rire secouaient la salle, les spectateurs assis à côté du projecteur se sont étonnés du sérieux et du silence de Geir, qui se réjouissait pourtant chaque fois qu'on appréciait ses films et riait comme un enfant quand les spectateurs s'amusaient. Heiða la correspondante, ainsi surnommée parce qu'elle était justement la correspondante de toutes les loteries, compagnies d'assurances et journaux, s'est penchée vers Geir, lui a pincé le bras en murmurant, assez fort tout de même, eh bien, mon gars, tu es mort ou quoi ? Or c'était justement le problème, le vieux Geir avait subitement cessé de respirer, il avait rendu l'âme à côté de son projecteur, ce qui le mettait dans l'impossibilité de se bidonner. Depuis, Heiða tourne sept fois sa langue dans sa bouche avant de parler.

Que Kiddi la vedette prenne sa suite relevait de l'évidence, il assistait le vieux Geir depuis des années. Il a commencé par acheter un nouveau projecteur, précisant que Geir avait développé pour l'ancienne machine une tendresse excessive. Très vite, il a pris l'habitude de rédiger ses propres programmes où il partage ses pensées, ses opinions et sa connaissance du film, bientôt, il est devenu un génie du résumé, ses meilleurs textes sont aussi convaincants qu'une nouvelle de bonne qualité littéraire. Steinunn, sa femme, illustre ces programmes par de jolis dessins qui entretiennent un rapport plus ou moins direct avec le thème du film. Elle et Kiddi se sont rencontrés pendant une des dernières projections du vieux Geir. Elle venait alors d'arriver au village comme institutrice remplaçante, originaire de Reykjavík. Petite, fine, de longs cheveux blond cendré, elle marchait d'un pas diablement résolu et nous avait impressionnés par ses tenues vestimentaires, des vêtements de marque hors de prix — disaient ceux qui s'y connaissaient. Elle était venue à la séance vêtue d'un jean bleu clair portant un 6 au niveau du genou droit et un 8 au niveau du gauche. Kiddi avait emporté une flasque, c'est qu'on boit souvent un petit coup pendant le film, certains forcent un peu trop sur la bouteille et finissent la tête dans les toilettes. Kiddi n'a jamais été timide, il a voyagé, il a joué dans un film et fait pas mal d'autres choses. Il s'est donc approché de l'institutrice à laquelle nous n'osions pas encore adresser la parole et lui a demandé : Alors, vous vous plaisez, ici, dans ce trou où il ne se passe rien, avant de lui offrir une gorgée de sa flasque remplie de cognac. Elle en a avalé quelques gouttes, tout doucement. Kiddi lui a souri puis le film a commencé. Elle a repris un peu d'alcool pendant l'entracte, ils ont engagé la conversation, Kiddi a écarquillé les yeux quand il a remarqué les numéros inscrits sur son pantalon : 6 et 8. Quoi ? s'est-elle inquiétée en le voyant fixer ses jambes. Il a levé les yeux, les a plongés dans les siens et lui a demandé, je peux être le numéro 7 ? Pareille question ne saurait engendrer que la vie ou la mort, une gifle ou un baiser. Ils ont manqué la seconde partie du film, tu as un miroir au-dessus de ton lit, a-t-elle remarqué, ça te dérange ? non, mais j'aimerais bien qu'il y en ait tout autour de la chambre.

neuf

Ainsi se déroulaient certaines de ces séances. Or il ne viendrait jamais à l'esprit d'aucun d'entre nous de se soûler pendant les conférences de l'Astronome, ce serait pourtant logique de vouloir s'anesthésier les sens face aux forces menaçantes qui sortent de sa bouche, ces trous noirs tapis dans l'univers comme autant d'araignées démoniaques, qui engloutissent tout ce qui passe à proximité, astéroïdes, comètes, lunes, planètes et soleils, tout disparaît dans un néant aussi noir qu'insatiable.

Les trous noirs sont des soleils éteints, nous a expliqué l'Astronome, information qui figure également dans les livrets qu'Elísabet publie six fois par an, et qui contiennent le résumé de ses interventions. Dans l'un d'eux, il est question de Johannes Kepler pour lequel nous avons un petit faible. Sa mère avait été accusée de sorcellerie, elle frappait les hommes avec des chiffons mouillés, disait-on, mais elle s'occupait très bien de son fils qui avait écrit l'ouvrage *Le Songe ou l'Astronomie lunaire*, celui-là même qui avait eu raison de la patience de la femme de l'Astronome, ce qui fait que nos mains tremblent un peu quand nous pensons à ce livre. Il y est question de gens qui font un voyage sur la Lune en partant d'Islande. L'Astronome ayant traduit la partie qui se passe sur notre île, il l'a lue à voix haute. Kepler vivait au dix-septième siècle, à cette époque, l'Islande se trouvait à la limite du monde connu et il s'en fallait souvent de peu pour qu'on l'oublie sur les cartes de géographie. Sólrún, la directrice de l'école, a organisé un projet autour de cette histoire et, au printemps, les enfants ont exposé les dessins qu'ils ont réalisés. Elle s'est cependant gardée de les faire travailler sur les trous noirs, c'est là une thématique peu adaptée à leur âge, les trous noirs sont pires que le libéralisme, pires que les États-Unis, pires que l'effet de serre, ce sont des étoiles défuntes qui, lorsqu'elles brillaient, étaient mille fois plus grosses que notre soleil, lequel a pourtant été qualifié d'œil de Dieu. Elles éclairent leur galaxie pendant plusieurs millions d'années avant de s'effondrer sur elles-mêmes en un point minuscule et d'un poids titanesque. L'histoire des trous noirs, précise le livret, « rappelle indéniablement celle de Lucifer, l'archange déchu, condamné à l'enfer, transformant la lumière en ténèbres, le divin en démoniaque. Les trous noirs sont peut-être des ruses du Malin, ses armes les plus puissantes dans l'éternel combat qu'il livre contre le Seigneur, lequel s'est désormais tant éloigné de nous qu'il nous reste à peine la force de lutter contre le désespoir ».

À la bonne vôtre ! serions-nous tentés de dire, Que le diable m'épargne ou bien : Qu'on me donne davantage de lumière !

[La mer est profonde, elle change de couleur, on dirait qu'elle respire. Heureusement qu'elle est là, parfois, les journées s'écoulent sans que rien ne se passe, alors, nous observons le fjord qui bleuit, qui verdit puis s'assombrit comme une apocalypse. Mais s'il est vrai que l'immobilité est le rêve secret de la vitesse, nous devrions peut-être créer ici une maison de repos qui accueillerait les citadins souffrant de stress, non seulement ceux de Reykjavík, mais aussi de Londres, de Copenhague, de New York ou de Berlin. *Venez donc vous ressourcer dans un lieu où il n'arrive jamais rien, où rien ne bouge en dehors de la mer, des nuages et de quelques chats domestiques*. Certes, cette publicité serait quelque peu mensongère, mais quelles réclames ne le sont pas ? Celui qui travaille dans ce domaine doit être capable de nous persuader que l'inutile est nécessaire, et cela fonctionne à merveille puisque nos vies s'emplissent peu à peu d'objets futiles et de moments dénués de valeur, nous croulons tant sous les gadgets que nous peinons à garder la tête hors de l'eau.

Jadis, les gens redoutaient plus que tout la faim,

le froid et la pauvreté, ils rêvaient d'une vie plus aisée, moins laborieuse, une vie au sec et au chaud où ils auraient du temps pour eux alors qu'ils se tuaient au travail, vivaient dans les maisons sombres et souvent très humides. Il fallait aller loin pour consulter le médecin, et plus encore pour pouvoir étudier, on mourait prématurément après avoir connu quelques rares moments de plaisir, la vie n'était qu'une suite de privations. Vous savez comment ça se passe aujourd'hui, nous avons tout ce dont rêvaient nos ancêtres, nous vivons beaucoup plus longtemps, nous sommes en meilleure santé, nous ne connaissons pas la faim, nous ne la ressentons que lorsque nous faisons un régime ou quand nous restons bloqués un peu trop longtemps dans un interminable bouchon, nous nous soucions de notre ligne, nous subissons des interventions de chirurgie mammaire, nous combattons la calvitie, nous rêvons de dents parfaitement alignées et nous aimerions connaître un plus grand nombre de recettes de cuisine, beaucoup d'entre nous travaillent trop et chez les hommes, la taille du membre est proportionnelle au temps passé au boulot. Nous nageons dans l'opulence, pourtant, nous ne sommes pas heureux, à quoi allons-nous occuper toutes ces journées, cette vie, c'est un véritable casse-tête, pourquoi donc vivons-nous ? Cela dit, la plage de notre village est belle, elle forme un arc de cercle, mesure à peine un kilomètre, c'est apaisant de rester là à regarder une chose plus vaste que nous. La mer est éternelle, lit-on quelque part, c'est hélas n'importe quoi, tout change, le soleil mourra, les mers s'assécheront, les grands hommes sombreront dans l'oubli, mais comparée à la vie d'un être humain, la mer est en effet éternelle. D'ailleurs, il y a trente ans, nous étions persuadés que l'Union soviétique et l'Alliance, la mère de toutes les coopératives, étaient éternelles. La Coopérative était le nombril du monde, elle possédait un grand magasin, les Entrepôts, une station-service, une petite boutique et les Abattoirs ; les paysans venaient y porter leur production et en ramenaient des denrées d'alimentation, des compléments alimentaires, du gazole, de quoi construire des clôtures, des cadeaux de Noël, des œufs de Pâques, ils ne voyaient jamais de billets sauf quand ils avaient besoin d'aller chez le dentiste. C'était le temps de l'immobilité, de cette maudite torpeur, le Parti du progrès tirait toutes les ficelles, il était notre alpha et notre oméga, nous pensions que tout cela était immuable, nous nous trompions lourdement. C'est incroyable comme tout finit par changer, le rideau de fer, la télévision noir et blanc, les machines à écrire, quand cela s'arrêtera-t-il, vous n'avez pas besoin de répondre, nous ne faisons que penser à voix haute parce que, aujourd'hui, tout se transforme si vite qu'il suffit de cligner les yeux pour perdre le contact avec le monde. Ce n'est toutefois que lorsque l'Alliance s'est effondrée que nous avons mesuré l'ampleur de la puissance gigantesque de la Coopérative. L'Alliance était aussi vermoulue de l'intérieur que le sont aujourd'hui les États-Unis, le vent qui souffle avec insistance de l'ouest répand d'ailleurs sur l'océan une forte odeur de moisi. On ne perçoit le poids des chaînes que lorsqu'elles se brisent.

Mais ici, au village, vit un homme qui se fiche pas mal du passage du temps et des évolutions, il s'appelle Jónas, c'est lui qui a peint la tôle ondulée qui recouvre la maison en bois de l'Astronome. Jónas est capable de transformer le monde grâce à ses pinceaux, il a changé une maison en ciel noir de nuit.]

Les larmes ont la forme d'une barque à rames

Jónas est maigrelet pour ne pas dire étique, de taille à peine moyenne, il est fragile, ne foulez pas trop fort la terre sous vos pieds en l'approchant, vous risqueriez de le briser. Il a grandi si discrètement et si lentement que pendant des années, nous avons presque oublié son existence, il ne prenait jamais la parole sans y être invité, ne répondait que par monosyllabes et d'une voix aussi fine qu'une fibre de laine, ténue, bien qu'assez tôt teintée d'un soupçon de ténèbres, et qui se cassait sans prévenir. Il travaillait mal à l'école, les instituteurs l'interrogeaient rarement devant les autres et jamais ils ne lui demandaient de venir au tableau, il peinait à trouver le sommeil avant les examens, deux fois il a vomi sur la table devant le correcteur, et une fois il s'est évanoui. À l'école, il ne s'est fait ni amis ni ennemis, les autres ne se moquaient pratiquement jamais de lui, peut-être parce qu'il était le fils de Hannes, colosse et policier du village, mais plus encore parce qu'il était tellement réservé qu'en sa présence, ses camarades se refermaient sur eux-mêmes. Le temps passait. Jónas regardait les autres se chamailler, c'était la fin des années 70, il observait ses mains, si fines qu'elles en étaient translucides.

Il a quitté l'école à l'âge de quatorze ans.

Les autres élèves se sont mis à grandir à toute vitesse, Jónas restait au point mort. Les filles prenaient brusquement de la poitrine, une courbe douce se dessinait autour de leur taille, le désir bouillonnait chez les garçons qui formaient des bandes de jeunes taureaux beuglants et déchaînés, ils frappaient les murs à coups de poing, hurlaient, la tête tendue vers le ciel, et dès qu'une fille toussotait, ça leur donnait une érection. Jónas ne semblait percevoir en lui aucun de ces bouleversements, il s'est contenté de raser d'encore un peu plus près les murs puis a cessé d'aller en cours et s'est enfermé à double tour dans sa chambre. Hannes a été forcé de défoncer la porte, il a tenté de le soudoyer, l'a menacé, l'a insulté, l'a supplié, mais jamais son fils n'est retourné à l'école. Ce gamin est un attardé, disaient certains, Hannes en a parlé à son ami qui était contremaître à la Laiterie, et à neuf heures précises, un lundi de février, Jónas s'est présenté au travail, tu n'as qu'à prendre le balai, lui a dit le contremaître, la tâche du jeune homme était aussi simple que ça. C'était le milieu des années 80, le mur de Berlin ne tarderait plus à tomber, bientôt, on le vendrait en pièces détachées dans les magasins de souvenirs, l'être humain est plutôt doué pour transformer les menaces, la mort et le désespoir en monnaie sonnante et trébuchante.

Jónas avait toujours eu la peau extrêmement claire, il brillait comme une ampoule électrique dans le noir, reste à côté de moi pour que je puisse lire, lui demandait son père, certains soirs d'hiver, lorsqu'il y avait une panne de courant, à l'époque où les tempêtes existaient encore et où les villages dormaient sous une épaisse couche de neige. Malgré son insupportable timidité, Jónas ne rougissait jamais, il pâlissait encore plus quand il rentrait dans sa coquille, et nous étions morts de peur qu'il se dissolve dans la lumière pour y disparaître entièrement. Mais deux mois après qu'il avait commencé à travailler à la Laiterie, nous l'avons vu rougir pour la première fois et ce, sans aucune raison manifeste, plusieurs filles et même quelques femmes ont baissé les yeux en se demandant ce qui lui arrivait. Le contremaître était tellement étonné qu'il a téléphoné à Hannes qui, le soir même, a fait un poulet-frites et offert la moitié d'une canette de bière à son fils tandis qu'il en éclusait lui-même cinq et demie, c'est la fête ! a-t-il dit. Jónas n'y comprenait rien, il a bu la bière qui l'a soûlé, il ne t'en faut pas plus qu'un oiseau pour être ivre, a remarqué Hannes en riant, et là, un très joli sourire est monté aux lèvres du gamin qui a ouvert la bouche et s'est mis à disserter sur les oiseaux des tourbières. Il a parlé sans s'arrêter toute une heure durant, jamais il n'avait fait preuve d'un tel enthousiasme. Hannes l'a écouté, d'abord étonné, puis transporté par les descriptions précises et parfois pleines de délicatesse, persuadé que cette conférence était l'expression des désirs de son fils, lequel devenait enfin un homme. Le lendemain, le contremaître a décidé de confier à Jónas une nouvelle tâche, il fallait repeindre un mur, certes dissimulé derrière une pile de palettes, et qu'on n'apercevait que très rarement, mais cet homme perspicace sait qu'il faut également prendre soin des choses invisibles. Il a emmené le gamin devant cette grande surface de trois mètres sur trois, lui a montré un grand seau de peinture et un pinceau en lui expliquant qu'on devait aussi entretenir ce qui ne se voyait pas, ça te prendra sans doute la journée, a-t-il prudemment ajouté, toujours préoccupé par la timidité du jeune employé. Et le balai ? Tu n'as qu'à le laisser là, debout contre le mur. Je dois tout peindre ? Absolument tout, a confirmé le contremaître, il y a d'autres seaux de peinture dans la remise en cas de besoin, mais celui-là devrait suffire. Sur quoi, il a gentiment tapoté l'épaule du gamin avant de repartir aussi lentement et discrètement que possible, sachant que les gestes et mouvements brusques déconcentraient le jeune homme. Le contremaître est retourné dans son bureau où il a épongé la sueur de son front, il y arrivera, s'est inquiété un employé, mais oui, il est en pleine croissance, bientôt, il commencera à regarder les filles, il faut le laisser tranquille.

Il était presque midi quand le contremaître se risqua enfin à aller voir où en était Jónas. Il trouva le gamin parfaitement immobile, regardant droit devant lui, entouré d'une multitude de pots de peinture. Le contremaître scruta longuement le mur, puis s'approcha. Jónas avait le rouge aux joues, ses yeux pétillaient. Après cela, plus personne n'a jamais osé entasser de palettes devant ce mur. Le contremaître a fait installer deux tables, les employés y prennent leur pause ou y vont lorsqu'ils ont besoin de réfléchir, de se calmer, de reprendre leurs esprits, ils boivent leur café en contemplant cette fresque, un soleil rougeoyant couvre la moitié du mur, une soixantaine d'oiseaux des tourbières arrivent à tire-d'aile, sortis tout droit de l'astre du jour, leurs contours sont certes un peu malhabiles, mais ils semblent tellement vivants que lorsque règne un absolu silence, on entend leurs battements d'ailes à l'intérieur du mur.

deux

Il y avait jadis tant d'innocence dans le monde, qu'ici, au village, il suffisait d'employer un policier à temps partiel, le chemin qui menait au Ciel était sans doute plus court et celui descendant vers l'enfer d'autant plus long. Le Parti du progrès régnait sur les campagnes, il était à la tête des coopératives qui garantissaient la solidarité entre les provinces et maintenaient les vautours à distance, il pensait pour nous et faisait de son mieux pour que rien ne bouge, il a toujours été facile de gouverner les immobiles. Ces dernières années, la situation s'est complètement inversée, il y a eu tellement de mouvement que nous n'avons plus le temps de penser, nous consacrons toute notre énergie à nous cramponner de manière à ne pas être éjectés dans le vide. Mais avez-vous remarqué que le cœur de l'homme demeure souvent invisible, qu'il reste tapi sous la surface et n'apparaît jamais en pleine lumière ? Il est par exemple un élément qu'aucun document officiel ne mentionne : Hannes était menuisier de profession, mais son uniforme de policier était sa vraie vie et sa vraie passion. Ce n'est pas moi, pensait-il tous les lundis matin quand il mettait sa ceinture de travail, quand il cherchait sa scie, quand il maudissait notre obéissance aux lois et se prenait à rêver d'une époque plus troublée et riche en crimes qui lui permettrait de mettre au rebut sa ceinture de menuisier pour revêtir chaque jour son uniforme.

Plus homme que la plupart d'entre nous, il mesurait un mètre quatre-vingt-treize, large d'épaules, les bras puissants, il n'avait pas un gramme de graisse et lorsqu'il se déplaçait, il ressemblait à un grand fauve. Il avait le dessus sur tout le monde quand on se bagarrait, les bras coulés dans l'acier, il buvait plus que nous autres depuis l'adolescence, ce qui nous semblait normal, cet homme descendait des trolls et des géants. Hannes séduisait les femmes grâce à son regard puissant qui balayait les alentours tel un phare l'océan. Elles se disaient, je quitterais mari et enfants pour une nuit avec lui. Deux sœurs, d'une beauté sublime, ont passé des années à le talonner, tu peux nous avoir toutes les deux, disaient-elles, nous habiterons tous sous le même toit, d'ailleurs, deux femmes ne seront pas de trop pour un homme comme toi, en outre, nous ne manquons pas d'imagination et tu peux nous croire, nous ne parlons pas là de cuisine. À notre grande surprise, il a finalement épousé Bára, tellement menue, le visage radieux, le corps aussi fin que les étamines d'une fleur, disaient les anciens quand ils parlaient d'elle. Elle était allée à Reykjavík étudier à l'université, non pas la botanique et les plantes graciles comme nous l'avions pensé, mais la géologie, elle voulait tout savoir des tremblements de terre, des éruptions volcaniques et des puissances telluriques. Excellente étudiante, elle serait sans doute devenue une géologue hors pair si elle n'avait vu Hannes se battre pendant le bal de Pâques, ici, à la Salle des fêtes ; un volcan en éruption, s'était-elle dit — deux ans plus tard, Jónas était venu au monde. Bára venait alors d'obtenir sa licence, elle envisageait d'enseigner pendant trois ans dans notre école, puis de reprendre ses études pour se spécialiser en volcanologie, devenir spécialiste de ta personne, disait-elle parfois à Hannes. Puis un jour, nous avons vu la lumière qui illuminait son visage s'affadir. Le vieux médecin, celui qui connaissait quelques bribes de latin, n'a rien pu faire contre le cancer des intestins, cette fleur maléfique, elle déclinait rapidement, elle pâlissait, elle maigrissait. Hannes l'a soutenue de toutes ses forces, mais l'homme n'est rien face à la mort, la lumière du monde s'est éteinte, Hannes est devenu veuf, son fils de trois ans orphelin, quant à nous, nous avons perdu la chose la plus belle et la plus élégante que nos yeux avaient pu voir. Il y aurait largement de la place pour un peu plus de justice en ce monde.

Ils n'étaient plus que deux.

L'enfant ressemblait tant à sa mère que Hannes n'osait même pas le toucher, mon petit, disait-il, les mains plongées dans les poches. Les années ont passé. Le père et le fils vivaient chacun dans leur monde, ils se parlaient peu, mais aimaient regarder la télé ensemble, être assis à la table de la cuisine, écouter une histoire à la radio, ou encore la pluie en regardant le fjord, ils vivaient dans une vieille maison en bois située juste en surplomb de notre jolie plage en arc de cercle. Parfois, en général le jeudi soir, disons toutes les six ou sept semaines, Hannes s'installait dans le fauteuil du maître de maison, il appelait son fils en lui disant, apporte-moi donc ce cher Hallgrímur. Jónas savait alors que s'annonçaient quatre ou cinq jours et autant de nuits d'excès alcooliques.

Combien de fois l'enfant avait-il observé ses mains se tendre vers les œuvres poétiques de Hallgrímur Pétursson, rangées dans la bibliothèque sombre et massive, *Psaumes et Poèmes* en deux volumes, dans l'édition de 1887-1889, *Poèmes et strophes rimées*, publié en 1945 et en un seul volume, ainsi que les deux parties de la biographie du poète du dix-septième par Magnús Jónsson. La voix puissante de Hannes retentissait, Jónas tendait les bras vers les rayonnages, ses souvenirs regorgent d'instantanés de ses propres mains. Comme il grandissait lentement, il a longtemps dû monter sur une chaise pour atteindre les livres, il les attrapait par la tranche de ses petites mains avant de les porter à travers le salon jusqu'à son père, assis dans son fauteuil, une couverture sur les genoux, du pain de seigle et du pâté, du poisson séché et une bouteille de vodka posés sur la petite table à côté de lui. Ce motif récurrent dans la mémoire de Jónas agissait comme un collage ou un bout de pellicule qui se mettait à défiler dans sa tête, ses mains grandissaient, il pouvait se passer de la chaise, mais les livres étaient toujours aussi lourds et le chemin entre la bibliothèque et le fauteuil aussi long. Assis dans un coin, Hannes vieillissait. Beaucoup de femmes seraient heureuses d'avoir des mains comme celles de Jónas, aussi fines et diaphanes que les ailes d'un papillon, elles laissent passer la lumière. Le jeune homme est menu comme Bára, bien qu'il n'ait hérité ni de sa détermination ni de son caractère enjoué, sa mère était gracile, mais forte, alors que Jónas était tellement fragile, nous avions peur qu'il rompe sous le poids de l'existence. Cela dit, la vie est incroyablement étrange. Certains abritent au fond d'eux-mêmes une douleur contre laquelle des bras d'acier n'ont aucun pouvoir, qu'importe qu'on s'entraîne, qu'on soulève des poids, qu'on coure régulièrement ses quinze kilomètres, on ne parvient jamais à semer les ténèbres ni même à les distancer, on n'arrive pas à s'arracher à une tristesse noire et grise qui n'épargne rien. Un soir, Hannes dit à son fils : Vois-tu, rien ne me ferait plus plaisir, ce serait un immense bonheur, de te voir endosser mon uniforme quand je ne serai plus là, lorsque tu seras devenu un homme, ainsi, je n'aurai pas vécu en vain, cela apaiserait mes souffrances, quel que soit l'endroit où le Seigneur qui règne sur ses anges et le Ciel décidera de m'envoyer pour me châtier.

C'était un soir de novembre, quatre ou cinq jours plus tôt, il avait demandé à son fils de lui apporter son cher Hallgrímur, il y avait dans la cuisine deux bouteilles de vodka vides et plus de vingt canettes de bière. Comme d'habitude, Hannes avait très peu dormi, il avait lu Hallgrímur, écouté Megas, Cat Stevens, Elvis Presley, il avait tenu à son fils des discours enflammés, Jónas travaillait encore à la Laiterie, il s'y plaisait bien, le balai était son soutien, il égayait parfois les lieux en dessinant des oiseaux, il avait du temps pour penser, il restait à la maison après sa journée, seul dans sa chambre à lire sur la nature, sur les oiseaux, à dessiner, il fermait souvent sa porte sauf lorsque son père buvait, là, il l'avait laissée grande ouverte et les marmonnements caverneux de Hannes emplissaient la pièce.

Ce serait mon bonheur, a répété Hannes, il était presque minuit. Jónas s'est brossé les dents, comme toujours avec une grande application, il a fait un tour aux toilettes, s'est lavé, puis est allé dans le salon pour souhaiter bonne nuit à son père. Hannes a levé les yeux et tendu sa tête, son imposante tête, bonne nuit, mon fils, à jamais bonne nuit, ne laisse pas les ombres t'enfermer, c'est promis, mon cher papa, Jónas est retourné dans sa chambre et, vêtu de son pyjama rouge, s'est endormi, bercé par la voix de son père. Le lendemain matin, il s'est réveillé tôt, il faisait encore assez sombre dans la chambre, il a regardé son réveil, sept heures, il lui en restait deux avant de partir au travail, ce qui lui donnait largement le temps de se replonger dans la biographie d'un zoologiste américain qui avait pendant trente ans passé tout un mois à marcher dans un périmètre précis, les forêts américaines, les Rocheuses canadiennes, les terres désertes de l'Alaska, l'Amazonie, l'Inde, Madagascar. Puis un jour, dérogeant à son habitude, cet homme avait parcouru les îles du Pacifique à bord d'un petit bateau, Jónas en était justement à ce moment : « L'océan est parfois si bleu, écrivait le zoologiste, qu'il m'arrive d'être convaincu que je suis mort et que la proue de mon bateau fend les immensités azurées de l'éternité. » Jónas souriait tant il avait hâte de reprendre cette lecture, il a tendu le bras vers sa lampe de chevet pour l'allumer. C'est alors qu'il a vu que la porte avait été fermée pendant la nuit, une grande enveloppe était collée juste sous la poignée. Il s'est levé pour aller la chercher, « À mon fils », puis s'est rassis au bord du lit, le cœur battant, et a ouvert la lettre.

Mon cher fils, s'il te plaît, ne va pas dans le salon. Si tu as quelque respect pour moi, si tu en as eu dans le passé, tu obéiras à ce qui constitue ma dernière requête. J'ai tout essayé, mais voilà, j'abandonne le combat contre les ombres qui m'assaillent. Pour moi, la beauté du monde n'est plus.

Toute fière forêt s'est flétrie,
toute cognée se brise,
les batailles ont trop duré,
toute maison s'effrite,
tout désir s'effondre.
J'entends les trilles du courlis,
s'éveille la calomnie, sombre le jour,
toute créature tressaille
Et mon esprit trépasse.

Les ombres m'ont vaincu. J'ai eu beau me battre, j'ai eu beau rassembler tout ce que j'avais de force et de virilité, cette bataille a duré trop longtemps et je suis épuisé. Je n'ai pas été assez bon avec toi, pardonne-moi, je n'ai jamais voulu que ton bien. Ne va pas dans le salon, je me suis pendu cette nuit. Il ne faut pas que tu me voies comme ça, c'est un spectacle épouvantable de voir un pendu, et c'est pire encore lorsque c'est ton père. Cette image se graverait en toi et te consumerait toute ta vie, je ne veux pas de ça, donc, s'il te plaît, ne va pas dans le salon. Sors directement de la maison, mais n'oublie pas d'enfiler des vêtements, il ne faut pas qu'on te voie en pyjama rouge. Il est quatre heures vingt du matin, cela fait donc cinq heures que j'ai bu mon dernier verre, seuls les pleutres se suicident quand ils sont ivres. Je suis maintenant parfaitement conscient de mes actes. Tu dors à poings fermés dans ta chambre, la bouche entrouverte. J'ai passé un long moment à te regarder. Et à te faire mes adieux. Tu es un beau garçon. Même si j'aurais préféré attendre que tu sois un homme. Mais tu es mon fils. Je pars et tu es la seule trace que je laisse en ce monde. Sois fort ! Ne ploie pas, jamais ! Quand les larmes t'envahiront, elles ne manqueront pas de le faire, il faut que tu sortes de la maison et que tu coures à perdre haleine. Rien n'apaise autant l'esprit et les nerfs. N'oublie pas que tu peux distancer les larmes, mais qu'il est impossible de semer les ombres. Allons, il faut que tu lises cette dernière lettre jusqu'à la fin, puis habille-toi correctement (ne mets pas cette affreuse chemise orange). Ensuite, tu iras directement trouver Guðmundur, notre maire, et Sólrún. J'ai laissé dans l'entrée une lettre qui leur est destinée, je veux que tu la leur remettes, dis-leur d'abord ce qui est arrivé, sois concis et tâche d'éviter toute sensiblerie, cela mettrait à mal ta dignité et ta maîtrise de toi. Guðmundur et Sólrún sauront ce qu'il faut faire, aie confiance en eux et veille à ce que la corde dont je me suis servi soit détruite. Ce serait défier le destin de la garder ou de la réutiliser, elle est chargée d'ombres et porte en elle la mort.

Je vais maintenant aller retrouver ta mère. Je ne connais rien de meilleur qu'elle, elle méritait bien mieux que la vie qu'elle a eue, mais nul n'a prise sur son destin. Je suppose que je devrai tout d'abord faire pénitence pour avoir renoncé à la vie. J'essaierai d'accueillir cette condamnation avec dignité. J'ignore quelles seront sa nature et sa durée, mille ans ou une journée ? J'ai pensé prendre la voiture vers les vallées du Sud pour aller poser la question à Jóhannes, ce n'est pas le genre de sujet qu'on aborde au téléphone, mais il est trop tard pour partir où que ce soit, j'ai pris ma décision. Et de toute manière, j'aurai la réponse d'ici quelques instants. Sois fort, sois plus grand que moi.

Ton père, Hannes Jónasson

Jónas a lentement lu la lettre, il s'est accroché à chaque mot comme celui qui cherche à tâtons des points de repère dans les ténèbres ou dans un brouillard à couper au couteau, il a lu et relu la strophe composée par Hallgrímur Pétursson, s'arrêtant longuement sur les trilles du courlis, percevant la douceur et toute la chaleur qu'elle abritait, puis il s'est levé et a ouvert la porte, sa chambre se trouve au fond de la maison, le couloir s'offrait à sa vue, un tunnel long d'au moins mille kilomètres, le salon et la bibliothèque étaient si lointains qu'il fallait la moitié d'une vie pour l'atteindre.

Une heure plus tard, il est allé trouver Guðmundur et Sólrún. Il avait vu son père, pendu à la corde, le tabouret renversé sur le côté, et était resté là, dans son pyjama rouge, un filet d'urine tiède coulant le long de ses jambes grêles et imbibant l'épaisse moquette chinée beige. Hannes n'aurait pas été content, ni de le voir uriner ainsi, ni de la couleur du pyjama. Il ne te manque plus que ton nounours, avait-il dit à son fils la première fois qu'il l'avait vu le porter. Jónas avait essayé d'éponger et d'effacer la tache, il avait mis la cafetière en route, s'était fait des tartines de pain au pâté, avait bu deux verres de lait, une tasse de café, s'était lavé l'entrejambe au gant savonné, était resté un long moment à regarder le plafond, assis sur le rebord de la baignoire, puis il s'était levé, s'était rasé avec le coupe-chou de son père, s'était habillé en évitant soigneusement d'enfiler sa chemise orange, était retourné dans le salon, avait longuement regardé son père, lourd, inerte, suspendu au-dessus du sol, comme un soleil effondré sur lui-même et changé en un bloc de pierre sombre.

trois

Nous sommes enterrés au hasard, çà et là dans les campagnes, vous vous souvenez qu'ici, il n'y a aucun cimetière, il n'y en a jamais eu, le lieu de notre ultime demeure dépend donc du pasteur qu'on parvient à contacter en premier. Le pire qui puisse vous arriver, c'est de mourir en plein été, non à cause des chants d'oiseaux, des trilles du courlis, ou de l'éternelle lumière, mais parce que c'est l'époque de la fenaison, or les pasteurs, également paysans, détestent se priver de journées bien sèches, propices à ramasser et engranger le foin, pour enterrer un villageois décédé. Mais Hannes a fait ses adieux à ce monde d'ombre et de lumière au début de l'hiver, tout était aussi blanc que les ailes des anges et on trouvait facilement un pasteur, Jónas pouvait s'adresser à ceux qui officiaient à l'est, au sud ou au nord du village, mais pas à l'ouest puisque là, c'était la mer. Il a appelé Jóhannes, le curé des campagnes du Sud, bien sûr que c'est lui qu'il a contacté, cet homme était un ami de son père ; il y avait foule à l'enterrement. C'était une belle journée, le ciel étincelait comme une plaque de tôle ondulée soigneusement briquée, les montagnes étaient si blanches qu'elles se confondaient avec les rêves.

Une belle journée, un bel enterrement. Jóhannes avait prononcé une belle oraison pour son ami, les ombres se sont maintenant dissipées dans ta tête, la douleur s'est évanouie et tu es nimbé d'une lumière si intense qu'aucune langue terrestre ne saurait la décrire. Cette lumière, c'est aussi Dieu lui-même, cette lumière, c'est la vie éternelle. Nous sommes ici, nous te pleurons, oui, nous qui végétons encore dans la clarté indigente de l'existence terrestre, nous prions pour que ton péché ne soit pas trop lourdement sanctionné, grande était ta souffrance et profondes les ombres. Mais nous avons confiance en la grâce éternelle. Mon ami, tu es allongé peut-être en ce moment sur une pente à l'herbe grasse au sein de l'éternité, tu cueilles des baies avec ta chère Bára à qui tu viens de confier : Je n'aurais jamais imaginé qu'il puisse exister herbe aussi verte.

Assis au premier rang, seul, sans aucune main à étreindre, cerné de tous côtés par les ténèbres, Jónas se cramponnait au banc pour ne pas être projeté dans le vide. Mais l'oraison était belle, bien des gens peinaient à retenir leurs larmes, certains en étaient tout à fait incapables, puis bientôt, la cérémonie fut terminée. La dépouille de Hannes Jónasson, menuisier, mais avant tout policier, s'est enfoncée dans le sol gelé, le corps débordant encore d'alcool et de bribes de poèmes de Hallgrímur Pétursson, les pelletées de terre frappaient bruyamment le couvercle du cercueil, les vieilles tantes sanglotaient, deux hommes pleuraient, ainsi que six jeunes femmes. Les larmes ont la forme d'une barque à rames, la douleur et la peine sont tapies sous le banc de nage. Celui qui pleure à un enterrement, pleure également sa propre mort et en même temps celle du monde, parce qu'à la fin tout meurt et il ne reste rien.

quatre

Il y aura bientôt dix ans que Hannes a rejoint la terre et ses ténèbres, dix ans, ce n'est pas bien long, c'est le temps d'une pensée, le temps d'une réaction, il en faut cependant moins que ça au monde pour faire un gigantesque bond, pour voir le climat changer, de nouvelles espèces d'oiseaux s'installer en Islande, une puissance mondiale s'effondrer. Oui, le monde convulse tandis que nos mains s'agrippent à la table de la cuisine.

Peu après le décès de Hannes, nous avons perdu Björgvin, l'ancien directeur de la Coopérative qui vivait parmi nous depuis trente ans. Il faisait partie du paysage, autant que la chaîne de montagnes environnante, il approchait les quatre-vingts ans, la peau d'un gris de cendre, le dos voûté, il consacrait toute son énergie à cligner les yeux et à respirer. Les deux dernières années, Þorgrímur, le contremaître de l'Entrepôt, avait dû chaque matin le porter au premier étage de la Coopérative et le redescendre en fin d'après-midi, les trente marches étant aussi hautes que l'Himalaya pour ses vieilles jambes usées. Assis à longueur de journée à son bureau, les mains immobiles sur le plateau, il veillait à ne pas cligner les yeux trop vite pour éviter que son cœur s'emballe, et les poils qui lui sortaient des oreilles poussaient à une vitesse si phénoménale qu'ils avaient fini par boucher les conduits auditifs au fond desquels on avait l'impression que deux nains hirsutes s'étaient installés. Deux années durant, Þorgrímur avait porté Björgvin dans l'escalier en respirant des odeurs qui ressemblaient à celle d'une planche vermoulue et humide, et pendant ce temps, les rouages gigantesques de la Coopérative avaient continué à tourner d'eux-mêmes. Mais tout finit par disparaître, comme on dit, et ces mots s'appliquaient parfaitement à Björgvin ; qui s'en est allé à la fin d'une journée de travail.

Þorgrímur portait prudemment cette vieille bûche en essayant de retenir sa respiration. Dès qu'il avait été sorti, le vent s'était mis à souffler du nord-est, un vent épouvantable, qui lui avait arraché Björgvin des bras, l'avait poussé le long de la Coopérative, promené comme un fétu sur le parking et projeté vers les tourbières où il avait tournoyé sur quelques mètres comme une énorme feuille d'automne jusqu'à ce que ses os se séparent les uns des autres. Le vieux Björgvin, directeur de la Coopérative trente années durant, pilier de notre province, s'est disloqué puis éparpillé sur la lande. Les seuls témoins, en dehors de Þorgrímur qui hausse les épaules en se rengorgeant d'un air méprisant quand on lui raconte cette histoire, ce sont deux gamines âgées de quatre ans qui ont décrit la scène à leurs parents, chacune de son côté, et dont les témoignages concordent presque parfaitement : le vent a propulsé le vieil homme haut dans le ciel puis l'a poussé très loin vers les tourbières parsemées de touffes d'herbe, Hnoðri l'a poursuivi en aboyant très fort, puis le vieillard s'est simplement disloqué, son corps a explosé en mille morceaux et s'est changé en pitance à oiseaux, Hnoðri a eu tellement peur qu'il s'est enfui.

Une becquée pour les oiseaux et la disparition de Hnoðri, voilà de quoi se nourrit cette histoire qui, elle, refuse de disparaître.

Hnoðri était un des chiens du village, une jolie bête gentille comme tout, poil noir et poitrail blanc, tout le monde l'adorait, évidemment, il a poursuivi le vieux directeur en aboyant, pensant qu'il s'agissait d'un jeu, d'ailleurs, c'était peut-être bien le destin lui-même qui s'amusait même si ses jeux sont parfois cruels. Puis, quand le corps de Björgvin a explosé, Hnoðri s'est enfui vers l'est en hurlant à la mort, un paysan lui a roulé dessus en voiture le soir même à cinquante kilomètres de chez nous et l'animal courait encore comme un dératé.

Quelques semaines plus tard, un nouveau directeur a été nommé à la Coopérative, or ce n'était pas du menu fretin puisqu'il s'agissait de Finnur Ásgrímsson lui-même, enfin, nous avions décroché le gros lot ! Vous vous souvenez évidemment que Finnur achevait alors une longue et brillante carrière de député, il avait plusieurs fois été ministre, on le voyait dans les journaux et à la télévision, on entendait sa voix à la radio, cet homme avait contribué à façonner la société, il avait influé sur les grandes et petites décisions, touchant jusqu'à notre quotidien, et maintenant, comme s'il n'y avait rien de plus naturel, il venait s'installer chez nous, au village. Vous imaginez que nous marchions la tête haute. Hélas, il avait refusé d'être nommé dans tous les comités et conseils existants, mais avait tout de même accepté d'être le parrain de l'Association des jeunes, de prononcer des discours tous les 17 juin à l'occasion de la fête nationale, et d'écrire quelques articles dans le *Héraðsblaðið, Les Nouvelles régionales*, qui paraissent dix fois par an. Il n'a pas tardé à se plonger dans les affaires de la Coopérative, la comptabilité et l'ensemble du premier étage étaient évidemment impeccablement tenus par Sigríður, et Finnur affirmait que le vieux Björgvin avait pris les décisions adéquates jusqu'à son décès — comme il fallait s'y attendre venant de lui. Nous étions pour notre part quelque peu perplexes.

Quand Finnur eut terminé ses vérifications et accordé sa bénédiction à l'activité de la Coopérative, il a passé plusieurs jours à arpenter le village, à serrer des mains et à discuter avec les habitants. Il s'est intéressé de près à l'histoire de l'Astronome, quelqu'un l'a accompagné jusqu'à la maison noire, mais il a eu beau frapper et sonner à la porte, le maître des lieux n'est pas venu lui ouvrir. Finnur était tout aussi fier de Helga et de son travail, quand elle l'a invité à lui téléphoner à toute heure du jour ou de la nuit, il s'est tortillé comme un gamin qu'on chatouille. Il est également allé dans le garage du maire et de sa femme où se trouvait Jónas, vêtu de son uniforme noir de policier.

cinq

Le destin emprunte parfois d'étranges détours, c'est-à-dire, pour autant qu'on croit à son existence, qu'on écarte l'hypothèse selon laquelle la vie serait entièrement le fait du hasard. Hannes cède face aux ténèbres, les ombres le rattrapent, il se pend, laissant derrière lui une lettre adressée à son fils et une autre destinée à Guðmundur, le maire, et à Sólrún, sa femme, directrice de l'école, dans laquelle il demande à ses amis de veiller à ce que son fils Jónas obtienne un poste de policier à plein temps, « c'est selon moi la seule manière de faire de lui un homme. Il sera à rude école, mais c'est la vie, et il a la trempe nécessaire pour se frotter à ces difficultés, sous la douceur de l'agneau se cache une force et une énergie surprenantes ». Hannes était sans doute le seul à défendre cette opinion, qui relevait du reste avant tout d'une irrationnelle obsession. Sólrún avait opposé à cette requête un catégorique : Non, c'est hors de question, le maire était d'accord avec elle bien que moins péremptoire, mais peu de choses ont plus de poids que les dernières volontés d'un ami défunt. Ce qui avait modifié la donne, c'était l'enthousiasme de Jónas lui-même à accepter le poste, peut-être parce qu'il était assommé, hébété après le suicide de son père, qu'il se reprochait ce qu'il s'était passé, ce qui était évidemment absurde, mais l'esprit humain, tout autant que le destin, emprunte parfois des voies surprenantes. C'est ainsi que quelques semaines plus tard, grâce à son étonnante détermination, Jónas a revêtu l'uniforme noir, pâle et décharné, comme perdu dans une nuit insondable. Sólrún a fait d'urgence transformer le garage en commissariat, se disant qu'au moins, il y serait à peu près en sécurité. On y a installé un bureau, un grand classeur à documents, un ordinateur et des fleurs, les murs ont été peints en couleurs pastel et Sólrún y a accroché une grande planche d'ornithologie. Le souhait à la fois sincère, déraisonnable et cruel de Hannes ne serait évidemment pas sans conséquence ou, comme on l'a déjà précisé : un homme se pend et le monde se transforme.

Jónas s'est acquitté de son travail entièrement seul toute la première année. La plupart d'entre nous tâchions de lui rendre les journées supportables, mais nous déclinions toute responsabilité concernant les nuits et il en sera toujours ainsi, la nuit est irresponsable, nous grandissons de quelques centimètres ou en perdons quatorze, des yeux bruns se fendent et se teintent de jaune, un rat des champs attaque un chat, un chien se transforme en bécassine des marais, et nous déposons un baiser sur des lèvres que jamais nous ne devrions embrasser. Sólrún a recommandé à Jónas de nager dans la mer, voilà qui te fortifiera et t'affermira, c'est un bon moyen de développer ta confiance en toi et ça t'attirera le respect des brutes et des rustauds qui ne manquent pas ici, tu peux me croire, certes, on ne les remarque pas en plein jour, mais la nuit dévoile tant de choses qui passent inaperçues en pleine lumière. Il s'est contenté de lui sourire, incapable de répondre autrement, encore paralysé par la timidité face à celle qui demeurait la directrice de son ancienne école. Sólrún avait alors presque quarante ans, elle et le maire avaient deux enfants, grande, plus grande que Jónas, elle attachait le plus souvent ses longs cheveux roux flamboyants et en faisait un chignon qui ressemblait à un poing fermé, elle avait étudié la philosophie à l'université, elle était tellement intelligente que, parfois, nous n'osions pas lui adresser la parole, en outre, elle nageait deux fois par semaine dans la mer et ce, par tous les temps. Sólrún était robuste et solidement charpentée, comme un phoque ou une sirène, elle entrait dans la mer parfois aussi glaciale que la mort, ses orteils étaient pour ainsi dire palmés. Elle nageait loin vers le large, comme une flamme vacillante au creux des vagues, et son mari, le maire, n'osait pas la regarder s'éloigner. Pour notre part, nous osions tout à fait l'observer à la jumelle depuis le moment où elle descendait de voiture, elle ôtait son manteau, s'avançait en maillot de bain d'un bleu irréel, levait doucement les bras, dénouait ses cheveux qui lui retombaient alors sur les épaules tandis que nous soupirions.

Parfois, elle plonge jusqu'au fond de l'océan, c'est un tout autre univers, on a l'impression de toucher le fond de ses rêves, de voir le monde avec les yeux d'un poisson ou d'un coquillage. Jónas n'a toutefois pas suivi ses conseils, et d'ailleurs, heureusement, la première vague l'aurait noyé, l'eau glacée l'aurait paralysé et le fond de la mer aurait refusé de le laisser remonter à la surface. En revanche, il arrive au travail à huit heures précises cinq jours par semaine, il allume sa lampe de bureau, se plonge dans des ouvrages de sciences naturelles, relit le manuscrit qu'il rédige sur les oiseaux des tourbières, le modifie constamment, supprime des paragraphes, en rajoute, recopie des chapitres à la machine à écrire en les transformant parce que la nature est en perpétuel mouvement, parce qu'elle ne demeure jamais immobile. Parfois, le téléphone sonne, Jónas sursaute, un paysan se plaint qu'un des moutons de son voisin est entré dans son champ, des gamins ont défiguré un mur avec des graffitis, on a cassé une vitre, cabossé une voiture, un cheval a déféqué au milieu de la rue, des événements se produisent, pourtant, la plupart d'entre nous faisons tout pour épargner Jónas, nous conduisons plus prudemment, nous sommes plus tolérants quand les fêtards boivent un coup et font trop de bruit, nous tirons sur les chiens enragés à l'occasion et nous enterrons nos proches dans l'intimité, mais il y a des choses qu'on ne peut pas empêcher. La nuit longue et sombre nous prive de tout bon sens — et parfois, le monde n'a pas une once de bonté.

six

Vous devriez venir faire un tour aux bals de la Salle des fêtes, nous les attendons toujours avec impatience, ils mettent la vie en mouvement, une odeur d'après-rasage, de laque et de parfum flotte dans les rues, ils sont une véritable bénédiction, plus encore pendant nos longs hivers immobiles où presque rien ne se passe, si bien que nous nous levons de nos chaises quand un avion survole le village. Ces bals constituent le grand événement, le conseil d'administration de la Salle des fêtes affiche le programme de l'hiver début septembre, nous entourons les dates en rouge, prévenons les baby-sitters longtemps à l'avance, allons acheter des provisions d'alcool quelques jours avant, repassons nos vêtements le jeudi, brûlons d'impatience le vendredi et passons le samedi à attendre. Quand vient le soir, nous sommes tellement contents que nous perdons les pédales et que nous hurlons notre joie. Assis dans sa voiture devant la salle comme le veut la tradition, Jónas a des sueurs froides, son angoisse a grandi au fil de la semaine comme un bourdonnement de plus en plus puissant dans ses oreilles, il écoute les cris et les hurlements qui transforment le village en asile de fous. Un jour, nous avons été obligés de le détacher du tape-cul devant l'école où il grelottait depuis au moins deux heures à en juger par la couche de neige qui le recouvrait, sa voiture de police avait disparu, on l'a retrouvée à côté d'une maison abandonnée à l'orée du village, de mauvais plaisants avaient déféqué sur le siège du conducteur et pissé sur le tableau de bord, les gens ne sont pas toujours bienveillants, certains sont parfois d'authentiques salauds. Une nuit d'été, trois sales types l'avaient sorti de son véhicule, le groupe Sálin hans Jóns míns était invité pour jouer pendant le bal, la sueur avait ruisselé, ces trois gars l'avaient attaché au filet des buts de handball de l'école, tu es une mouche, avaient-ils calmement expliqué en lui montrant deux femmes, ajoutant aussitôt, et elles, ce sont les araignées. C'était une nuit affreuse et pourtant si claire, les nuits d'été libèrent toutes sortes de maléfices. Les araignées avaient taillé en pièces l'uniforme de Jónas à l'aide d'un canif acéré. Ne gigote pas comme ça, nous pourrions te blesser sans le vouloir, elles avaient suffoqué en découvrant sa peau d'un blanc laiteux sous l'uniforme noir. À ton avis, il en a une grosse comment, avait lancé un des trois hommes en s'avançant pour mieux profiter du spectacle, dis plutôt une petite comment, avait rétorqué un de ses acolytes en ricanant. Une des femmes avait prudemment glissé le couteau sous l'élastique de son slip, Jónas n'avait pas dit un mot, certaines espèces du règne animal ne se débattent pas, c'est là leur système de défense. Ce n'est pas à toi qu'ils ont voulu s'en prendre, mais à ton uniforme, lui a dit Sólrún en le détachant, donne-moi les noms de ceux qui t'ont fait ça, je veillerai à ce que la terre se consume sous leurs pieds. Jónas s'était contenté de secouer la tête sans rien dire, du reste, il était inutile qu'il dénonce ses tortionnaires puisqu'une trentenaire originaire du village avait tout raconté avant même que se lève un nouveau jour après cette nuit claire. Elle avait donné tous les noms y compris le sien, rongée par les remords dès qu'elle avait dessoûlé, elle avait en outre envoyé au policier une lettre où elle disait avoir honte et regretter terriblement.

Mais ce qui est fait ne saurait être défait, certains événements modifient votre paysage intérieur si profondément que les mots n'ont pour ainsi dire plus aucun pouvoir. Assis dans le garage, Jónas lisait des ouvrages de zoologie, dessinait des oiseaux, sursautait chaque fois que le téléphone sonnait et fermait parfois les yeux en espérant ne jamais les rouvrir. Nous avions, pour la plupart, des choses à nous reprocher le concernant, plus ou moins consciemment, nous considérions que cela faisait partie de la fête que de lui faire des misères à l'occasion des bals, vous n'avez pas oublié que nous déclinons toute responsabilité concernant la nuit, mais ce qui lui était arrivé dans les buts de handball dépassait les bornes et il n'y avait pas moyen de mettre ça sur le compte de la pénombre. Ainsi, c'était peut-être dans un espoir de rédemption que nous avons traîné Einsi, à l'origine de l'événement, conducteur d'engins, dératiseur et authentique salaud, hors de son domicile. Nous l'avons déshabillé, pensant d'abord l'emmener chez Selja qui élève des veaux, et s'arranger pour que l'un des animaux le suce, mais nous avons renoncé à ce projet et nous nous sommes contentés de lui peindre le corps en rouge des pieds à la tête, c'est ça, tu peux bien hurler tout ce que tu voudras, lui avons-nous dit. Þorgrímur a rendu visite aux autres coupables, deux gamins d'une vingtaine d'années, si tôt le matin qu'il était impossible de distinguer les rêves de la réalité, il les a embarqués de force dans sa Jeep Willis, les a conduits dans les montagnes où il les a balancés dehors en leur disant, petit entraînement de boxe, allez, en garde, et préparez-vous à recevoir les coups, puis il est remonté dans sa Jeep en les laissant rentrer chez eux à pied. Une petite balade de sept heures, la pluie se chargera de panser vos bleus et vos blessures, leur a-t-il lancé depuis sa vitre ouverte, et laissez-moi vous dire que c'était un vrai déluge, le ciel et la terre se confondaient. Tandis qu'ils redescendaient des montagnes, Gréta, une des araignées, avait été convoquée par sa supérieure, Sigríður, et elle aurait mille fois préféré les poings de Þorgrímur et toutes les trombes d'eau du monde à ce sermon. Cela dit, il y a quelque chose de très agréable à nager sous une pluie battante, on ne sait plus vraiment si on est humain, oiseau ou poisson. Sólrún avait nagé loin vers le large, elle avait plongé dans les profondeurs du silence, elle avait pensé à Jónas, elle avait pensé à Þorgrímur.

sept

Par le diable, comme nous étions fiers d'accueillir un homme aussi célèbre que Finnur Ásgrímsson, on avait l'impression que le bon

Dieu aspergeait le village d'une pluie d'étincelles ! Vous connaissez Finnur, il se déplaçait avec lenteur un peu comme s'il marchait dans une épaisse couche de neige. De taille moyenne, râblé sans être gras, le visage joufflu et placide, sa marque de fabrique était son impassibilité censée témoigner de son caractère à la fois résolu et modéré, ce qui lui avait été fort utile en politique. Il est arrivé le cœur en paix, comblé par ses victoires, il était entré dans l'Histoire, il avait compté, le soleil l'avait baigné de ses rayons tandis que nous autres étions plongés dans la pénombre du quotidien, nos décisions peuvent déplacer de petits cailloux, mais n'ont aucun effet sur les blocs de pierre et encore moins sur les montagnes. D'ailleurs, nous avions tous enfilé nos plus beaux vêtements le jour de son arrivée. L'Association des femmes avait préparé des génoises imbibées de sirop, décorées de crème fouettée et de fruits en conserve, il y avait des pains surprises, des génoises fourrées de crème au beurre, des beignets, la table de la Salle des fêtes ployait sous les délices, nous avions l'eau à la bouche, c'était un vrai banquet. Nous avions repassé nos cravates et nos robes, le maire avait fait un discours, le président du Rotary et de la section locale du Parti du progrès en avait fait un autre, la présidente de l'Association des femmes en avait fait un troisième, nous avions applaudi en criant hourra, Finnur souriait, il se tenait là, au milieu de l'assemblée, et nous avions l'impression que l'Histoire, que le centre de gravité de la société islandaise était parmi nous, enfin, nous étions importants ! Et l'ambiance est loin d'être retombée quand Finnur nous a annoncé que, parallèlement à l'exercice de ses fonctions de directeur de la Coopérative, il comptait écrire ses Mémoires. À nouveau, il y a eu des hourras dans la salle, nous avons rajusté nos cravates, lissé le tissu de nos robes et chanté *Islande, toute de criques découpée*. Finnur est reparti derrière le pupitre pour s'adresser à nous, je suis très touché, ce chant puissant et magnifique ne manquera pas de figurer dans mon ouvrage.

Le ciel n'aurait-il pas changé de couleur, les montagnes n'auraient-elles pas piétiné d'impatience quand Finnur a entrepris la rédaction de ses Mémoires ? La première phrase lui est venue sans la moindre difficulté, « J'avais trente et un ans quand on m'a élu au Parlement », il l'a achevée par une virgule plutôt que par un point, il a attrapé une autre feuille pour y écrire le titre en capitales d'imprimerie : LES ANNÉES QUI ONT COMPTÉ. Il s'est reculé dans son fauteuil, a caressé le bois sombre de sa grande table de travail, balayé la pièce du regard et souri, il avait trouvé le ton, nos gestes sont alors devenus plus lents pour ne pas troubler sa pensée. « J'avais trente et un ans », Finnur écrivait au stylo-plume parce que l'encre est épaisse, comme la nuit qui s'étend sur le monde. « J'avais trente et un ans », ses coudes reposent sur le bureau en bois massif, à sa gauche, une ramette de 500 feuilles vierges, immaculées, la longueur qu'il prévoit pour son livre, si brève est la vie de l'homme. À sa droite, trois épais classeurs remplis de coupures de presse, de lettres, d'anciens discours, de photos, « J'avais trente et un ans », Finnur a soupiré et reposé son stylo. Trente et un ans et aujourd'hui soixante-huit, le temps avance à grands pas. Il regardait ce qu'il avait écrit, ce bout de phrase ressemblait à un nuage de pluie au sommet de la feuille, un nuage lourd de souvenirs, lourd de trente-sept années, ce qu'est une vie d'homme, pensait Finnur, il s'est reculé au fond de son fauteuil et les semaines ont passé. La lune grossissait et mincissait. Le clair de lune est blanc et parfois transparent, il fait naître des pensées, des sentiments que nous peinons à maîtriser, certains tirent les doubles rideaux pour ne pas perdre la raison, à d'autres, il pousse des ailes. Aucun mot ne pleuvait du nuage qui se desséchait peu à peu au sommet de la feuille, le soleil entrait par la fenêtre, l'encre pâlissait, ce qu'est la vie d'un homme.

Son éditeur l'a appelé, un jeunot qui porte un pantalon en cuir, les cheveux noirs, svelte, mais susceptible de prendre du poids, la peau lisse de son visage se couvre parfois d'une fine pellicule de graisse. Finnur, qui tenait à garder le contact avec la jeunesse, avec la passion, l'avait préféré aux autres représentants de sa profession. Vous pouvez m'appeler Jonni, lui avait dit le jeune homme à leur première rencontre, j'ai à cœur de publier des gens comme vous, Finnur. Nous avons tous deux un certain nombre de devoirs, le vôtre est de nous parler des événements et de leurs coulisses, des rouages du destin, des décisions qui ont changé la vie de la nation, mon rôle est de publier tout ça, de m'appliquer au travail et de le transmettre à nos compatriotes. Mais n'oubliez pas, Finnur, que dans ce domaine, il importe avant tout de faire preuve d'une honnêteté et d'une sincérité sans faille. Votre livre doit compter, il doit toucher les gens. Vous devez aborder les conflits dans le travail, parler des batailles engagées pour régler les problèmes de la nation, de vos alliés et adversaires politiques, mais vous ne devez pas pour autant éviter de mentionner vos difficultés personnelles, et même si ce n'est pas notre objectif, rien n'est aussi vendeur qu'un livre pimenté d'une petite dose de malheur, ce serait hypocrite de dire le contraire. Nous avons tous été confrontés à des tragédies, pourquoi refuser d'en parler ? Et Finnur, n'oubliez pas que vous devez aussi emmener vos lecteurs dans le lit conjugal, vous devez pleurer et vous devez haïr pendant le processus d'écriture. Soyez sans pitié, soyez chaleureux, soyez sincère. C'est la sainte trinité à l'origine de tous les bons livres.

Et voilà maintenant que Jonni, son éditeur, l'appelait.

Comment va, Finnur ?

Ce qu'est la vie d'un homme, a-t-il répondu.

Ah ça oui, je ne vous le fais pas dire, mais n'hésitez pas à m'envoyer ce que vous avez écrit, cela nous permettra d'accorder nos violons pour la suite. Tout à fait, a convenu Finnur. Et ne vous censurez pas, rappelez-vous, non seulement l'honnêteté est preuve de noblesse, mais elle est également vendeuse. Parfaitement d'accord ! s'est exclamé Finnur, subitement animé d'une profonde conviction. On s'y met *straight away*, Finnur, on s'y met ! *Straight away !* a répété Finnur. Sur quoi il a raccroché, attrapé son stylo-plume, cette voix transportée par le téléphone par-delà les landes et les montagnes l'avait en un clin d'œil sorti de sa torpeur. « J'avais trente et un ans quand on m'a élu au Parlement, les années qui ont suivi ont beaucoup compté. »

Voilà qui est nettement mieux, s'est félicité Finnur à voix haute, il a ouvert le dossier abritant les coupures de presse où on le voyait s'exprimant à la tribune, donnant le premier coup de pelle d'un futur bâtiment, en compagnie d'invités étrangers, en interview, des photos de lui et de sa famille, de ses trois enfants et d'Anna, son épouse décédée trois ans plus tôt, la vie va et vient. Assis à son bureau, il se remémorait ce qui avait compté, il se rappelait quelques-uns de ses discours, mais rarement les occasions où il les avait prononcés, il écrivait, les jours passaient, devenaient des semaines puis des mois, nous continuions à vivre nos existences routinières tandis qu'il consignait des années de luttes et de combats sur le papier. L'été a laissé place à un automne rougeoyant et orangé, le ciel s'est assombri puis l'hiver est arrivé. Jónas refusait catégoriquement de quitter son uniforme noir, pourtant, un balai l'attendait à la Laiterie et il y avait là-bas des murs à peindre, il arrivait à huit heures précises dans le garage faisant office de commissariat, s'installait à son bureau et fixait le téléphone, angoissé. Il y avait un problème, il fallait agir, voilà pourquoi, comme nous l'avons raconté, Sigrún est allée sur le rivage.

Elle est descendue de voiture, a laissé son peignoir glisser sur ses épaules, déclenchant le tremblement de trois ou quatre paires de jumelles, puis elle s'est mise à nager, elle était une flamme vacillante au creux des vagues, se changeait en phoque, en sirène, plongeait à dix mètres de profondeur, là où le temps s'écoule plus lentement. Celui qui touche le fond de l'océan voit le monde avec des yeux nouveaux.

Quelques jours plus tard, Þorgrímur, le contremaître de l'Entrepôt, est allé voir Finnur dans son bureau.

L'éditeur ne l'avait pas contacté depuis plusieurs mois, à nouveau, son enthousiasme s'était émoussé et la torpeur était revenue l'envahir, les yeux baissés sur le téléphone, il se disait, il faudrait que j'appelle Jonni. Mais il ne l'appelait pas et voilà que maintenant, Þorgrímur se tenait face à lui, avec ses larges épaules, ses yeux bruns qui scrutaient le monde depuis une altitude d'un mètre quatre-vingt-dix, il frottait constamment son gros nez, lequel le démange chaque fois qu'il doit parler en son propre nom. Vous souhaitez quitter l'Entrepôt, c'est bien ça, lui a demandé Finnur. Oui, a confirmé Þorgrímur de sa voix de basse si profonde que nos paupières tremblent quand il hausse le ton, on me presse d'accepter un poste de policier, a-t-il ajouté, mais c'est là une décision difficile parce que… Finnur a levé le doigt, s'est reculé dans son fauteuil, a plissé ses petits yeux en amande, les décisions, a-t-il dit : J'ai dû en prendre et non des moindres.

Il s'est levé, s'est approché de la fenêtre et a poursuivi, comme s'il s'adressait au jour déclinant : Quand j'étais ministre.

Þorgrímur attendait la suite, quelque peu nerveux même s'il avait des mains aussi grosses que des battoirs et des yeux placés à un mètre quatre-vingt-dix du sol. Þorgrímur est un homme patient et il a attendu longtemps. Les aiguilles de la pendule au-dessus de la porte avançaient, le soir approchait, l'obscurité s'infiltrait par les vitres, brouillant les contours du réel et rendant le monde de plus en plus flou. Þorgrímur s'est raclé la gorge deux fois en deux heures sans que jamais Finnur le regarde. Il a cligné les paupières, il peinait de plus en plus à distinguer la silhouette du directeur toujours debout à la fenêtre. Il a reculé, cherchant à tâtons la poignée de la porte, l'a ouverte, a regardé vers la vitre en plissant les yeux, incapable de distinguer l'homme de la nuit ; puis il a doucement refermé la porte.

huit

Le soleil s'est hissé à grand-peine au-dessus des montagnes à l'est du village pour nous offrir un nouveau jour. L'Astronome a éteint son ordinateur, s'est préparé une bouillie de flocons d'avoine et est allé se coucher, le vent soufflait du nord, il neigeait sur les sommets. Nous avons enfilé nos chaussettes de laine en pensant à des viennoiseries tièdes, à nos angoisses et à une cafetière. Þorgrímur est parti de chez lui pour aller chez le maire et son épouse, dix minutes de marche pour un homme qui avance à grandes enjambées. Il avait enfilé son uniforme de policier, il est entré dans le garage, sa silhouette occupait toute l'embrasure de la porte, assis à son bureau, Jónas hésitait entre bonheur et peur. Ils ont échangé un regard, mais n'ont pas eu le temps de se saluer : Sólrún est venue leur apporter une tarte, suivie par son époux qui tenait quatre assiettes et un couteau avec lequel il a coupé une part pour Þorgrímur en disant, si vous êtes maintenant deux, c'est grâce à Sólrún. Les gros doigts de Þorgrímur tenaient la fourchette avec une surprenante élégance, ces doigts épais et puissants ne sont pas dénués de délicatesse, cela, quatre ou cinq femmes du village pourraient en témoigner, elles s'étonnent toujours de leur légèreté, de leur douceur, et de la précision de leurs explorations. Þorgrímur, Jónas, Sólrún et son mari mangent de la tarte, boivent leur café, Þorgrímur dit quelque chose de sa voix la plus profonde et les paupières des trois autres tremblent, Jónas ne décroche pas un mot, mais il avale quatre tasses de café noir, lui qui n'en boit en général qu'une seule par jour, puis Sólrún part au travail, Þorgrímur soupire en silence, soulagé, mais également triste, tellement intimidé, il est maladroit et manque d'assurance face à la directrice d'école, face à cette intelligence, à ce maillot de bain d'un bleu irréel, à ces longs cheveux roux et flamboyants. Le maire prend également congé, il faut que j'aille au bureau, les gars, maudites paperasses, et ils se retrouvent seuls tous les deux. Eh bien, déclare prudemment Þorgrímur, nous voilà maintenant collègues, désormais, nous serons comme un seul homme. Ils se sont alors levés pour se serrer la main, un troll et un elfe, la voiture de police a démarré, Þorgrímur a pris le volant, Jónas tremblait sur le siège du passager, peut-être parce qu'il avait bu trop de café, peut-être de bonheur.

[Le temps passe et nous traverse, voilà pourquoi nous vieillissons. Dans cent ans, nous reposerons au creux de la terre, il ne restera plus que des ossements et peut-être une vis en titane que le dentiste aura mise dans une dent de notre mâchoire supérieure pour que le plombage reste en place. L'être humain n'a pas la résistance de ce métal et son histoire pourrait se résumer ainsi : ce qu'abrite son cœur, ce que contiennent ses os et son sang, et des bras qui s'agitent par un soir d'octobre. Jónas est sans doute bien loin de ces considérations, c'est peut-être pour cette raison que l'âge semble l'épargner, sa peau est lisse et douce, c'est si beau de le voir avec Þorgrímur. Quelques mois après s'être retrouvé, tremblant, sur le siège de la voiture de police, Jónas a vendu sa maison, la maison de son père, pour emménager chez Þorgrímur, avec qui il se sent en parfaite sécurité, au printemps et en été, il quitte le village aux premières heures du jour pour arpenter les collines, les landes et les tourbières où, armé de ses jumelles, d'un carnet et d'un crayon, il observe les oiseaux. Il éprouve une affection particulière pour la bécassine et la barge à queue noire, mais n'aime pas beaucoup les goélands qui planent en surplomb du territoire des oiseaux des tourbières et leurs plaintes qui parlent de mort. Jónas est calme, comme s'il échappait à tous les fléaux qui nous tracassent, la vitesse, l'agitation, le fait qu'il nous faut une plus grande télé, un nouveau portable, il lui suffit de penser à la courbe de l'aile d'un oiseau pour être apaisé. Que devons-nous faire pour parvenir à une telle sérénité ?

Certains villageois considèrent comme suspect de voir deux hommes vivre ensemble, sans doute parce que nous avons tendance à tout réduire à la sexualité. Vous connaissez notre époque, pas un magazine ne sort sans qu'il y soit question de sexe ou d'infidélité, sans qu'il publie des sondages sur les pratiques sexuelles, des enquêtes sur la taille des quéquettes ou les jouets érotiques. Nous avons lu quelque part que les orgies et la sexualité débridée étaient le signe de la décadence de l'Empire romain, mais l'être humain est-il autre chose que de la chair, des os et une vis en titane ?

Jadis, la foi était notre sédatif, elle nous apportait l'espoir et définissait le but de nos vies, plus tard, la science l'a remplacée par le rêve d'un monde meilleur, d'une distance réduite entre les hommes, tout change. Les journées passent, puis les siècles, et aujourd'hui, la place de la religion se réduit pour ainsi dire à la messe du dimanche, la science est le domaine réservé des scientifiques de profession, et le rêve d'un monde meilleur s'est assoupi dans le canapé dernier cri. Le confort nous assaille, c'est à peine si nous gardons la tête hors de l'eau, perdus dans cet océan d'objets, nous somnolons, nous rêvons, et nos rêves se confondent avec les livrets en quadrichromie que publient les agences de voyages, ils s'immiscent entre les pages des magazines télé et prennent corps sur Internet. D'aucuns claironnent que les héros de chaque époque sont à l'image de leur temps et de leur environnement. Il y a un demi-siècle, nos modèles étaient peut-être les astronautes en qui nous voyions la grandeur de l'esprit humain, ils représentaient le triomphe de la science, l'accès à de nouveaux univers, une forme de témérité, nous n'affirmons pas que tout cela était caractéristique de cette période, loin de là, les symboles procèdent toujours par excès de simplification, mais tout de même — les héros de chaque époque sont un miroir de l'air du temps, de nos préoccupations, de nos rêves et de nos espoirs, un héros est un objectif, un phare qui nous guide, une consolation quand les vents sont contraires, l'homme en a besoin, c'est dans sa nature. Les grandes figures d'aujourd'hui ne sont-elles pas les journalistes, les architectes d'intérieur et les cuisiniers ?

Le temps passe, nous vivons, puis nous mourons. Mais qu'est-ce que la vie ? La vie, c'est quand Jónas pense à la courbe de l'aile d'un oiseau, c'est quand il s'endort, bercé par la respiration profonde de Þorgrímur, oui, c'est tout à fait ça, mais pas uniquement. Et quelle est la largeur de l'espace qui sépare cette vie de la mort, d'ailleurs, cet espace existe-t-il, et si oui, quel nom lui donner ? Doit-on le mesurer en kilomètres ou en pensées, certains peuvent-ils se glisser dans cet interstice — où ils avanceraient et reculeraient à leur guise ?]

Devons-nous reconnaître que nous sommes des idiots ?

L'air froid et chargé de ténèbres s'est engouffré dans l'Entrepôt quand Sigríður a ouvert la porte, elle est entrée et l'a refermée sur le matin de janvier. Kjartan et Davíð somnolaient, assis à la table où les employés prennent le café, Davíð tentait de ressusciter ses rêves de la nuit, Kjartan croquait des morceaux de sucre pour se maintenir éveillé. Ces années-là, la Coopérative était parfois surnommée l'Empire des femmes parce qu'au premier étage régnait la douceur toute maternelle d'Ásthildur, elle était secrétaire, préparait le café, veillait à ce que Björgvin, et ensuite Finnur, ne soit pas trop dérangé, elle n'hésitait pas à annuler des réunions quand elle le jugeait nécessaire, et ceux qui avaient des requêtes à formuler devaient d'abord s'assurer de sa bienveillance. Le rez-de-chaussée, la boutique et la station-service étaient en revanche dirigés d'une main de fer par Sigríður, qui venait d'avoir cinquante ans lorsqu'elle est entrée dans l'Entrepôt ce matin de janvier à la fin des années 90, la radio passait une chanson du groupe britannique Massive Attack et Davíð battait la mesure.

Autrefois, lorsque Sigríður était jeune et le monde en noir et blanc, les garçons lui avaient tourné autour, elle en avait maltraité plus d'un, certains avaient connu avec elle des moments inoubliables, mais leurs cœurs s'étaient ensuite changés en champs de ruines. À l'âge de dix-huit ans, on l'avait élue Miss Vesturland, grande et svelte, il suffisait qu'elle rabatte ses longs cheveux blonds en arrière pour que les montagnes se mettent à onduler. Puis elle avait commencé à travailler comme vendeuse à la Coopérative. Nous allions acheter du lait, des gâteaux secs et des pommes de terre, et nous regardions ses cheveux, nous observions les traits fins de son visage, puis un jour, Sigríður a épousé un paysan dont la ferme se trouve à deux pas du village, Guðmundur, souvent surnommé Guðmundur j'y cours.

Guðmundur détenait le record de course de vitesse de la province pour les 400, 800 et 1 500 mètres, plus robuste que la plupart des chevaux, il partait toujours à pied quand il allait rassembler les moutons pour les ramener des montagnes à l'automne. Quelqu'un montrait une brebis au sommet d'un versant, Guðmundur répondait : j'y cours, c'est ainsi qu'est né ce sobriquet. Un homme courageux, en revanche, Sigríður avait un nez si fin, des mains si claires et des épaules si graciles que pendant un temps, nous étions persuadés qu'elle était trop fragile pour les rudesses de la vie à la ferme. Mais comme bien souvent, nous ne savions pas grand-chose, nous ne voyions rien, et nous en comprenions encore moins ; derrière ses beaux yeux, qui en empêchaient plus d'un de dormir, il y avait une volonté de fer, une détermination sans faille.

Sigríður n'a pas tardé à monter en grade, il lui a suffi de quelques années pour devenir la souveraine absolue du rez-de-chaussée, même le directeur de la Coopérative devait prendre des gants avec elle. Des années ont passé depuis l'époque où elle nous rendait muets du haut de ses dix-huit ans, lorsqu'elle saupoudrait son sourire autour d'elle comme une pluie d'or, mais ses cheveux sont toujours aussi diablement blonds, son corps est galbé comme celui d'une antilope, et parfois, il semble abriter une tension latente et imprécise qui n'attend que l'occasion de s'exprimer. Sigríður est farouche même si des hommes ont plus d'une fois tenté de l'entreprendre pendant les bals, ils ont bu une demi-bouteille de vodka et tiennent à lui dire qu'elle est très bien conservée, bien mieux que les autres femmes de son âge, et qu'elle dépasse en beauté les jeunettes, l'un d'eux lui confie qu'il ne tient pas en place quand elle est dans les parages, un autre lui demande si elle ne pense jamais à lui, un troisième lui rappelle le bon vieux temps, un baiser au pied d'un mur. Tu te souviens, Sigríður, nous avons passé toute la nuit à nous embrasser, je n'oublierai jamais ta langue souple et fine, j'en rêve encore ; est-ce que je peux t'embrasser, là, maintenant ? Ah, Sigríður, oublions tout, oublions le monde et les autres et embrassons-nous comme autrefois, à cette époque, on peut dire que nous étions vivants — Sigríður, je suis marié, j'ai des enfants, je suis heureux et pourtant, je m'en rends compte en ce moment, c'est évident, je n'ai jamais cessé de t'aimer, allez, viens avec moi dans la nuit !

Mais qu'importe leur entêtement, qu'importent leurs armes, qu'ils prétextent de vieux souvenirs, de l'inconséquence de la nuit ou des brûlures du désir, c'est en vain qu'ils se démènent. Sigríður les toise, ils regagnent leur voiture en titubant, sortent la bouteille de vodka qu'ils ont cachée sous le siège, en boivent une grande lampée et se disent : quelle vie ! — jusqu'au moment où ils rouvrent précipitamment leur portière pour dégobiller avant de s'endormir.

Sigríður referme la porte de l'Entrepôt, s'avance vers le comptoir et regarde les deux compères qui sursautent, Kjartan s'arrache péniblement à sa somnolence, les rêves se dissipent dans la tête de Davíð, qui a presque trente ans de moins qu'elle. À ses yeux, c'est une femme d'âge mûr, despotique et sans pitié, il ne comprend pas ces types enflammés de désir qui parlent d'elle comme si elle avait la douceur du rêve, je vois que vous êtes débordés, lance-t-elle en ouvrant le battant qui permet de passer derrière le comptoir. Nous organisons notre journée, répond Kjartan, la voix teintée d'un soupçon de ténèbres, il tient entre ses doigts un morceau de sucre qu'il meurt d'envie d'avaler. Sigríður regarde tour à tour ses deux collègues en plissant les yeux, ils n'ont pas l'air très bien. Puis elle leur annonce que Þorgrímur les quitte, ils en ont évidemment entendu parler, elle ajoute qu'à partir de ce matin, il travaillera comme policier, sa décision a été subite, il faudra donc attendre plusieurs jours, voire quelques semaines, pour que l'homme auquel elle compte faire appel pour le remplacer puisse prendre ses fonctions. Il habite loin d'ici et n'est pas facile à joindre. En attendant, Kjartan et Davíð vont devoir se répartir les responsabilités, faire preuve d'endurance et montrer de quel bois ils sont faits, il faudra qu'ils soient à la hauteur. Kjartan repose son morceau de sucre, bombe le torse et déclare de sa voix la plus profonde, tu peux nous faire confiance ! Sigríður esquisse un sourire, difficile de dire s'il est amical ou moqueur, elle hoche la tête, fait volte-face et quitte l'Entrepôt où l'air se réchauffe subitement de trois degrés. Les deux hommes fixent la porte un long moment puis Kjartan reprend son morceau de sucre, l'avale, s'avance vers le comptoir, abaisse le battant, se penche par-dessus le plateau et dit, voilà. Également incliné sur le plateau, Davíð l'imite, voilà. Nous avons donc là les deux collègues, Kjartan de taille supérieure à la moyenne, mais tellement enveloppé qu'il a l'air moins grand, ancien paysan venu s'installer au village il y a deux ans, Davíð est naturellement le fils de l'Astronome, nettement plus petit que Kjartan, maigre comme un clou même s'il commence à avoir un petit bedon, comme s'il avait avalé un chapeau melon par mégarde, parfois, il se regarde dans la glace dans sa petite maison en bois, il caresse son ventre en maudissant les casse-croûte trop nourrissants de son collègue. Ils restent ainsi, immobiles devant le comptoir, jusqu'à ce que Kjartan annonce, bon, il faut que nous réfléchissions, sur quoi ils vont se rasseoir à la table où ils prennent leur café, Davíð s'assoupit, c'est si bon de dormir, on plonge dans son monde imaginaire et on ferme les doubles rideaux. Kjartan ouvre son sandwich, enlève le jambon pour le remplacer par un morceau de *vínarbrauð* tiède, puis croque dedans, c'est si bon de manger, le corps est reconnaissant et l'univers un peu moins hérissé d'épines, Kjartan pense à de jolies choses. Puis il termine son sandwich, et là, il se rappelle ces douleurs qu'il ressent parfois sous les côtes, tout près du cœur, des élancements qui vont et viennent, probablement liés à la souffrance de vivre, même s'il vaudrait mieux qu'il prenne rendez-vous chez Arnbjörn, le médecin. Il donne un coup de coude à Davíð qui se réveille en sursaut, arraché à ses rêves, assez réfléchi, annonce-t-il, Davíð bâille, se sert un autre café, essaie de réfléchir à la responsabilité qu'ils doivent endosser, mais il ne lui vient à l'esprit qu'une mélodie au piano, seule capable de décrire le baiser qu'une femme du village a déposé sur ses lèvres il y a un peu plus de deux semaines, de décrire la chaleur de sa langue, une femme mariée, une trentenaire, mère de deux enfants, dont l'haleine sentait le tabac et la vodka, une femme aux seins lourds. Davíð se lève d'un bond avant que le souvenir ne lui donne une érection, allez, au travail, dit-il en frappant dans ses mains. Kjartan soupire, il reste assis avec ses cent dix kilos, tu es réellement un fils du ciel, dit-il, voilà pourquoi tu es si léger, moi, je suis fils de la terre et je porte en moi quelques grammes d'enfer qui m'alourdissent affreusement, allez, tends-moi la main pour m'aider à me lever. Comme tu as de beaux yeux, poursuit-il mentalement parce qu'à ce moment-là, les nuages s'écartent et dévoilent la lune, sa clarté blanche entre par la vitre au-dessus de la porte et tombe sur le visage de Davíð, faisant scintiller son regard brun animé d'un feu sombre, Kjartan soupire. Oui, répond Davíð, soupirant également, nom de Dieu, ça ne va pas être de la tarte de se coltiner tout ça. Kjartan ne répond rien, il se lève lentement, alourdi par toute sa chair, mais plus encore par la tristesse que lui inspire la vie, qu'il s'inspire lui-même, que lui inspire sa femme, que lui inspire ce sentiment si puissant qu'il a ressenti en voyant les yeux de Davíð se consumer, puis ils vont vers l'immense réserve en marchant côte à côte.

deux

Vous avez sans doute été confrontés à de tels événements, vous distinguez du mouvement dans une maison déserte, vous entendez du bruit dans un grenier où il n'y a personne, le piano se met à jouer tout seul dans le salon. Ce sont là des phénomènes qui mettent les nerfs à rude épreuve, on sue à grosses gouttes pour presque rien, naissent alors des récits inquiétants qui troublent le sommeil et chargent la nuit d'ombres menaçantes. Certaines de ces histoires sont pourtant porteuses de lumière dans la mesure où elles alimentent la conviction qu'il existe un autre monde à l'arrière du nôtre. Celui qui croit à ce genre de choses est malgré tout mieux équipé pour affronter la solitude de l'homme, il est mieux armé contre le vertige du doute, on peut même dire qu'il a reçu comme une bénédiction. Kjartan est un homme terre à terre, il sait que la plupart du temps, on peut aisément trouver une explication normale, voire scientifique aux spectres et aux fantômes ; ululements du vent, irisations de l'atmosphère, hallucinations visuelles. Lorsqu'il était paysan, Kjartan allait souvent faire un tour à la grange ou à la bergerie dans la nuit noire et lourde de l'hiver, le vent hurlait, les plaques de tôle ondulée grinçaient, c'étaient là des conditions idéales pour que se manifestent les fantômes, pourtant, il n'a jamais été témoin de rien, sans doute parce que c'est un homme de raison. Quant à Davíð, il ne manque ni de dons ni d'intelligence, il a toujours eu d'excellents résultats au lycée et pendant ses études d'islandais à l'université, mais il est nerveux et émotif, il se ronge les ongles, agite constamment sa jambe droite quand il est assis, passe le plus clair de son temps plongé dans ses rêves et ses songes, allume toutes les lumières de sa maison quand la nuit hivernale s'abat et que les insondables ténèbres de l'univers suspendues au-dessus du village semblent vouloir le happer et l'engloutir. Et maintenant, ils se lèvent de la table où ils ont pris le café, ils marchent côte à côte en direction du hangar qui se trouve à vingt mètres environ, ils ouvrent grand la porte coulissante, allument la lumière, dévoilant d'innombrables empilements de palettes, une large allée centrale pour le chariot élévateur, quelques allées étroites perpendiculaires à la grande, le tout éclairé par une vingtaine d'ampoules nues suspendues à des fils électriques à huit mètres du sol. Kjartan vérifie la liste des commandes, ils se mettent au travail, comme toujours, si ce n'est que Þorgrímur n'est plus là. Et les jours passent.

Au début, tout est parfaitement normal, il n'y a rien d'inhabituel, si ce n'est que tous deux perçoivent des choses qu'ils ne jugent pas utile d'évoquer dans leurs conversations. Ils sentent comme une présence invisible qui échauffe les nerfs et entrave le souffle. Kjartan a l'impression qu'il a quelqu'un derrière lui, et quand il se retourne, il ne trouve que le vide. Davíð distingue du mouvement dans le coin de son œil, un mouvement imprécis, il entend un froissement, tourne la tête, mais ne voit rien, il n'y a plus aucun bruit à part le vent qui souffle et Kjartan qui chantonne ailleurs dans le hangar.

Puis un jour, des sacs d'aliments pour animaux tombent d'une palette, six sacs de vingt-cinq kilos chutent depuis une hauteur de six mètres. Deux d'entre eux explosent en atterrissant, les granulés marron se répandent sur le sol, une gerbe vient asperger une botte noire de pointure 45.

Kjartan sursaute si fort que plus d'une minute durant, il suffoque, bouche bée, tandis que son cœur s'affole et que son sang pulse dans ses veines. Il s'en est fallu de deux secondes que ces sacs ne lui tombent sur la tête et c'en aurait été fini de lui. Davíð accourt et s'écrie, qu'est-ce qui se passe ?! Son collègue lève le bras et lui montre le trou dans la pile au sommet des palettes. Ils balaient en silence, levant çà et là les yeux vers les sacs entassés en surplomb, ce genre de chose n'est pas censé se produire, observe Kjartan. Comment ça, demande Davíð, hésitant, tu veux dire que… Je veux dire quoi, interroge Kjartan, voyant qu'il n'achève pas sa phrase.

Davíð : Tu sais bien.

Kjartan : Je ne sais absolument rien.

Davíð : Bien sûr que si, je veux dire qu'il y a… *quelque chose*.

Kjartan : Il y a toujours quelque chose.

Davíð : Non, tu sais, ces histoires, cette femme et ce… tu n'as rien senti ces derniers jours ?

Kjartan : Rien senti ? Comment ça ? Qu'est-ce que j'aurais dû sentir ?

Davíð : Ne fais pas l'ignorant, tu sais bien, on

a l'impression qu'on n'est pas seuls ici, on dirait qu'une menace plane dans l'air, que quelqu'un nous observe.

Kjartan : Tu veux que je ne fasse pas l'ignorant ? Eh bien, toi, ne fais pas l'imbécile ! Je n'ai rien perçu de tel, absolument rien.

Davíð : Donc, selon toi, les fantômes n'existent pas.

Il prononce le mot *fantômes* comme s'il avait dans la bouche un bâton de dynamite susceptible d'exploser à la moindre secousse. Kjartan se rengorge, il va chercher le chariot élévateur, descend la palette de granulés, les deux hommes remettent soigneusement en place les sacs qui gisent sur le sol, ils remontent la palette, vont chercher une lampe de poche et passent une heure entière à arpenter le hangar, à longer les allées, à vérifier les entassements dont certains sont si hauts que le faisceau lumineux se perd dans les ténèbres qui emplissent le faîtage. Aucun événement notable ne survient le lendemain.

Ni même le surlendemain. Certes, les nuits de Kjartan sont ponctuées de cauchemars, il rêve qu'il est seul dans le hangar, il entend des bruits inquiétants, des objets tombent, surgis de l'obscurité, puis il perd la vue. Il se console en se disant que la nuit est une chose, mais le jour une autre, tout à fait différente. Jakob arrive au volant de son gros camion pour effectuer une livraison, on réceptionne les produits, il en remporte d'autres, des clients viennent chercher des granulés, des pelles, des vélos, des tapis de course. Puis très tôt le matin, environ une semaine après que Kjartan a évité de peu d'être écrasé sous les sacs, il entend des gens dans le hangar, on dirait que des gamins courent pieds nus le long des allées. Je ne mange pas assez, pense-t-il, c'est le problème, et je manque de sommeil, ce sont les nerfs.

Dans l'après-midi, ils sont dans le hangar, Kjartan fait une caricature de Jakob dans son camion. Accoudé à une palette, Davíð rit aux éclats quand, tout à coup, une ampoule explose à l'angle nord-est du bâtiment. Les deux hommes sursautent, Kjartan hausse les épaules comme pour se débarrasser d'un frisson, puis une deuxième ampoule s'éteint, et bientôt, une troisième, une quatrième, une cinquième... à environ cinq secondes d'intervalle. Les deux hommes retiennent leur souffle, scrutent les alentours, il règne un silence de mort, d'autres ampoules explosent, une sixième, une septième, la nuit se rapproche à vive allure de toutes les directions, elle les assaille, ils se faufilent vers la porte, le dos en sueur lorsqu'ils la franchissent enfin. Kjartan remplit leurs deux tasses de café, la main de Davíð tremble un peu en attrapant l'anse. Saloperie d'électricité, dit Kjartan dès qu'il a récupéré quelques forces. Dehors, la pénombre de la fin d'après-midi repose sur le village.

trois

D'aucuns affirment que vie et mort marchent main dans la main, que seul un maigre espace intermédiaire les sépare et que c'est pour cette raison qu'il nous arrive parfois d'apercevoir les ombres des défunts. Nous parlons de la mort, mais pensons aux fantômes. À l'endroit où s'élève aujourd'hui le hangar, il y avait jadis une ferme où se sont produits de dramatiques événements. Le paysan était allé pêcher au large de la péninsule de Snæfellsnes, et lorsqu'il est rentré au milieu de la nuit, il a trouvé son épouse dans les bras d'un inconnu, un homme aux cheveux bruns, terriblement beau, on raconte que ce fermier au caractère impétueux a empoigné un couteau et tranché la gorge de son rival avant de se jeter sur sa femme pour la poignarder en plein cœur, puis il a mis le feu à sa ferme et tout s'est consumé, le paysan lui-même, les deux corps sans vie, les trois enfants, les deux chiens et quelques dizaines de souris. L'herbe a peu à peu recouvert les ruines, mais l'infortune et la malédiction ont continué à planer sur les lieux comme un cauchemar. Les gens affirmaient ressentir des choses, certains voyaient des visages et personne n'osait installer sa ferme à cet endroit. Bien des années plus tard, environ cent cinquante, nous avons construit l'Entrepôt sur ces ruines, elles sont enfouies sous l'angle nord-est du hangar. Désormais, c'est une autre époque, l'électricité a triomphé des ténèbres, on va à l'école plus longtemps et les histoires sont simplement des histoires, elles sont une distraction. Certes, il arrive qu'elles nous émeuvent, qu'elles nous amènent à changer de coiffure, de lieu de résidence, de démarche, mais aucune ne saurait ébranler les règles fondamentales de la vie et de la mort, déplacer les étoiles de la voûte céleste, et aucun conte populaire n'a le pouvoir d'entailler la terre pour libérer des ombres, fantômes et malheurs vieux de cent cinquante ans.

Si ce n'est que : la nuit a passé, cédant place au matin sombre.

Davíð est arrivé le premier. La veille, lui et Kjartan avaient oublié d'allumer la lumière extérieure. Il a pris ses clefs dans sa poche, puis les y a remises, je vais attendre Kjartan, s'est-il dit en regardant sa montre, huit heures et demie. Son collègue aurait déjà dû être là, les villageois auraient dû être réveillés, mais les rues étaient désertes et il n'avait vu qu'Elísabet passer devant l'Entrepôt, en route pour sa promenade quotidienne, à part ça, il n'y avait que les ténèbres et les lumières extérieures des maisons qui scintillaient au fond de la nuit. Davíð a commencé à siffloter, d'abord des notes désordonnées qui n'ont pas tardé à former un air familier, celui du *Premier baiser* du groupe Hljómar. Bien sûr qu'il sifflait cet air en se disant, j'ai vingt-quatre ans et une femme m'a embrassé. Puis la mélodie s'est tarie sur ses lèvres et, adossé au coin du bâtiment, il a scruté les alentours.

Seize jours plus tôt, le groupe de Davíð et Kjartan avait animé le bal de fin d'année. Les musiciens censés venir de Reykjavík ayant annulé deux jours avant la date prévue, on avait fait appel en urgence aux Góðu Synirnir, Les Bons Fils, nom inspiré du titre de l'album de l'Australien Nick Cave *The Good Son*. Les cinq membres de leur formation se retrouvent deux ou trois fois par mois dans une vieille grange à l'extérieur du village où ils jouent comme des enragés trois heures durant. L'un d'eux pour évacuer son stress, un autre pour oublier les déceptions de la vie, un troisième pour fuir ses souvenirs, et les deux derniers sans doute par simple besoin de faire de la musique, jamais ils n'avaient imaginé animer un bal, voilà qui nécessite un programme, il faut de l'organisation et des morceaux qui mettent les jambes en mouvement, mais on ne leur avait tout bonnement pas laissé le choix. Puis le grand soir était arrivé, ils tremblaient comme des feuilles. Davíð était au piano, Kjartan à la guitare, Ási à la batterie, Hörður à la guitare ou à la trompette quand la tristesse l'envahissait, et il y avait enfin Ingvi ou Ingvar à la basse, pour je ne sais quelle raison, nous n'avons jamais réussi à nous souvenir de son prénom, mais appelons-le simplement Ingvar. Cette soirée avait été celle de Davíð, il avait remporté un franc succès, c'est lui qui avait imprimé le rythme à ses complices, enchaînant les douces mélodies de sa voix masculine teintée d'un soupçon de nuit, une mèche de cheveux noirs retombant sur les yeux, il était meilleur que tous les autres réunis, sa timidité s'était évanouie, pourtant, il n'avait presque rien bu, contrairement à Kjartan qui avait vidé une demi-bouteille de whisky vers minuit alors que le bal n'était censé s'achever que trois heures plus tard. Le whisky l'avait transformé en jour de pluie maussade, ils s'étaient arrangés pour qu'il s'adosse au mur de manière à se tenir droit, mais quels que soient les morceaux qu'ils interprétaient, qu'il s'agisse des chansons simplettes, joyeuses et frétillantes de Geirmundur Valtýsson, des rocks toxiques et décontractés des Stranglers, ou des tubes veloutés d'Elvis, Kjartan les jouait tous sur un rythme de blues. *Premier baiser* ! avait hurlé Ingvi dans le micro tandis que la guitare rythmique sanglotait, *I'm so lonesome I could die.* Ils s'en étaient tout de même bien tirés, ils avaient baissé le volume de la guitare de Kjartan, augmenté le niveau de celle de Hörður, qui grattait frénétiquement les cordes du bout de ses sept doigts tandis que ses yeux fatigués clignaient en regardant la piste de danse. Puis le bal avait pris fin. L'air saturé de fumée empestait l'alcool et la sueur, Kjartan avait fini sa bouteille depuis longtemps, il pouvait se permettre de boire en quantité étant donné sa corpulence. Pendant qu'il s'empiffrait de frites dans la cuisine de la Salle des fêtes en écoutant le sermon d'Ingvi et de son épouse, Harpa, une femme mariée trentenaire et mère de deux enfants, avait acculé Davíð dans un coin, elle l'avait poussé devant elle jusqu'à ce qu'ils soient bloqués par un mur, un épais rideau de velours bordeaux les séparait de la salle.

Elle l'avait attrapé par la nuque et l'avait embrassé à pleine bouche. Un premier baiser, un baiser brûlant, un goût de tabac et de vodka. Elle pressait ses lèvres contre celles de Davíð, ses seins lourds contre son torse, son bas-ventre contre son membre rigide, lui, il fermait les yeux. Que dois-je faire maintenant, se demandait-il, maladroit, est-ce qu'elle se mettra en colère si je lui touche les seins, dois-je les caresser doucement ou les empoigner avec fermeté, les pincer, peut-être, et ses fesses, est-ce que j'ai le droit de les toucher, j'en ai tellement envie, je ne savais pas que les femmes avaient une langue si fine. Sa main gauche reposait, immobile, sur la hanche de Harpa, tandis que la droite lui caressait les reins, désemparée, comme une araignée d'eau assommée, il se demandait s'ils allaient s'embrasser encore longtemps, si sa langue à lui était aussi brûlante, si Harpa appréciait ses baisers, si elle aimait sa bouche, et que devait-il faire de ses mains ? Il n'y avait entre eux et le reste du monde qu'un rideau de velours, mais une telle étoffe est parfois plus épaisse que la nuit, plus vaste que les océans, la main droite de Davíð était suspendue en l'air, maintenant, tu vas aller te poser sur ses seins ou ses fesses, lui ordonnait-il, Harpa avait alors commencé à desserrer sa ceinture en douceur. Elle avait déboutonné sa braguette, lui avait légèrement abaissé le pantalon puis elle avait glissé sa main dans son slip bleu, elle avait attrapé son membre que l'incertitude avait ramolli, mais qui avait aussitôt durci au creux de sa paume, Davíð écarquillait les yeux et ouvrait grand la bouche, caresse-moi les seins, avait-elle murmuré, non, passe ta main sous mon chemisier, déboutonne-le, mon Dieu, comme j'aime tes doigts, enlève mon soutien-gorge, ils sont à toi, tu les trouves laids ? Non, avait-il répondu, d'une voix étranglée. Tu sais, ils étaient plus jolis il y a quelques années, plus fermes. Mais je les trouve magnifiques, avait-il chuchoté, n'ayant jamais rien vu d'aussi beau. Mon Dieu, comme tu mens joliment, prends-les, ne les chatouille pas, empoigne-les fermement, tu ne risques rien, oui, comme ça, mon amour, c'est la première fois que tu fais ça ? Oui, avait-il murmuré, cramoisi d'excitation, rouge de honte. Tu n'as jamais couché avec une femme ? Il avait secoué la tête, les larmes aux yeux. Oh, que c'est beau, avait soupiré Harpa en remontant sa jupe, aide-moi à enlever ma petite culotte. Il avait lâché ses seins à contrecœur, ses paumes étaient vides, il s'était penché, hésitant, avait levé les yeux vers elle, glissé ses mains tremblantes sous la jupe, doucement baissé la culotte, elle avait levé la jambe droite puis la gauche, mets-la dans la poche de ta veste, avait-elle murmuré.

Elle l'avait entraîné plus loin derrière la scène, vers une petite table installée dans un coin, il avait le souffle court, comme s'il s'apprêtait à fondre en larmes ou à se noyer, puis elle avait laissé sa jupe tomber sur le sol, s'était allongée sur la table, avait ouvert ses jambes, l'avait attiré jusqu'à elle et avait guidé son membre. Jamais de toute sa vie il n'avait imaginé qu'il puisse exister une chose aussi humide, aussi douce et aussi chaude, elle lui caressait le visage, lui mordillait le lobe de l'oreille, lui léchait les paupières, quand il avait commencé à bouger, elle avait poussé de petits cris, qui ressemblaient à des hurlements, mais n'en étaient pas vraiment, il avait murmuré quelques mots d'une voix rauque, heureux, désespéré, mon amour, mon amour, avait-elle chuchoté, jouis, ne t'en fais pas, allez, jouis, et elle avait léché du bout de la langue l'intérieur de son oreille gauche. Ensuite, il n'y eut plus au monde que le souffle de Harpa.

Les souvenirs ne sont pas comme les vêtements qui s'usent quand on les porte trop souvent ; depuis seize jours, Davíð pensait presque en permanence à ces moments avec des conséquences chaque fois semblables, il devenait vulnérable, sensible, et son membre était dur comme l'acier. Il avait parfois honte de ces érections, il s'efforçait alors de se concentrer sur les yeux de Harpa, ses yeux sombres, il pensait au doux parfum qu'il avait senti dans ses cheveux, à son sourire quand il la croisait à la Coopérative, ce sourire qui était à la fois timidité, taquinerie, provocation, sincérité et chaleur. Si ça ne suffisait pas à le calmer, il se mettait à l'écart pour être seul avec lui-même et ses souvenirs brûlants, voilà pourquoi il était derrière le vieux tracteur Ford quand Kjartan est arrivé au coin. Je suis en train de pisser derrière le tracteur, lui a-t-il crié, alors qu'il en avait presque terminé, mais il s'est interrompu dès qu'il a aperçu son collègue parce qu'il y a des choses en ce monde qu'on préfère achever en solitaire.

Ils ont passé toute la matinée à côté de la cafetière en n'échangeant que quelques mots. Kjartan a fini son casse-croûte avant dix heures, il a eu beau manger celui de Davíð vers onze heures et demie, il avait encore faim. Davíð a essayé de s'endormir sur sa chaise : le dormeur se met à l'écart du monde, il se libère des contraintes du temps, il peut voler, il peut mourir, il peut se livrer à des actes que sa conscience lui interdit lorsqu'il est éveillé. Heureusement, il n'y avait aucun client, le ciel était encombré d'épais nuages, il neigeotait, la température avoisinait le zéro degré : janvier. On dirait parfois que les matins de janvier font passer le temps en tressant des cordes. Il vaut alors mieux rester chez soi, n'aller nulle part, se blottir bien au chaud en espérant que le monde nous oublie. Kjartan a croqué un morceau de sucre, ses dents ont grincé, il a balancé un juron qui a sorti son collègue de son sommeil sans rêves, ce n'est pas en restant assis qu'on va régler les problèmes, a-t-il dit dès que le jeune homme a entrouvert un œil, non, a convenu Davíð. Ils se sont levés, sont allés chercher la grande échelle télescopique, se sont avancés vers le hangar dont ils ont ouvert la porte coulissante, hésitants, en prenant une profonde inspiration avant de plonger dans les ténèbres de l'Entrepôt, il était environ une heure. Ils ont avancé de quelques mètres à l'intérieur, au début, ils n'y voyaient rien, la lumière du magasin se perdait dans le lointain, pâle reflet d'un monde parallèle. Tu es sûr que nous sommes bien au bon endroit, s'est inquiété Davíð, à quel moment est-on sûr, a répondu Kjartan en attrapant une ampoule neuve, lequel de nous monte la changer ? Les poissons ou les armoiries nationales ? a demandé Davíð en sortant de sa poche une pièce de dix couronnes, les poissons, a répondu Kjartan, Davíð a passé la pièce à toute vitesse entre ses mains puis l'a fait claquer sur le dos de la droite, il a baissé les yeux, désolé mon gars, a-t-il dit, mais je vais tenir l'échelle. J'ai le vertige, a marmonné Kjartan, commençant malgré tout son ascension vers les ténèbres qui semblaient épaissir à chaque barreau, il valait mieux fermer les yeux pour ne pas laisser la nuit entrer par les nerfs optiques et envahir chaque sentiment, chaque sensation, chaque souvenir. Tu as intérêt à tenir solidement, sale gamin, a-t-il lancé à Davíð, j'essaie ! tu essaies, comment ça, a rétorqué Kjartan en ouvrant les yeux, il n'y voyait rien, l'échelle tremblait, Kjartan, j'ai entendu un bruit, s'est écrié Davíð, la voix chevrotante. Nom de Dieu, s'est agacé son collègue en redescendant. Les deux hommes ont quitté le hangar pour aller se rasseoir à la table où ils prenaient le café. Kjartan sermonnait Davíð en lui reprochant sa nervosité maladive quand l'extrémité de l'échelle argentée est lentement sortie des ténèbres, elle est restée immobile quelques secondes, puis s'est écrasée sur le sol du hangar à la vitesse définie par les lois de la physique. Les deux hommes ont sursauté quand elle a heurté la terre. Il y a une explication naturelle à tout ça, a soutenu Kjartan.

La journée passée, ils sont rentrés chez eux à cinq heures.

quatre

Le lendemain matin, Davíð s'est arrêté chez son collègue, il a attendu qu'il achève de préparer les casse-croûte des enfants, qu'il débarrasse la table du petit déjeuner, qu'il embrasse Ásdís, son épouse, ils ont pris tout leur temps pour aller au travail en marchant avec une extrême lenteur, à ton avis, qu'est-ce que c'est, a demandé Davíð pour la centième fois, Kjartan a secoué la tête une fois de plus, tu crois que c'est à cause des ruines ? À nouveau, Kjartan a secoué la tête en pensant à cette femme et au mystérieux voyageur avec lequel son mari l'avait surprise, cette femme qui avait selon lui le visage d'Elísabet. Les gens meurent et tout est terminé, a-t-il tranché. Donc, selon toi, tout ça, c'est uniquement dans nos têtes. Kjartan grommelait. Tu veux qu'on appelle Helga ? Je ne suis pas malade des nerfs, elle nous conseillerait seulement d'aller sur le rivage et de contempler la mer. Elle pourrait nous prêter un livre sur, enfin, tu sais, ces chimères, ces délires de l'esprit. Tous ses bouquins sont en anglais, non ? Je suppose. Tu lis l'anglais ? Peut-être pas ce genre d'ouvrages scientifiques, mais j'ai un dictionnaire. Ma tête va très bien, qu'est-ce que c'est que ces histoires de chimères ou de délires de l'esprit, où es-tu allé pêcher des mots pareils, allez, ouvre-moi cette maudite porte, a dit Kjartan quand ils sont arrivés à destination, même s'ils avaient marché si lentement qu'un escargot aurait perdu patience ;

nous allons changer ces ampoules, préparer les commandes, tes délires de l'esprit et tes fantômes, je n'en ai rien à foutre, a poursuivi Kjartan en entrant, pas moi, a murmuré Davíð en le suivant à contrecœur.

La veille, ils n'avaient pas pris la peine de refermer la grande porte coulissante de l'Entrepôt, Davíð plongeait son regard dans les ténèbres tandis que son collègue essayait en vain de joindre Simmi au téléphone. Nous devrions en parler à quelqu'un, a suggéré Davíð, voyant Kjartan reposer le combiné. De quoi ? Tu sais bien, les sacs de granulés, l'électricité, et peut-être aussi l'échelle, et expliquer que nous avons perçu… je ne sais pas, disons, des choses.

Kjartan : Expliquer que nous osons à peine entrer dans l'Entrepôt parce que des ampoules électriques ont explosé ? Et reconnaître que nous ne sommes que deux crétins ?

Davíð : J'ai ressenti des choses, toi aussi, et le moins qu'on puisse dire, c'est qu'elles menacent notre équilibre, donc, pourquoi ne pas en parler, il faut oser reconnaître qu'on a peur.

Kjartan : Et accepter d'être la risée du village ?

Davíð : Bon…

Kjartan : Nous ne dirons rien à personne, absolument personne, sauf peut-être pour cette histoire d'électricité, je n'ai pas envie de me ridiculiser !

Il s'est levé avec tous ses kilos en toisant son collègue qui, la tête calée contre le mur, allongé sur sa chaise dont les deux pieds avant oscillaient dans le vide, surveillait à la fois la porte de la boutique et celle de l'Entrepôt. J'ai toujours eu peur du noir, a plaidé Davíð. Kjartan s'est contenté de souffler d'un air méprisant, il s'est avancé à grandes enjambées vers le hangar, le pas résolu, et s'est arrêté à quelques mètres de la porte coulissante, à quelques mètres des ténèbres qui la remplissaient. Me voilà complètement hystérique, s'est-il dit, furieux contre lui-même, furieux contre Davíð qui buvait son café en l'observant et en jetant par intermittence des regards angoissés vers la porte de la boutique. Un bruit sourd s'est fait entendre sur le toit de l'Entrepôt, sans doute un corbeau qui s'y posait, la chose est fréquente, Kjartan a porté sa main à son cœur, Davíð s'est renversé du café brûlant sur la cuisse. Saleté de corbac, a marmonné Kjartan dès qu'il a compris l'origine du bruit, puis, faisant volte-face, il est tranquillement retourné vers Davíð et s'est rassis sur sa chaise.

Davíð : Je me suis renversé du café sur la jambe.

Kjartan : Tu t'es brûlé ?

Davíð : Un peu, mais ce n'est pas grave.

Kjartan : On ne sait jamais, tu ferais quand même mieux de mettre une compresse d'eau froide.

Tu as sans doute raison, a répondu Davíð en se levant pour ôter son pantalon. Puis il est allé aux toilettes en slip, en slip rouge, a mouillé un torchon d'eau froide, s'est rassis à la table et a posé le torchon sur sa cuisse. Il faut que je rappelle Simmi. Le connaissant, ça va me prendre un temps fou de le joindre, a marmonné Kjartan, comme en aparté, puis, regardant Davíð, il a ajouté, nom de Dieu, ce que tes jambes sont maigres. Une demi-heure plus tard, le premier client de la journée est arrivé.

Un paysan des campagnes au nord du village, un type longiligne et osseux, les cheveux bruns, les lèvres lippues, qui traînait derrière lui une légère odeur de bergerie. Je dérange, a-t-il demandé avec un sourire narquois, accoudé sur le comptoir — il s'appelle Benedikt. Les deux hommes se sont contentés de le regarder sans rien dire, Davíð avait remis son pantalon. Je vois que c'est une de vos journées silencieuses, a commenté Benedikt d'un ton enjoué, affichant toujours son air narquois, très bien, c'est comme vous voulez, en tout cas, pour ma part, j'ai besoin de six sacs de granulés et ma voiture attend à la porte du hangar… six sacs, si ça ne vous dérange pas trop, à moins qu'il faille que je vous botte le cul pour vous faire bouger ?

Les deux collègues ont longuement toisé le fermier, échangé un regard, Kjartan a hoché la tête, il s'est levé, presque à contrecœur, est allé vers le comptoir puis, soulevant tout le poids de son bras gauche, a pointé son index vers l'entrée du hangar, Benedikt a suivi le doigt des yeux. Je ne sais pas trop quoi dire, a commencé Kjartan, la voix traînante, hésitante, et si basse que le paysan s'est machinalement penché en avant, mais il se trouve que les choses ne sont pas tout à fait comme elles devraient être, regarde un peu comme il fait noir là-dedans… Eh bien, vous n'avez qu'à allumer la lumière, a rétorqué Benedikt. Kjartan l'a regardé d'un air embarrassé, si seulement c'était aussi simple que ça, j'essaie de contacter Simmi au téléphone, tu le connais, enfin, cette maudite électricité est complètement flinguée, on ne peut pas entrer dans l'entrepôt avec le chariot élévateur, on n'arrive même pas à le démarrer et… viens donc ici puisque tu es là et regarde ça avec moi. Benedikt toisait tour à tour les deux employés,

Kjartan et son air penaud, Davíð affalé sur sa chaise, les yeux mi-clos, puis il a regardé la porte du hangar, je vois qu'on s'amuse bien ici, a-t-il dit en bâillant.

En bâillant. Benedikt, ce paysan trentenaire qui vit seul, a bâillé. Sa femme l'a quitté il y a trois ans, une fille originaire d'Akranes, prénommée Lóa, qui n'a pas supporté la vacuité de la campagne, mon Dieu, disait-elle, le moindre coup de fil est un événement, le passage d'une voiture venue d'ailleurs est une telle épopée que nous courons tous à nos fenêtres avec nos jumelles, c'est insupportable. Certes, ses propos n'étaient nullement exagérés même si ce n'était pas aussi simple que ça, y a-t-il des moments où la vie est simple, parfois, elle observait Benedikt des heures durant, elle aimait le voir marcher à grandes enjambées, rien n'était plus beau à ses yeux que son torse délicat, mais il arrivait aussi qu'elle se dise qu'il avait une démarche pataude et qu'il était trop maigre, sa poitrine était dure quand elle y posait sa tête, en dessous, elle entendait ce cœur battant auquel elle n'avait pas accès. Son mari sortait rarement, certains soirs, il restait assis sur le canapé où il ne laissait personne l'approcher à part son chien, il regardait Lóa d'un air absent, elle avait l'impression qu'il était tellement loin, sur une autre planète peut-être. Puis un jour, au début d'octobre, Benedikt l'a reconduite à Akranes, quatre valises dans le coffre, une remorque chargée de tous ces objets que nous accumulons, Lóa a serré son ex-mari dans ses bras en arrivant, prends bien soin de toi, a-t-elle dit d'un ton enjoué, bien que peinant à retenir ses larmes quand il s'est rassis au volant, tellement abandonné, on aurait dit que quelque chose s'était brisé dans ses yeux bruns, puis il avait agité la main, il avait souri ou plutôt essayé, et s'en était allé. C'était il y a trois ans, elle lui envoie encore des chaussettes de laine chaque automne, une carte pour Noël et, un jour, au printemps, il a reçu un T-shirt BOSS blanc. Benedikt lui téléphone de temps en temps, tu devrais essayer de rencontrer une gentille femme, lui conseille peut-être Lóa, je ne crois pas, répond-il, il ne dit pas ça pour qu'elle s'apitoie sur son sort, de toute manière, il ne voit personne, le destin a évidemment décidé qu'il doit vivre seul. Benedikt se rend rarement aux fêtes, il s'est toutefois laissé convaincre de venir au bal de fin d'année, Les Bons Fils étaient sur scène et la nuit avancée quand Þuríður, employée au dispensaire, l'a entraîné sur la piste, ils ont dansé une demi-heure, il lui a écrasé plus d'une fois les orteils, puis elle l'a embrassé sur la bouche en lui agrippant la nuque, sans doute pour éviter qu'il se dérobe par timidité. Puis ils ont quitté la piste de danse, sont allés jusqu'à la porte du grand hall d'entrée où ils sont restés quelques instants, l'un face à l'autre, la musique était puissante, la piste mouvante comme un océan, et Benedikt, comme mort à côté du grand pot de fleurs, impossible de se parler autrement qu'en s'approchant, ce que Þuríður a fait, elle a approché ses lèvres de son oreille gauche, il entendait sa respiration, tu as de beaux yeux, Benedikt, mais ils sont tristes, a-t-elle dit. Que pouvait-il répondre à ça ? Il avait pourtant aimé sentir son corps tout contre lui — puis Arnbjörn, le médecin, est arrivé avec ses gros sabots, il a aussitôt entraîné Þuríður vers la piste grouillante, laissant Benedikt seul et désemparé. Le fermier est alors sorti, il a descendu l'escalier de la Salle des fêtes, est monté dans le taxi du village, ramène-moi à la maison, a-t-il demandé au chauffeur sans réfléchir, sans même qu'il s'agisse réellement d'une décision. Le chauffeur de taxi, Anton, vient de rencontrer une Polonaise qui vit à Flateyri, il lui envoyait des SMS en attendant, assis dans son véhicule, devant la Salle des fêtes, elle lui répondait depuis les fjords de l'Ouest, elle n'était pas encore couchée. Elle s'appelle Ester, a-t-il dit à Benedikt quand ce dernier a pris place sur le siège du passager, les yeux plongés dans la nuit, déconcerté. Mais il a beaucoup pensé à Þuríður le lendemain, à ses lèvres, à la chaleur de son souffle, à sa voix. Nous étions ivres, elle a fait ça par pitié, a-t-il dit à son chien ; et je crois qu'il se passe aussi des choses entre elle et le médecin.

Certains apprécient de vivre seuls, d'avoir pour compagnie leur tasse de café, leur télé, un livre, le silence, ils s'en contentent, mais cela ne vaut pour Benedikt que dans une certaine mesure. Nous ne savons pas vraiment pourquoi, nous ne le comprenons pas tout à fait, mais parfois, il apprécie par-dessus tout la compagnie de son chien, malgré ça, il est tellement seul que nos mots sont impuissants à le dire, il n'y a que ses mains posées sur la table et le temps passe, ou bien, comme le dit un poème : « Il est des blessures si profondes et si proches du cœur / Que même la pluie sur les vitres de la cuisine devient parfois mortelle. »

Et là, il est à l'Entrepôt avec Davíð et Kjartan, il feint un bâillement pour dissimuler l'agacement qui s'empare parfois de lui en présence d'autres gens, il se dit, ces gars se moquent de moi. Apparemment, il se passe dans le hangar des choses étranges, annonce enfin Kjartan. Comment ça, tonne Benedikt. Kjartan inspire profondément, puis lui demande avec un air de chien battu, est-ce que tu crois aux fantômes ? Benedikt souffle, méprisant, les fantômes, c'est un truc pour les gamins et les touristes, répond-il. Kjartan abat son poing sur le comptoir, Davíð sursaute si fort qu'il tombe presque de sa chaise, tu as parfaitement raison, claironne Kjartan, triomphant, tout ça, ce sont des conneries de gens incapables de maîtriser leurs émotions, j'en étais sûr ! Je crains que non, soupire Davíð, Kjartan lève l'abattant du comptoir et entraîne Benedikt à l'arrière, il s'enflamme, tu es un homme raisonnable, dit-il sur le ton de la confidence en l'agrippant vigoureusement par les épaules, le paysan se débat et tente de se libérer du bras pesant de Kjartan, croyant toujours que les deux employés essaient de le faire marcher, mais Kjartan serre plus fort, tu n'es pas comme Davíð, tu n'es pas intoxiqué par toutes sortes d'âneries, tu n'es pas coupable de péchés capitaux contrairement à moi, tu vis seul, tu connais la nuit et tu sais qu'elle n'est rien d'autre que de l'air privé de lumière, tu sais que les défunts sont bien morts, qu'ils ne reviennent pas à la vie et qu'ils demeurent à jamais immobiles. Évidemment, moi aussi, je sais tout ça, mais j'ai les nerfs à vif depuis quelque temps, je ne mange peut-être pas assez, ou tout du moins, mon alimentation n'est pas assez diversifiée, j'ai mal au ventre, ce qui a forcément des conséquences sur les nerfs, tu le sais bien, Benedikt, c'est prouvé par les scientifiques. Mais bien que je sache tout ça et que j'y croie dur comme fer, il semblerait qu'une diablerie dont j'ignore la nature plane sur cet endroit, le chariot élévateur refuse de démarrer, on a l'impression d'entendre des bruits, on aperçoit furtivement des silhouettes, et depuis quelques jours, tout part à vau-l'eau... Or justement, j'ai besoin d'un homme comme toi à mes côtés, un homme qui n'est pas en proie à toutes sortes de lubies et m'aidera à revenir sur terre, a dit Kjartan en s'immobilisant et en lâchant l'épaule de Benedikt. D'accord, a consenti le paysan, je ne risque pas grand-chose à entrer dans ce hangar avec toi, dans ce cas, on y va, a répondu Kjartan, d'une voix un peu moins profonde que d'habitude, Benedikt a marmonné quelques mots, puis ils se sont enfoncés dans les ténèbres.

Davíð les a suivis du regard un bon moment puis s'est levé pour aller dans le bureau derrière le coin-café, la pièce était vide maintenant que Þorgrímur était parti en emportant toutes ses affaires, il restait quand même le téléphone, Davíð a décroché le combiné et composé le numéro de l'horloge parlante. Lorsqu'on est inquiet, quand la solitude nous pèse ou qu'on a peur du noir, c'est une très bonne idée d'appeler l'horloge parlante, on entend une voix qui nous convainc que le temps est malgré tout à sa place, qu'il ne se laisse pas désarçonner si facilement et qu'on n'a donc aucune raison de désespérer. Voilà le conseil que Davíð aurait dû donner à Benedikt, si ce n'est que ce dernier aurait mieux fait d'appeler directement le 112 et de lancer une fusée de détresse.

Hélas, ça n'aurait servi à rien, il se serait simplement fait réprimander et aurait écopé d'une belle amende, la centrale d'urgence, lui aurait-on répliqué, est réservée à ceux qui sont en danger de mort, aux gens piégés dans la tempête en pleine mer, à ceux qui sont en détresse respiratoire, coincés sous une voiture, ou perdus dans les hautes terres désertes, alors que vous l'avez appelée tranquillement assis à la table de votre cuisine ; en quoi étiez-vous en danger de mort ? Davíð a reposé le combiné, il est retourné au coin-café, s'est occupé en regardant les aiguilles de la pendule fixée au mur, sept minutes s'étaient écoulées depuis que les deux hommes avaient disparu dans le hangar. Des minutes si longues, pensait-il, que si j'en faisais un ruban, il atteindrait la Lune. Il est allé se rasseoir, s'est penché en arrière, les yeux entrouverts, sentant la torpeur le gagner, la conscience voilée par un banc de brume, comme s'il se changeait en une simple note dans l'existence, dans l'infini, une simple tonalité et rien de plus ; puis les deux hommes sont revenus. Kjartan soutenait Benedikt qui avait trébuché sur quelque chose et s'était cogné le front, il était encore à moitié assommé, du sang coulait de ses cheveux bruns, la source écarlate de la vie. Davíð est allé chercher la trousse à pharmacie pour nettoyer la plaie, Benedikt a passé une heure de plus avec eux. Davíð a griffonné *Fermé jusqu'à midi* sur une feuille qu'il a affichée à la porte. Kjartan a rempli trois tasses de café, Benedikt tenait la sienne entre ses mains sans la boire et la sentait doucement refroidir. Pendant leur conversation, Benedikt n'a pas dit un mot sur la solitude, cet oiseau qui vous entame constamment le cœur. Par moments, il perdait le fil, il semblait ailleurs, il regardait dans le vide, alors, son visage s'adoucissait, il affichait un regard mélancolique, comme blessé. Ils ont parlé du hangar et évoqué les récits où il est question des ruines de cette ancienne ferme, il existe plusieurs versions de l'histoire, Kjartan a expliqué que c'était difficile d'avoir les idées claires quand on est plongé dans le noir, on imagine toutes sortes de choses et, quand on s'engage sur cette voie, on ne peut que céder à la panique. Je ne te le fais pas dire, a convenu Davíð, je n'ai jamais été confronté à des phénomènes surnaturels, malgré ça, j'ose à peine aller de ma chambre au salon en pleine nuit, je m'attends toujours à trouver un revenant assis dans mon canapé — voilà pourquoi je laisse les lumières allumées.

Benedikt : Ma mère percevait des choses, elle voyait souvent des elfes aller et venir dans notre pré et elle était persuadée que l'esprit de mon arrière-grand-père accompagnait mon père.

Kjartan : Et toi, tu n'as jamais rien vu ?

Benedikt : Non, ni rien ressenti. D'après mon père, nous manquions d'imagination, quant à ma mère, elle disait que c'était une question de point de vue, qu'il suffisait de s'ouvrir aux autres univers. Je ne sais pas, je n'ai jamais réfléchi à tout ça sérieusement, sauf quand je m'ennuie vraiment trop, il y a des soirs où je serais content de pouvoir profiter de la compagnie des fantômes ! a dit Benedikt en riant, même si on ne discernait aucune joie dans son regard. Après son départ, Davíð a dit : Cet homme n'est pas heureux.

Kjartan : Nous devrions lui suggérer de passer plus souvent, je l'aime bien, ça l'aiderait peut-être.

Davíð : Oui, tu as raison.

Silence.
Davíð : Et il a trébuché dans l'Entrepôt ?
Kjartan : Saleté d'obscurité.

cinq

Les ténèbres sont parfois bienveillantes, elles nous apportent la lune et les étoiles du ciel, la lumière de la maison des voisins, le programme télé, le sexe, une bouteille de whisky, gardons-nous de trop les dénigrer.

Kjartan est enfin parvenu à joindre Simmi qui est passé à l'Entrepôt deux jours après la visite de Benedikt, cette histoire commençait à s'ébruiter, les gens se plaignaient de la lenteur du service, ajoutant que le chariot élévateur ne démarrait pas, ils parlaient de ténèbres inquiétantes, et je peux vous dire que ce genre de nouvelles se répand à toute vitesse parmi nous. Mais sans doute y a-t-il peu de gens ici qui aient aussi peur du noir que Simmi, cela explique peut-être qu'il soit devenu électricien. Il nous a annoncé que l'installation électrique était vétuste. Tu ne pourrais pas la remettre vite fait en état, lui a demandé Kjartan, on n'y voit rien du tout dans le hangar et nous prenons du retard. Il va me falloir plusieurs jours et je ne peux rien faire pour l'instant, a répondu Simmi. Mais ça ne peut absolument pas attendre, a rétorqué Kjartan, de plus en plus énervé. Je dois commander des pièces à Reykjavík, Simmi a esquissé un sourire en regardant vers le hangar, puis il a demandé d'une voix grêle : C'est vrai que vous avez perçu, disons, *des choses* ? Qu'est-ce que tu racontes, comment ça, des choses ?

L'électricien a secoué la tête, ça ne m'étonnerait pas, c'est ridicule d'avoir construit sur ces ruines sans avoir pris les précautions nécessaires, ça ne pouvait que vous revenir à la figure, en fait, je m'attendais depuis un moment à ce que ça arrive. Contente-toi de t'occuper de notre installation électrique. C'est ce que je ferai dès que j'aurai reçu les pièces, mais à mon avis, il ne s'agit pas uniquement d'un problème technique, je crains que ce ne soit autrement plus grave, a répondu Simmi, en s'avançant vers la porte de la boutique sans quitter des yeux l'Entrepôt ; ce n'est pas drôle d'être en conflit avec les revenants et, étant donné la situation, il ne suffira pas de réparer l'électricité pour régler le problème, il va falloir faire la paix avec ces fantômes. Tu n'es qu'une poule mouillée, a grommelé Kjartan en s'avançant d'un pas vers Simmi qui a disparu de l'Entrepôt à la vitesse de la lumière. Il n'a peut-être pas tout à fait tort, a commenté Davíð depuis sa chaise, certes, ce serait assez incroyable, ça n'aurait ni queue ni tête, mais ça expliquerait tout, la sensation qu'on éprouve quand on est à l'intérieur du hangar, l'angoisse qui nous étreint dès qu'on y entre, les sacs de granulés, l'échelle…

Kjartan : Une bonne nuit de sommeil nous remettra les idées en place.

Peut-être, a répondu Davíð en fermant les yeux, mais ça ne suffira peut-être pas. Kjartan a observé un moment le visage de son collègue qui se modifiait, se détendait, devenait plus doux, plus rêveur, tu dors, lui a-t-il demandé, incrédule, non, j'écoute seulement le bourdonnement dans ma tête.

Kjartan : Le bourdonnement ? De quoi tu parles ? Tu n'es quand même pas en train de perdre la boule, tu ne vas pas me faire une chose pareille ?

Davíð : Je crois que nous avons tous deux perdu la tête.

Kjartan : Je vais très bien, merci !

Davíð : Dans ce cas, nous n'avons plus qu'à accepter tout ça — il a désigné le hangar d'un mouvement de tête — comme une situation normale et banalement quotidienne.

Kjartan a secoué la tête, le regard vide : Je ne supporte pas qu'on joue au plus malin avec moi. Reprenons, de quel putain de bourdonnement est-ce que tu parles ?

Davíð : Il me semble que ce sont les rêves ou simplement l'influx nerveux. Mais parfois, quand rien ne vient me troubler, ce bourdonnement se change en images qui constituent comme le film de mes songes. En tout cas, ça me procure un grand bonheur, beaucoup de plaisir, oui, un plaisir très intense.

Tout ça ne me dit rien qui vaille, a répondu Kjartan, nom de Dieu, ça ne me plaît pas du tout, il a tendu la main vers son casse-croûte. La porte s'est ouverte et un sexagénaire, le chef de district des campagnes au sud du village, est entré. Sa barbe grise, sa casquette de base-ball rouge et ses sourcils extrêmement fournis donnaient à son visage quelque chose de majestueux, le corps quelque peu enveloppé, le geste raide, il était affublé d'une énorme bedaine. Ouvrant la bouche avant même de refermer la porte, il a immédiatement annoncé qu'il avait eu vent de la situation, il a balancé sa sacoche élimée en cuir brun sur le comptoir, l'a tapotée, voyez-vous, mes petits gars, a-t-il poursuivi sans s'alarmer du silence des deux employés ni de la surprise qu'affichaient leurs visages, depuis quelques années, je m'amuse à collecter et à coucher sur le papier des récits de notre province parmi lesquels l'histoire de ces ruines occupe une place de choix, je peux même vous dire que c'est un joyau. Pourquoi ? Eh bien, nous avons là une matière d'exceptionnelle qualité, du reste, c'est ma meilleure réussite en termes de style, jamais je n'avais entrepris jusque-là des recherches aussi vastes pour dénicher des sources, je m'engageais sur une piste qui se divisait en deux, puis en quatre, vous auriez peut-être un café à m'offrir ? a-t-il demandé. Il a fallu aux deux collègues quelques secondes pour comprendre que le café n'avait rien à voir avec la quête des sources ni avec les pistes qui se divisaient. Davíð s'est levé, a servi une tasse au chef de district qui en a bu quatre gorgées en fixant constamment les deux compères derrière ses épais sourcils. Kjartan a baissé les yeux sur le sandwich qu'il avait à la main, puis il a regardé le visiteur, s'apprêtant sans doute à lui dire quelque chose, mais le chef de district a brusquement reposé sa tasse pour reprendre sans hésiter son récit là où il l'avait interrompu : Ces recherches de grande envergure m'ont appris beaucoup d'informations surprenantes. Par exemple, l'inconnu n'était absolument pas étranger au paysan puisqu'il était son demi-frère, certaines sources affirment que son père était espagnol car il avait le teint mat et le cheveu sombre, d'autres le décrivent comme un individu de type slave. Les deux hommes étaient originaires des fjords de l'Est, le paysan était arrivé tout jeune dans notre région, son demi-frère avait passé des années à l'étranger, en mer, plus précisément à pêcher la baleine, et on ne l'avait jamais vu chez nous. Quant à l'épouse, elle avait un appétit ardent que son mari ne parvenait jamais à satisfaire, eh oui, mes petits, le désir sexuel est à la fois mystérieux et difficilement maîtrisable, a continué le chef de district d'une voix caverneuse en cherchant d'une main ses lunettes dans la poche de sa doudoune tandis que l'autre restait suspendue devant Kjartan et Davíð, comme pour leur dire de patienter. Il a enfilé ses lunettes et s'est mis à fouiller dans sa sacoche : L'histoire de ces ruines est une histoire de jalousie, de passion et d'embrasement, mes braves garçons — d'embrasement. Il a sorti quelques feuilles, s'est éclairci la gorge et s'est mis à lire. Kjartan et Davíð ont échangé un regard, esquissant tous deux un sourire, Davíð s'est rassis sur sa chaise, le chef de district lisait lentement. Il a dû commencer sa lecture au moment où notre maire est monté à l'étage de la Coopérative pour voir Ásthildur, est-ce qu'elle avait vu Finnur ?

Non, elle l'avait cherché partout, ici, à l'étage, elle était allée chez lui, mais il semblait s'être évaporé ; Þorgrímur, le dernier à l'avoir vu, avait eu l'étrange sentiment que Finnur se dissolvait peu à peu dans la nuit. Campé devant le bureau massif du directeur de la Coopérative, le maire a haussé les épaules en marmonnant, tout le monde serait-il tombé sur la tête dans ce village, il a caressé l'épaisse pile de feuilles, lu la page de titre, LES ANNÉES QUI ONT COMPTÉ, les Mémoires de Finnur Ásgrímsson, il mourait d'envie de lire le début, mais les yeux bleus d'Ásthildur le surveillaient, il humait son parfum aux notes légèrement musquées dont elle s'aspergeait généreusement, et qui plaisait beaucoup à Finnur qui l'avait souvent complimentée. Le maire a brusquement senti exploser en lui son désir d'Ásthildur, le souffle court, il se disait, je vais la sauter ici même, j'ouvre ma braguette et, nom de Dieu, je vais la baiser comme une chienne sur ce bureau. Ásthildur parlait de Finnur ; haletant, le maire s'efforçait de se maîtriser, il pensait à Sólrún, luttant contre le désir qui l'étreignait, il a commencé à reculer vers la porte, les yeux rivés sur le cadre doré du grand tableau qui représentait une montagne surgissant fièrement d'une mer bouillonnante, un membre viril dans une chatte ruisselante, s'est-il dit, cette peinture est une allégorie de la jouissance. Ásthildur le suivait en parlant comme un moulin, Finnur par-ci, Finnur par-là, le maire lui répondait oui, oui, puis tout à coup, il a descendu l'escalier au pas de course, sans se soucier de la mine stupéfaite de la secrétaire.

Serait-ce le démon de midi, s'est-il demandé sur le trottoir devant le bâtiment où il se remettait de ses émotions. Comment ai-je pu avoir envie d'Ásthildur, entre toutes les femmes, on dirait un pot à tabac et elle cocotte à mort, non mais franchement, qu'est-ce qui m'arrive ? En se retournant pour entrer dans la boutique, il a failli bousculer Sigríður qui a brièvement levé les yeux sur lui — ses yeux bruns ! Il l'a accompagnée du regard tandis qu'elle longeait le bâtiment, qu'elle entrait dans le passage entre la Coopérative et l'Entrepôt, il a suivi des yeux les courbes de son corps en s'attardant sur ses hanches qui oscillaient sous son chandail. Nom de Dieu, s'est-il dit, désemparé, les yeux baissés sur sa montre, il me reste trente minutes avant le prochain cours de Sólrún, puis il est parti à toute allure vers l'école.

Alors que le chef de district en était à peine à la moitié de son histoire, la porte s'est ouverte et Sigríður est entrée. Kjartan s'est avancé vers elle, Davíð a laissé sa chaise et écarquillé les yeux, le chef de district a hoché la tête, impatient de poursuivre son récit. Elle a relevé l'abattant du comptoir en disant : Apportez-moi une lampe de poche. Kjartan est aussitôt allé en chercher une, frôlant Sigríður, passant aussi près d'elle qu'il l'osait sans l'approcher autant qu'il en avait envie. Ses cheveux blonds en chignon, son visage lisse malgré quelques fines rides d'expression autour des yeux, la douceur et la discrétion de son parfum, et sa poitrine, deux petits melons sous son chandail rouge. Kjartan lui a tendu l'objet qu'elle avait demandé, leurs mains se sont touchées, il a senti monter en lui un plaisir mêlé d'angoisse, elle ne ressentait rien, elle s'est contentée d'allumer la lampe en lui opposant un regard froid : Je vous ai fait confiance, je vous ai donné l'occasion de prouver que vous étiez à la hauteur, a-t-elle dit. Kjartan a marmonné une excuse, invoquant des ampoules qui avaient explosé, une installation électrique vétuste et d'étranges sensations, Sigríður s'est contentée de souffler d'un air méprisant, puis elle a disparu dans le hangar en emportant la lampe. Prenant une profonde inspiration, le chef de district a ôté sa casquette de base-ball, passé une main dans ses cheveux clairsemés, puis après s'être éclairci la gorge, il s'est exclamé, bon sang !

Quelques minutes plus tard, Sigríður est ressortie des ténèbres. Dieu qu'il était bon de la voir reparaître à la lumière ! La finesse de ses traits, ses cheveux blonds, ses yeux bruns, son corps aux lignes élégantes, à nouveau, tout cela faisait vibrer une corde dans le cœur de Kjartan, le chef de district s'est à nouveau découvert, il a plaqué sa casquette sur son cœur comme s'il s'apprêtait à la demander en mariage, à lui déclamer un poème d'amour, à entonner l'hymne national, tandis que Sigríður regardait droit devant elle et rendait la lampe à Kjartan en lui disant, je te tiens au courant. Puis elle a quitté l'arrière-boutique, digne, la tête haute, le chef de district était bouche bée, elle avait déjà disparu, la porte s'était refermée.

Elle est ensuite entrée par le magasin, montée dans son bureau, une petite pièce surélevée à laquelle on accédait par deux marches, une table de travail, deux chaises, un classeur à documents, une grande photo aérienne du village ornait le mur du fond, les trois autres parois en verre lui offraient une vue panoramique sur le magasin quand elle était assise derrière son bureau, elle voyait les rayonnages chargés de produits et les deux comptoirs, mais au lieu de s'installer dans son fauteuil, elle a enfilé son blouson vert, elle est ressortie, elle a démarré sa voiture, a quitté le village en roulant très lentement, dépassant la maison noire de l'Astronome, puis a appuyé sur l'accélérateur et, quand il est sorti de la bergerie, voyant sa femme arriver en voiture à toute vitesse, son mari, Guðmundur, a pensé, il s'est passé quelque chose, une peur panique l'a envahi, une pointe née dans le ventre, qui grandissait rapidement, lui emplissait la poitrine, se diffusait dans ses bras et ses jambes. À peine trois minutes plus tard, les pneus ont crissé devant la maison, or il n'y avait que peu de limites à ce qu'on pouvait envisager ou imaginer à cette époque. Le couple avait trois enfants, tous trentenaires, une fille qui enseignait à l'université d'Akureyri, une autre fermière dans les campagnes du nord de la province, et un garçon qui venait de fêter ses trente ans et dirigeait un atelier de menuiserie à Akranes. Ils avaient quatre petits-enfants, Sigríður avait deux frère et sœur, Guðmundur quatre, ce qui faisait en tout treize vies, il fallait encore ajouter les deux parents de Guðmundur et la mère de Sigríður, en tout seize existences dans lesquelles tant de drames étaient susceptibles de survenir, tant de possibilités d'événements affreux qu'on préfère ne pas annoncer par téléphone. Sigríður a pilé devant la maison, elle est descendue de voiture, a couru vers son mari en laissant sa portière grande ouverte, Guðmundur avait eu le temps d'imaginer toutes sortes d'accidents, cancers foudroyants, hémorragies cérébrales, méningites, et même des suicides, mais Sigríður courait vers lui en le regardant comme jamais elle ne l'avait fait, elle avait des yeux d'un brun si profond et ils n'abritaient aucune tristesse, il semblait qu'aucun drame n'ait frappé ces seize existences, il pouvait donc pousser un soupir de soulagement, mais il n'en avait pas la force, hypnotisé par le regard de sa femme, ils étaient mariés depuis trente ans, il connaissait son rire, les expressions de son visage, la position dans laquelle elle dormait, la manière dont elle buvait son café, celle dont elle ouvrait la bouche quand elle portait un cornet de glace à ses lèvres, trente ans, et pourtant, en cet instant, il avait l'impression d'avoir devant lui une inconnue, jamais il n'avait vu dans ses yeux bruns de telles profondeurs. Sigríður l'a attrapé par le bras pour l'entraîner vers l'intérieur de la maison, en essayant d'enlever ses bottes dans le vestibule, il a failli tomber, elle tirait si fort qu'il peinait à la suivre, ils étaient maintenant dans le couloir des chambres, elle a toujours été très à cheval sur la propreté, Guðmundur a été le premier paysan de la région à mettre un bleu de travail pour aller à l'étable ou dans ses bâtiments agricoles, ce qui lui a valu des regards goguenards pendant plusieurs années, et voilà maintenant qu'il marche dans ce couloir avec ses bottes crottées, elle le fait tomber à la renverse sur le lit conjugal, en bleu de travail, en bottes, elle descend la fermeture Éclair de son blouson vert, enlève son chandail rouge, arrache son chemisier blanc, arrache, c'est le mot, on ne peut pas décrire ça autrement. Les boutons pleuvent sur son mari qui, la tête vide, allongé sur le lit, ne comprend rien, il est tellement stupéfait qu'il n'a même pas d'érection jusqu'au moment où elle abaisse la fermeture Éclair de son bleu de travail, et aussi la braguette, puis se penche sur lui et lui offre sa bouche si douce et si chaude.

Ils ont passé le reste de la journée au lit, ne sont sortis que pour aller éteindre le moteur de la voiture, manger un morceau et attraper la bouteille de vodka qu'ils ont chez eux depuis six mois, elle était à peine entamée et ils l'ont terminée dans la nuit, c'était incroyable, que leur arrivait-il, tout ça n'avait rien à voir avec leur vie, Guðmundur avait parfois l'impression d'être dans un film, de faire l'amour à une inconnue, ce qui était très excitant même si l'idée de tromper sa femme ne l'avait jamais effleuré.

Sigríður était entrée dans le hangar le mercredi et n'était revenue que le vendredi, en trente ans, elle n'avait pourtant jamais manqué une seule journée de travail. Ayant retrouvé ses esprits le vendredi matin, pleine d'assurance, l'air quelque peu froid et distant, elle a allumé la lumière du rez-de-chaussée au moment où Guðmundur marchait en titubant vers l'étable, épuisé, en manque de sommeil, c'est peut-être la ménopause, se disait-il en enduisant son membre endolori de baume à mamelles.

La ménopause ?

Nous nous permettons d'en douter. En revanche, il n'y a parfois que l'épaisseur d'un fil entre sexe et mort, quelque chose qui tient du désespoir, qui relève d'un irrépressible instinct de conservation ; et nous disons bien la mort, parce que, en dépit de notre modernisme radieux et triomphant, nous avons toujours peur du noir, toujours peur des fantômes, de cet au-delà qui échappe à notre entendement. La nuit qui a suivi le passage de Sigríður dans le hangar, Lúlla a fait un rêve — Lúlla vit ici, au village, elle lit l'avenir au fond des tasses de café et tire les cartes, elle est mariée à Óskar le chanceux qui, il y a des années, a gagné deux fois plusieurs millions au Loto, il a alors quitté son travail et passe depuis son temps à végéter et à engraisser, plongé dans la torpeur, devant des cassettes ou des jeux vidéo — Lúlla a donc rêvé que la femme du paysan de cette histoire venait la voir en lui disant que tout rentrerait dans l'ordre dès qu'on aurait déplacé l'Entrepôt et dégagé les ruines dont il fallait faire une terre consacrée en y plantant une croix. Or, bien que nous soyons portés à croire aux rêves et réticents à nous soustraire à la prière ou plutôt à l'ordre que nous intime cette femme, il faut avouer qu'il est hors de prix de déplacer un bâtiment d'une telle taille, cela nous coûtera plusieurs millions, où donc va-t-on les prendre ? Láki et sa femme Begga, nés au village où ils sont toujours restés, ont tenté de mettre le feu à l'Entrepôt pendant la nuit, ils venaient de vider une bouteille de vodka, mais les seules choses qui ont brûlé sont la tignasse de Láki et un des gants de Begga.

On va bien rigoler en voyant Láki complètement chauve, a dit Davíð à Kjartan le lendemain, ça ne m'a jamais amusé de voir cet homme, qu'il ait des cheveux ou non, a répondu son collègue, en revanche, j'aimerais bien que Sigríður passe ici plus souvent. Sigríður ! Elle refroidit tout le monde d'un simple regard ! Tu es si jeune, a répondu Kjartan, tu ne comprends pas tout ça. Tout ça quoi ? Ses atouts. Elle a cinquante ans, a rétorqué Davíð en secouant la tête. Il n'empêche qu'elle ferait perdre la tête à n'importe quel homme, je crains fort d'être incapable de résister à la tentation si elle m'adressait un signe. Un signe ? Je veux dire si elle me faisait du charme. Tu peux rêver ! s'est esclaffé Davíð. Il te reste bien des choses à apprendre, a répondu Kjartan, je suppose que je devrais t'envier. Et toi, tu n'es que chair. Pendant un long moment, le regard de Kjartan s'est perdu dans le vide, il avait l'air maussade, un peu triste, Davíð se mordillait les lèvres. Tu as sans doute raison, a marmonné Kjartan.

Un synonyme d'apocalypse

Kjartan a grandi dans les campagnes au nord du village, la ferme se trouve à un peu plus d'un kilomètre en surplomb du fjord, enfant, il a vu la mer changer de couleur, étendue à ses pieds. Âgé d'environ vingt ans, il a pris le relais de son père qui avait perdu un bras dans sa botteleuse, le bruit avait été affreux, depuis, cet homme n'avait jamais pu serrer sa femme suffisamment fort dans ses bras. Le couple est venu s'installer au village où il a trouvé du travail à la Laiterie, l'épouse travaille aussi aux Abattoirs à l'automne, courageuse et efficace, elle est de ces gens qui mériteraient d'être payés double, nous disons parfois au vieil homme, allez, retrousse tes manches, ou bien : Tu as deux mains gauches aujourd'hui ! Nous trouvons ça drôle, lui aussi d'ailleurs, enfin, parfois, mais pas toujours. Kjartan s'est bien débrouillé à la ferme malgré son jeune âge, il a toujours eu un certain embonpoint, en fait, il est obèse depuis l'adolescence, c'est sa nature, sa corpulence, cela dit, il mange trop, il prend du gâteau tous les soirs et, à l'automne, quand il part avec les autres paysans rassembler les moutons dans la montagne pour les ramener dans les basses terres, ses poches débordent de biscuits et de chocolat. Pendant la transhumance, il surpasse ses compagnons, certes, il ne court pas beaucoup, il est fatigué après avoir enjambé trois épaisses touffes d'herbe ou fait dix pas, mais il possède une voix de basse absolument phénoménale, une vraie voix de tonnerre qui lui permet de battre le rappel de toutes les bêtes paissant sur le flanc d'une montagne, il lui suffit de crier ho ! pour qu'un peu partout, les petits cailloux se descellent. Il chantait beaucoup pendant la transhumance, il était excellent tant qu'il se cantonnait à son registre de basse, les genoux des femmes vibraient quand il entonnait les notes les plus graves, mais il chantait tellement faux dès qu'il montait d'une octave qu'il aurait fait pleuvoir un ciel sans nuage, les chiens se mettaient à hurler à la mort et, dans les cabanes où on prenait le café, les tranches de mouton fumé se flétrissaient sur les *flatkökur*, ces épaisses crêpes au seigle. Kjartan était très apprécié, il ressemblait à sa mère, il était doux et doté d'un humour un peu rugueux. Personne n'était aussi doué pour installer une belle clôture et il élevait les plus beaux taureaux de la région, des paysans venaient de loin pour les lui emprunter, ou bien ils faisaient monter leur vache sur une remorque, se rendaient chez lui, la mettaient sous un reproducteur âgé de trois ans, hop hop hop, commentait-il de sa voix caverneuse, et le taureau en avait fini en cinq secondes, son membre ressemblait à une carotte surdimensionnée. Mais ne nous attardons pas trop sur la vie sexuelle des bovins, plutôt monotone, le taureau fait un, deux, trois petits tours, puis ça mousse, on a l'impression que ses yeux vont sortir de leurs orbites, puis tout est fini, il repart tranquillement brouter l'herbe, la vache retourne chez elle, tout ça est d'une simplicité désarmante, ce qui n'est vraiment pas le cas chez les humains, hélas, trois fois hélas, à moins qu'il ne faille dire Dieu soit loué, il n'empêche que la femme de Kjartan s'appelle Ásdís et qu'ils ont trois enfants.

Pendant longtemps, il a semblé que les choses continueraient d'évoluer dans la direction voulue par le bon Dieu et le ministère de l'Agriculture, Kjartan et Ásdís ont continué à vivre à la ferme. Ils ont adapté leur exploitation aux techniques modernes, partout, il a installé de belles clôtures rutilantes qui traçaient la route vers un avenir aussi lointain que radieux, ils ont eu des enfants, ont imprimé leur marque sur leur petite communauté campagnarde, Ásdís a suivi des cours par correspondance, comptabilité, anglais, allemand, islandais, mathématiques, espérant ainsi élargir le monde. Certains soirs, quand les petits dormaient et que les lumières des fermes scintillaient dans les ténèbres, elle restait assise à étudier à la table de la cuisine, Kjartan éteignait la télé et prenait de la lecture, le journal paysan *Freyr*, un roman policier, ils s'entendaient bien. Hélas, l'être humain est comme il est, précisons avant de poursuivre que Kjartan était très amoureux de sa femme, il l'appelait son Soleil, son Bouton d'Or, sa Lumière, son Ciel, et le poète dit vrai, l'amour est la plus puissante des forces élémentaires, c'est l'énergie qui fait tourner la roue de la vie et nous empêche de sombrer tête la première dans une grisaille vide de sens. Or, bien que l'amour soit capable de tout transformer, de déplacer les pays et de tisser des liens entre deux existences, il n'a aucun pouvoir sur les choses aussi triviales que la chair et les désirs. La ferme voisine de Sámstaðir, celle de Kjartan et d'Ásdís, s'appelle Valþúfa, c'est là que vit Kristín avec son mari, leurs deux enfants et sa belle-mère.

À cette époque, au milieu des années 90, Kristín avait succombé à la mode de l'aérobic qui se déversait sur le monde occidental comme une panacée, une nouvelle référence, une nouvelle conception de la vie. Les salles de sport avaient poussé si vite que personne n'était plus capable de les compter, elles n'avaient pas tardé à dépasser en nombre les écoles, et bien plus encore les églises, chose parfaitement logique puisque les instructeurs sportifs ont plus d'influence sur notre quotidien que les pasteurs dont le temps est pour ainsi dire révolu, ils ne tarderont plus à se changer en pierres dans leurs habits noirs, psalmodiant leurs prières à un Dieu que personne n'a jamais vu en deux mille ans, mais qu'on ne manque pas d'invoquer quand on sent que la fin approche. C'est d'ailleurs une amusante coïncidence que nous parlions du bon Dieu et des prêtres, parce que l'entrée de la Salle de sport de Valli proclame : *Ton corps est ton temple*, et ceux d'entre nous qui sont allés y faire du cardio en pédalant comme des fous quarante minutes durant sur un vélo réglé au maximum de ce que leurs jambes peuvent supporter sont tous d'accord : la sueur et l'effort vous purifient si bien l'esprit et le corps que vous éprouvez une sensation grandiose qui ne peut être qu'une manifestation de Dieu. Pendant quarante minutes, vous êtes hors du temps et de l'existence, plus rien ne compte à part l'effort, votre souffle, la voix lointaine et apaisante de Valli, et cette sensation immense qui vous emplit entièrement. Quelque temps avant de s'inscrire chez Valli, Kristín avait commencé à se reprendre en main, mais elle n'était ni svelte ni galbée, simple fermière, elle buvait tous les soirs un grand verre de lait cru dont elle accompagnait sa tranche de gâteau. Elle n'avait plus fait de sport ni d'étirements musculaires depuis qu'elle était allée au lycée d'Akranes, elle avait envisagé d'entreprendre une formation d'aide-soignante, puis les années avaient passé sans qu'elle aille nulle part. Elle n'avait pas fait d'exercices abdominaux depuis des années, son ventre était trop mou, les muscles de ses bras trop flasques, puis un jour, elle s'était dit : Il faut que je me remette en forme. Elle regardait le programme de gymnastique matinale diffusé sur la chaîne Stöð 2, s'efforçait d'arborer le même sourire que les gens sur l'écran, ceux qui sont en forme ont toujours le sourire, elle avait acheté un survêtement et des chaussures de sport, débutez par de courtes distances, avait-elle lu dans un magazine. Elle avait donc commencé par courir depuis sa ferme vers les landes qui s'étendaient de tous côtés, un bon bout de chemin séparait Valþúfa de Sámstaðir, tout en côtes, collines et descentes, les chevaux y broutaient en liberté toute l'année, les moutons y paissaient au printemps et par les belles journées d'hiver. Ça fait combien, une courte distance, se demandait Kristín, déjà essoufflée alors qu'elle atteignait la clôture à cent mètres à peine de sa maison. Elle s'était appuyée à l'un des poteaux pour se reposer, le chien s'était assis à côté d'elle en remuant joyeusement la queue, c'était pour lui une nouveauté de voir un être humain adulte courir sans but précis. Elle avait jeté un regard en arrière, sachant que

Pétur, son époux, et sa belle-mère l'observaient depuis la fenêtre de la cuisine en secouant la tête de consternation. Elle avait laissé échapper un juron avant de rebrousser chemin, marchant d'un pas fatigué, suivie par le chien dépité. Elle avait fait semblant de ne pas voir le sourire moqueur de sa belle-mère, elle avait pris une douche, s'était masturbée, presque brutalement, voire avec une certaine colère, en imaginant qu'elle était avec deux hommes inconnus à la salle de sport où elle était allée dans l'unique but de s'arranger pour les coincer dans la cuisine. Elle s'était rhabillée, avait pris sa voiture pour aller au village, s'était garée devant le bâtiment blanc dont la façade orientée vers le parking affichait *SALLE DE SPORT DE VALLI*, inscription sous laquelle un adolescent s'était amusé à écrire en lettres guillerettes à la bombe de peinture rouge : VIVE LA BITE !! Kristín était entrée dans le bâtiment, avait hésité devant le comptoir en arc de cercle. Sous la vitre étaient disposés des sachets de compléments alimentaires, sans parler de la vitrine réfrigérée remplie de boissons énergétiques, des livres d'astrologie exposés sur une étagère au-dessus de laquelle une feuille blanche de format A3 annonçait :

Valli tire les tarots, prévisions d'un mois, 6 000 couronnes, trois mois, 10 000 couronnes, année complète, 14 000 couronnes, prévisions pour la vie entière, prix à négocier (en fonction de l'âge et de l'état de santé de l'intéressé). NB : Les prévisions à long terme sont fatalement moins fiables !

On entre dans la salle de sport en passant derrière le comptoir, la devise du lieu TON CORPS EST

TON TEMPLE ! est affichée au-dessus la porte et, en dessous, Valli a récemment ajouté en caractères deux fois moins gros : N'OUBLIE JAMAIS QUE SI TON CORPS VA BIEN, TU VAS BIEN TOI AUSSI !

Fatiguée d'attendre, Kristín est entrée dans la salle, hésitante, les miroirs hauts de deux mètres fixés à tous les murs agrandissaient considérablement l'espace, il était toujours difficile de dire combien de gens se trouvaient à l'intérieur, de discerner les vrais corps de leurs reflets, une télé diffusait de la musique bruyante et rythmée, une jeune chanteuse regardait la caméra, l'air pensif, le visage envahi d'un soupçon de tristesse, on voyait clairement ses seins, jeunes et fermes, deux danseuses apparaissaient par intermittence derrière elle, vêtues de bodys extrêmement moulants, de caleçons roses qui laissaient deviner leur string, elles dévoilaient d'ailleurs presque autant leurs poitrines, on peut dire que nous vivons à l'époque du grand déballage. Kristín avait quitté l'écran des yeux pour chercher Valli. Autrefois, cet homme avait eu une existence des plus banales, il travaillait à la Compagnie d'électricité, sa femme dans une banque, leurs quatre enfants grandissaient, ils avaient une vie tout à fait normale, puis quelque chose était arrivé et tout à coup, Valli avait affirmé qu'il avait eu une illumination, quelqu'un lui avait rétorqué, ça n'a rien d'étonnant pour un électricien. Mais évidemment, l'illumination de Valli n'avait rien d'électrique, la lumière qu'il avait vue était de celles qui changent la vie. Il avait ouvert la première salle de sport du village en commençant par louer un petit sous-sol qu'il ouvrait à la fin de sa journée de travail, un peu comme il aurait pratiqué un hobby. Or l'air du temps avait œuvré en sa faveur, de grands changements se profilaient à l'horizon, la vague du culte du corps secouait l'Occident, d'innombrables articles et interviews publiés dans les journaux et les magazines vantaient le bonheur de ceux qui avaient retrouvé la forme en de gros titres aussi accrocheurs que convaincants : « Mes inquiétudes se sont évanouies ! », « Je suis tellement heureuse ! », « Le sport a changé ma vie », ces formules nous avaient évidemment séduits et, qui plus est, Valli avait obtenu une importante subvention de l'État pour l'acquisition du pavillon blanc, inoccupé depuis que l'ancien conseiller était mort d'une crise cardiaque en mangeant sa bouillie de pruneaux et que sa veuve était partie à la maison de retraite où elle avait renoué avec son amour de jeunesse — après plus de cinquante ans. Cette subvention avait été attribuée dans le cadre des actions de santé et de développement menées par l'État en province sous l'appellation : Une meilleure forme — de meilleurs territoires, et depuis des années, la salle de Valli est ouverte de 7 à 9 heures et de 12 à 21 heures. Nous prenons un abonnement annuel, la vie serait évidemment plus belle, le ciel plus limpide et la contrée plus riante si nous nous en servions plus assidûment, mais nous avons tendance à paresser en été et à l'automne, nous manquons de temps en décembre, nous prenons un bon rythme en janvier et en février, puis le printemps arrive pour qu'on puisse aller se mettre torse nu sur les plages étrangères au soleil de l'été, en outre, la poussière s'accumule sur ces cartes d'abonnement et nous affichons un sourire gêné quand nous croisons Valli, le visage toujours rayonnant de vigueur, de santé et de joie, avec ses cheveux blonds parsemés de mèches décolorées.

Tu viens t'entraîner ? demande tout à coup Valli à côté d'elle, comme arrivé de nulle part, son bras puissant posé sur l'épaule de Kristín, oui, je pensais, dit-elle, mais Valli la fait taire et l'entraîne vers la table installée dans un coin, penser et hésiter, c'est perdre, dit-il, et en moins de temps qu'il ne faut pour le dire, Kristín a déjà ôté sa doudoune, son pull et ses chaussettes, elle est montée sur la balance, Valli a pris sa tension, il a mesuré sa taille et palpé son corps, un peu comme un médecin, du reste, il se définit souvent comme étant à la fois docteur et pasteur.

deux

Ainsi s'était ouvert un nouveau chapitre.

Valli lui avait concocté un programme d'entraînement insistant sur le fait que, pour débuter, elle devait d'abord courir sur de petites distances, puis marcher un moment avant de se remettre au pas de course, et ainsi de suite. Et Kristín s'est mise à courir, bandeau sur le front, survêtement, baskets, tandis que son chien la suivait, elle courait, disparaissait derrière les crêtes, suait, se démenait sur les appareils de Valli, sur la musique rythmique diffusée à la télé, baignant dans une odeur de sueur et de corps échauffés, elle courait en partant de sa ferme, de plus en plus musclée, de plus en plus enfiévrée, de plus en plus heureuse, c'est la vraie vie, pensait-elle tandis que Pétur et sa belle-mère secouaient la tête en parlant d'excès et de bêtises, heureusement qu'elle se livrait à ces imbécillités pendant que les enfants étaient à l'école, en tout cas, le chien appréciait, il n'y a pas mieux que de courir avec son maître sur les landes et tourbières, c'était presque trop parfait pour être vrai. Quand il faisait beau, elle courait un jour sur deux, faisant alors l'impasse sur les appareils, il faut profiter au maximum de l'été, si court qu'on risque de se réveiller un matin sans l'avoir vu passer. Kristín courait puis un jour, elle est tombée sur Kjartan.

Ils étaient invisibles depuis la ferme et n'étaient pas non plus à portée de voix. Kjartan avait marché jusqu'à la clôture délimitant ses terres, autant pour percevoir leur étendue dans sa chair que pour entretenir la clôture, il avait emporté une masse, un marteau et une pince, et pris cinquante agrafes dans la poche de son blouson d'été. C'était à l'endroit où le terrain était particulièrement spongieux qu'il était tombé nez à nez avec Kristín, là où les piquets avaient tendance à s'affaisser et parfois, il les retrouvait gisant sur le sol, comme en proie à une abyssale dépression. Il faisait doux, quelques nuages traversaient le ciel d'été, une brise légère soufflait, les araignées allaient et venaient dans l'herbe, une bécassine des marais montait haut dans les airs puis se laissait chuter en faisant crisser les plumes de sa queue. Kristín avait noué sa veste de survêtement autour de sa taille, elle portait un T-shirt blanc et elle était en nage. Kjartan avait chaud en réparant sa clôture déprimée, il s'était mis torse nu, avait posé son blouson, son pull et son T-shirt sur une touffe d'herbe. Kjartan est très enveloppé, ses bourrelets débordaient comme de gros cumulus par-dessus la ceinture de son pantalon. Kristín venait de courir vingt minutes sans s'accorder la moindre pause, ses vêtements lui collaient à la peau, elle venait d'enlever son haut qu'elle avait plié et glissé dans la poche de son pantalon, ne gardant que son T-shirt, tout à coup, sa poitrine avait semblé suffoquer de surprise, elle ne s'attendait pas à croiser qui que ce soit, il est rare qu'on rencontre quelqu'un dans la campagne islandaise, on aperçoit une voiture au loin, on voit des gens à proximité des fermes, mais c'est tout. Or voilà qu'elle croisait Kjartan, torse nu. Il lui avait dit la première chose qui lui était venue à l'esprit dès qu'il avait abaissé sa masse dont la tête reposait sur une touffe d'herbe : Toi ici ! Oui, avait répondu Kristín en s'efforçant de cacher toute trace d'essoufflement dans sa voix, et toi aussi !

Puis ne trouvant rien d'autre à dire, ils avaient gardé le silence un moment. Ils étaient à dix mètres l'un de l'autre, le T-shirt blanc mouillé était tel un gant transparent sur les seins de Kristín. Kjartan faisait de son mieux pour ne pas regarder, mais ça ne suffisait pas, ce n'est pas toujours facile de maîtriser ses yeux et, évidemment, il est plus pratique d'être un chien puisque ces derniers commencent par se flairer mutuellement, échangeant ainsi quelques nouvelles, le chien de Kristín humait l'air, le museau pointé vers l'arrière-train de la chienne de Kjartan d'un air de dire : Il y a là quelque chose que j'aimerais bien explorer de plus près. Kristín avait dénoué la veste de sa taille, elle l'avait remise en remontant partiellement la fermeture Éclair, en la remontant posément et d'un air détaché comme pour dissimuler son embarras, je cours, avait-elle expliqué en riant, gênée, j'essaie de me remettre en forme. Eh bien, dis donc ! Oui, il faut être à l'écoute de son corps, avait ajouté Kristín, se mordant aussitôt la lèvre inférieure, le visage empourpré. Elle avait brièvement baissé les yeux sur les bourrelets de Kjartan, il avait laissé retentir son rire masculin et sonore puis avait répondu, ça ne me ferait pas de mal de courir avec toi, en tapotant son ventre qui tremblotait sous sa paume en de petites ondulations qui se transmettaient jusqu'à sa taille. Elle avait également éclaté de rire et approché ses doigts, saisie d'une envie subite et ridicule de les enfoncer dans cet amas de chair, et de les voir disparaître. Leurs compagnons à quatre pattes étant à court de nouvelles à échanger, le chien de Kristín couinait et essayait de monter la chienne de Kjartan. Les deux maîtres les avaient regardés en souriant, puis Kristín avait réprimandé son animal et dit, bon, eh bien, Kjartan l'avait imitée, bon, eh bien, en cherchant sa masse à tâtons. Kristín avait rouvert sa veste, elle avait hésité, l'avait à nouveau enlevée pour la nouer autour de sa taille, elle avait souri à son voisin en lui disant, c'est qu'on a drôlement chaud en courant. Ça ne m'étonne pas, avait-il répondu d'un ton enjoué, il avait soulevé sa masse de la main gauche sans le moindre effort, l'avait posée sur un piquet de la clôture, avait ajouté, mais ça doit être rudement agréable quand il fait beau comme ça, puis il avait serré sa main sur le manche de l'outil. Kjartan est doté d'une vue excellente, il avait l'impression que la poitrine de Kristín pointait vers lui, ses seins tendaient le tissu du T-shirt à travers lequel il devinait la forme des tétins bruns. Kristín avait secoué les puces de son chien qui s'était remis à renifler l'arrière-train de la chienne, puis elle était repartie en courant, ses seins ballottaient, elle s'était retournée au bout de quelques mètres, avait agité la main en signe d'au revoir, et avait crié, je compte courir tous les deux jours tant qu'il fera beau, j'en ai bien besoin, puis elle avait disparu. Son chien l'avait suivie sans renâcler, chez eux, la loyauté et l'obéissance priment sur le désir sexuel, oui, ils sont à ce point différents des humains.

Kjartan avait lâché sa masse, il était resté là, les bras ballants, les yeux baissés, mesurant chaque gramme de ses replis de chair, je ne suis qu'un tas de merde, se disait-il, je suis gras comme un cochon, nom de Dieu, j'aurais dû remettre mon pull, elle a dû avoir mal aux yeux en voyant ma taille informe, et dire qu'il a fallu que je passe mon temps à regarder ses seins comme un pauvre pervers. Kjartan avait soupiré, il avait remis son pull, s'était assis sur une touffe d'herbe, le regard vide, il avait faim, il avait fermé les yeux et revu Kristín en sueur, tellement rayonnante dans son T-shirt humide au tissu tendu par sa poitrine généreuse. Il avait rouvert les yeux, terrifié à l'idée que Kristín raconte à tout le monde qu'il n'avait pas arrêté de la reluquer. Il s'était relevé, lourdement, avait ramassé ses outils avant de rentrer chez lui en se promettant qu'il n'irait pas réparer la clôture de toute la semaine, et surtout pas deux jours plus tard, je cours un jour sur deux, lui avait-elle crié, sous-entendant ainsi : Et toi, tu restes chez toi, mon gars.

Deux jours plus tard, Kjartan se retrouve au même endroit, à la même heure. Il enfonce des piquets, se démène pour suer, campé sur ses jambes écartées, il a enlevé son pull et passe son temps à lancer autour de lui des regards inquiets. Tendu, angoissé, il ne comprend pas ce qui lui arrive, rentre chez toi, pauvre crétin, avant qu'elle arrive, avant de sombrer dans le ridicule. Mais il reste là, il est en train de retendre le fil barbelé quand elle apparaît, il feint de ne pas la voir, je suis occupé, se dit-il, espérons qu'elle va simplement repartir. Kristín s'arrête dès qu'elle l'aperçoit, il fait encore plus beau que la fois précédente, on atteint presque les dix-sept degrés, elle a ôté son haut qu'elle tient à la main droite, son T-shirt colle à sa peau humide, elle s'est servie de son vêtement pour s'éponger la poitrine, les seins, le ventre, elle a soulevé le bas de son T-shirt pour se rafraîchir, ses tétins ont légèrement durci à la tiédeur de la brise. Salut, dit-elle, parce que ce serait idiot de passer devant lui en l'ignorant. Il lève les yeux et répond, pas possible, toi ici, puis son regard se perd deux ou trois secondes sur ses seins qui semblent lui crier, non, plutôt lui hurler, regarde un peu, nous voilà ! Kjartan se dit, par le diable de tous les enfers, puis sans réfléchir, il demande : Dis-moi, tu ne pourrais pas m'aider à fixer ce barbelé avec une agrafe, j'ai oublié la pince dont je me sers pour retendre le fil à la maison et il me faudrait une troisième main. Je préfère ne pas modifier mon programme d'entraînement, répond-elle, presque sèchement, ce qui le refroidit, non, évidemment, pardon, je vais me débrouiller, ne t'inquiète pas, j'y arriverai, pas de problème. Elle hausse les épaules : Une agrafe ne changera pas grand-chose, ensuite, je me remettrai à courir. Merci beaucoup, répond Kjartan, j'admire ton énergie, je veux dire, il faut de la détermination pour courir comme ça, c'est vraiment super, il serre plus fort le barbelé qui tremble un peu quand Kristín le fixe à l'aide de l'agrafe, en quelques coups de marteau. Elle voit du coin de son œil ses bras épais, ses bourrelets à la taille, il est tout en sueur, elle sent ses seins ballotter à chaque coup de marteau. Il regarde ma poitrine, se dit-elle, ah, ces hommes, ils ont vraiment le cerveau entre les jambes, arrête de la zyeuter comme ça, espèce de crétin, s'ordonne-t-il. Le fil est fixé, Kjartan le lâche, Kristín lui rend le marteau en lui disant tout bas, salut, il lui répond, salut et merci pour ton aide ! d'une voix un peu trop forte. Elle se faufile entre les barbelés, recule de quelques pas, le regarde à nouveau, il pose le coude sur un piquet, la regarde, en nage, les yeux brillants, il n'est que chair, elle promène son regard sur ce corps, tranquillement, sans aucune honte, comme si elle caressait sa peau de ses yeux, il ravale sa salive, elle se met à courir, s'arrête au bout de quelques foulées, tourne la tête — et là, un événement survient. Il se passe quelque chose ! Une explosion se produit en eux qui abolit toute pensée, tout bon sens, efface tout passé, tout avenir, car il n'existe plus rien au monde que ce moment. Kjartan étouffe un cri, brûlant de désir, il essaie d'enjamber la clôture, pose sa main sur le fil barbelé, se blesse jusqu'au sang, son talon heurte un obstacle, il perd l'équilibre, tombe à la renverse, le dos sur un piquet, il a mal, le bas de son pantalon s'est accroché à un fil, il frétille, à la fois excité et assommé quand Kristín vient le retrouver, quand elle se jette sur lui en laissant échapper de sa gorge des borborygmes qui sont à la fois grommellement et cri. Je suis coincé, soupire-t-il, saleté de pantalon, elle ne dit rien, les bras tendus devant elle comme si elle était aveugle ou perdue dans la nuit, elle lui tâte le corps, cherche sa ceinture sous ses bourrelets, les pince deux fois si fort à pleines mains qu'il gémit de douleur, elle trouve enfin la boucle, la détache, défait le bouton, baisse la braguette, il soulève ses fesses pour l'aider, saleté de dos, marmonne-t-il avant d'ajouter, me voilà libéré, comme si elle ne le voyait pas, comme si elle ne voyait pas ses cuisses épaisses et veineuses, comme si elle ne voyait pas le slip noir gonflé, elle enlève son T-shirt, il agrippe aussitôt ses deux seins comme un noyé, elle attrape sa main blessée et lèche le sang, il lui ôte son pantalon, ils se roulent dans l'herbe et hurlent en même temps *va-t'en* aux chiens qui viennent les taquiner, mets ton pantalon sous mes fesses, halète-t-elle, l'herbe me pique le cul, et ce mot, le cul, anéantit les derniers vestiges de sang-froid de Kjartan, il se tortille, enlève son slip, s'allonge sur elle, elle agrippe ses bourrelets à pleines mains, écarte bien grand les jambes, le membre épais de Kjartan la pénètre, elle lui frappe les fesses à coups de talons, lui frappe le dos de ses mains. De loin, on pourrait penser qu'ils se battent.

Puis c'était terminé.

Chacun assis sur sa touffe d'herbe, ils s'étaient rhabillés, presque à la dérobée, et les regrets les avaient envahis l'un comme l'autre, d'abord comme un vague soupçon, comme de petites rides naissant à la surface d'un lac, qui grandissent et grandissent jusqu'à le faire onduler tout entier. Ils s'étaient dit au revoir sans même un regard, pressés de se quitter, pensant, jamais, plus jamais. Kjartan n'avait pas eu la force de regarder Ásdís dans les yeux en rentrant chez lui, Kristín avait demandé à Pétur de s'installer sur une chaise de la cuisine et s'était mise à lui couper les cheveux avec lenteur, par moments, elle lui caressait l'oreille du bout des doigts et il fermait les yeux.

Mais nous voulons tant et nous pouvons si peu. L'été avait passé, soleil, pluie, vent insistant, et certains jours, l'air était parfaitement immobile. Je sors courir, disait-elle, je vais me balader et vérifier la clôture, annonçait-il, ou bien il ne disait rien, il était paysan et n'avait de comptes à rendre à personne sur ses allées et venues. Il pensait à ses seins, à ses fesses, elle pensait à ses larges épaules, elle se revoyait enfonçant ses mains dans cette chair grasse et moelleuse. Ils se retrouvaient toujours au même endroit et, de loin, on avait l'impression qu'ils se battaient.

trois

N'allez pas imaginer que c'était facile, notre conscience a le don de gâcher nos plaisirs charnels. Par exemple, nous l'avons déjà précisé, Kjartan aimait beaucoup sa femme, tu es mon Soleil. Mon Ciel. Ma Fleur. Par deux fois, assis sur une touffe d'herbe après le départ de Kristín, il avait fondu en larmes, et malgré ça, ils avaient continué à se voir, l'appel de la chair est puissant à ce point. L'automne était arrivé. Plus d'une fois, Kjartan s'était apprêté à tout avouer à Ásdís, il l'avait emmenée faire une longue promenade sur le rivage, avait fait un grand tour en voiture avec elle en parlant comme un moulin sans jamais aborder le sujet crucial. Il dormait mal, sa conscience hantait ses rêves, elle exsudait par tous les pores de sa peau, il avait en permanence une serviette de bain à côté du lit, se levait en pleine nuit, descendait à la cuisine, allumait la lumière, buvait un verre de lait, scrutait son reflet dans la vitre assombrie en pensant, je dois mettre fin à tout ça, en pensant, il faut que j'en parle à Ásdís. Cela affectait son travail quotidien, à l'étable, il passait de longs moments à la fenêtre, les yeux vides, tandis que les trayeuses aspiraient le lait des vaches jusqu'à la dernière goutte, il ne pouvait plus regarder une série ou un film où il était question d'infidélité, même confortablement installé avec Ásdís dans le canapé, chocolats, Coca et pop-corn posés sur la table basse, il se raidissait comme si on lui pointait un pistolet sur la tempe, ne tenant plus en place, il marmonnait une excuse et partait se réfugier dans son atelier. Quelques années plus tôt, il avait acheté une Dodge de 1955, c'était presque une épave qui avait échappé de peu à la casse, depuis, il avait passé tant de moments délicieux à la remettre en état, la voiture ne tarderait plus à retrouver son ancien éclat. Or, même ces moments n'avaient plus rien d'agréable, assis sur la banquette arrière, il laissait la mauvaise conscience lui ronger le cœur comme un oiseau de mauvais augure, penché sur le moteur, il se souvenait de la langue de Kristín, il se rappelait les mots qu'elle lui murmurait à l'oreille.

Puis Ásdís avait tout découvert.

Elle avait évidemment senti que quelque chose ne tournait pas rond, Kjartan semblait plus nerveux et tendu qu'à son habitude, il avait l'air absent, il était plus pâle, plus fatigué, et semblait même par moments l'éviter. Inquiète, elle avait suggéré qu'il aille voir un médecin, elle redoutait un cancer, une leucémie, une crise cardiaque imminente. Mais non, avait-il répondu, je n'ai pas besoin de consulter, ce qui était tout à fait vrai puisqu'on ne peut pas obtenir d'ordonnance contre l'adultère, qu'on ne peut pas acheter de pilule pour imposer le silence à notre mauvaise conscience, en tout cas pas encore, malgré les avancées fulgurantes de la science. Kjartan n'avait parlé à personne de ses infidélités, il n'avait pas d'ami à qui se confier, mais Kristín avait une bonne copine au village, Ólafía, nous l'appelons simplement Fía, et un jour, au début de l'hiver, Kristín n'avait pas su tenir sa langue, elle avait eu besoin de se délester de son secret, elle avait tout raconté à Fía, c'était tellement dur, presque douloureux, de garder ces choses-là enfermées en elle, elle avait ouvert la bouche et tout déballé. Pour soulager sa conscience, certes, mais peut-être aussi pour souligner qu'il y avait de la chaleur et des couleurs dans son existence, que sa vie n'était pas que tiédeur, fadeur et absence d'événements, et sans doute en avait-elle un peu rajouté en enjolivant le tout, elle lui avait dit que Kjartan lui offrait des fleurs, qu'il lui donnait mille et un petits noms, qu'il était tellement doux, tellement animal, tellement fougueux. Kristín avait fermé les yeux comme pour donner plus de poids encore à ses paroles, puis elle les avait rouverts, les avait écarquillés en posant sa main sur celle de Fía et en murmurant : Ne le dis à personne, par pitié, n'en parle à personne. Bien sûr que non, tu es bête ou quoi, avait répondu sa copine. Chaque fois qu'elles se voyaient, Fía l'interrogeait, elle la questionnait encore et encore, y compris sur les détails, comme si elle désirait participer à cette relation interdite par procuration, elle l'interrogeait jusqu'à sentir elle-même la fougue de Kjartan et l'énorme poids de son corps. Plus elle posait de questions, plus Kristín se délectait de tout lui raconter en un récit qui devenait jouissance. Ou plus exactement, un prolongement des voluptés.

On peut dire toutes sortes de choses concernant les gens. La plupart d'entre nous abritons à la fois beauté et abjection. L'homme est un être complexe, un labyrinthe où l'on se perd quand on cherche des explications. Un jour, Fía a parlé de l'aventure de son amie à son oncle avec qui elle prend régulièrement le café. Cet oncle est prénommé Ragnar, mais nous l'appelons tous Raggi ou plutôt Raggi Ragot, parce qu'il prend un malin plaisir à exhumer et colporter toutes sortes d'histoires sur les déboires de son prochain, ses problèmes d'argent, d'alcool, ses malheurs, il aurait été parfait comme journaliste de la presse à scandale. Fía s'en voulait terriblement, peut-être ses lèvres avaient-elles été poussées par la jalousie et l'envie, le démon traque tous les orifices où il peut s'infiltrer. Pétrie de remords, elle aurait voulu se couper la langue. Hélas, même les regrets les plus profonds sont impuissants à retirer des paroles inconsidérées. Une fois qu'elles se sont mises en route et mènent leur vie propre, rien ne saurait les arrêter. Lentement, mais sûrement, la nouvelle de la liaison entre Kristín et Kjartan s'est propagée. Les histoires ont la faculté de se transformer dans la bouche des gens, c'est dans leur nature, personne ne les raconte de la même façon, mais leur cœur demeure en général intact et en l'occurrence, bien qu'exprimé de manières différentes, il tient en ceci : Kjartan de Sámstaðir et Kristín de

Valþúfa entretiennent une relation amoureuse, et c'est une passion dévorante.

Finalement, Ásdís en a eu vent, certes à mots couverts, personne ne lui a dit, ton mari te trompe avec Kristín, ils font l'amour une ou deux fois par semaine sur les tourbières qui séparent vos fermes, forniquent sauvagement par tous les temps, non, il s'agissait plutôt de discrètes insinuations et de sous-entendus qu'une personne confiante aurait tout bonnement balayés. Or, évidemment, Kjartan n'était plus lui-même, Ásdís se demandait parfois s'il n'avait pas un cancer, si l'amour qu'il lui portait déclinait, puis voilà que quelqu'un lui disait, oui, vos fermes sont assez proches l'une de l'autre, ou bien, est-ce que Kristín passe souvent te voir, ou encore, tu savais que Kristín s'est mise au sport, et Kjartan, est-ce que lui aussi, il court — enfin, des propos de ce genre. Puis Ásdís s'est souvenue que depuis quelques mois, chose tout à fait nouvelle, Kjartan allait souvent se promener, et toujours vers l'ouest.

J'aurais préféré te savoir mourant, pense-t-elle en le regardant ce soir-là, assis sur le canapé devant le feuilleton télé, les enfants sont endormis, trois, sept et neuf ans. Un cancer de l'estomac, se dit-elle, ce serait approprié, tout comme celui du côlon, enfin, il n'y a rien de tel qu'un bon cancer des os. Au bout d'un moment, plus aucun produit, pas même la morphine, ne soulage les souffrances, la douleur aurait brisé ta volonté et ta personnalité en mille morceaux. Mon amour, tu serais resté cloué au lit à gémir, à hurler, à sangloter, puis à mourir. Je t'aurais soigné et j'aurais pu te pleurer. Ásdís sourit. Kjartan la voit dans le coin de son œil, il se sent mal, il n'arrive pas à se concentrer sur la télé, l'histoire s'effiloche. Je ne suis pas très bien, dit-il au bout d'un moment, c'est peut-être le cancer des os, répond-elle d'une voix douce. Il la toise, étonné, elle le regarde d'un air aimable, qui tranche violemment avec le verdict qu'elle vient de prononcer. La maison se déplace, elle se balance doucement d'avant en arrière. Les doigts de Kjartan s'agrippent au canapé, il essaie de sourire, mais n'affiche qu'une grimace, allons, ne dis pas ça, je suis simplement fatigué, dit-il, peinant à articuler. Il se lève, traverse le salon, la maison est maintenant un navire en perdition dans une mer déchaînée, il parvient cependant à monter jusqu'à la chambre, se couche sans se brosser les dents, sans faire ses prières, qu'il n'a certes pas dites depuis vingt ans, mais il serait sans doute avisé de s'y remettre promptement. Allongé sur le lit, il fixe le plafond et se dit : Mon Dieu, elle est au courant, elle le sait, *elle sait tout* ! Il est pétrifié, il se sent tellement soulagé, et en même temps tellement triste, il se méprise au plus haut point, chaque cellule de son corps déteste Kristín. Ásdís reste au rez-de-chaussée, elle éteint la lumière pour regarder par la fenêtre, mais oublie la télé, tout le salon s'emplit de cette lueur bleue qui éclaire désormais l'âme humaine et modifie nos paysages intimes.

quatre

Au début, Ásdís n'a rien fait.

Les jours ont passé.

Elle observait Kjartan, calme et concentrée

comme une sociologue, pratiquement certaine de sa culpabilité, mais pas à cent pour cent, disons que le pourcentage était de quatre-vingt-quinze, quatre-vingt-seize, elle espérait encore se tromper, espérait que c'était autre chose, dépression, désamour, cancer. Hélas, peu d'indices allaient dans ce sens, en fouillant sa mémoire, elle se rappelait l'intérêt subit qu'il avait développé pour les promenades, ses balades régulières vers l'ouest et la ferme voisine, son étrange agitation avant le départ, il arrivait même qu'il se rase, qu'il se peigne, et quand il revenait, il avait l'air bizarre, parfois mélancolique, parfois honteux, parfois furieux, et parfois anormalement joyeux. Une foule de menus événements ou de moments qu'elle avait perçus sans savoir ce qu'il se passait remontaient maintenant des profondeurs. Les yeux de Kristín qui regardaient furtivement Kjartan pendant le bal de *þorrablót*, la main qu'il avait posée sur sa taille ce jour-là, sa voix étrangement forcée quand il prononçait le prénom de cette femme, ses mains tremblantes quand il la croisait avec Pétur, son époux, à la Coopérative. J'ai été aveugle, se disait Ásdís, et au fur et à mesure que tous ces détails lui revenaient, elle tremblait de peur, de tristesse, peut-être même de haine, elle regardait par la fenêtre les trois chiots que leur chienne avait mis au monde en janvier, l'un d'eux avait une étoile blanche sur le front, exactement comme le chien de Valþúfa.

Tout allait dans le même sens.

Son degré de certitude est passé de quatre-vingt-seize à quatre-vingt-dix-neuf pour cent, le un pour cent manquant voletait comme un brin de paille en surplomb du précipice. Cela dit, un brin de paille n'a jamais retenu quiconque bien longtemps, la chute est imminente, le vide vous happe. Non, ce n'était pas une maladie mortelle, mais un simple adultère, banal et répugnant.

> Adultère, le fait de violer son serment de fidélité, et d'avoir des relations sexuelles avec une personne autre que son conjoint, infidélité — synonyme d'apocalypse.

Désormais, c'était elle qui n'arrivait plus à trouver le sommeil.

Allongée, elle fixait le plafond, assaillie par les incertitudes et les doutes, tandis que toutes sortes de sentiments bouillonnaient en elle. Elle écoutait la respiration régulière de Kjartan, entrecoupée çà et là de ronflements. Je vais demander le divorce, il me dégoûte, non, c'est ma faute, je me suis montrée tellement égoïste, tellement indifférente, je passe mon temps à lui dire : pas tout de suite, plus tard, ce soir, demain, je ne me fais même plus belle pour lui, je m'habille comme une souillon. Elle n'arrivait pas à trouver le sommeil et la nuit recouvrait le monde. Je ne prends pas assez soin de la maison, je ne m'occupe pas suffisamment des enfants, se disait-elle, je consacre toute mon énergie et toute ma concentration à ces études, je ne pense qu'à ça, je ne pense qu'à moi, et me voilà maintenant punie. Un couple, ça s'entretient. Allongée sur le dos, elle inspirait profondément, et le ciel était sombre par-dessus la campagne. Non ! Ce n'est pas ma faute, peut-être un peu, mais pas plus que ça, je ne vais pas en plus lui donner la satisfaction de m'adresser des reproches, c'est lui qui m'a trahie, qui a trahi les enfants, qui s'est trahi lui-même. C'est lui !

Enfin, non, c'est moi, c'est bel et bien ma faute. Ásdís s'était levée, elle était descendue au rez-de-chaussée, elle avait enlevé sa chemise de nuit bleue et, nue dans l'entrée, s'était regardée dans le grand miroir. Ses seins étaient à peine de taille moyenne, autrefois fermes, ils commençaient à tomber, comme s'ils somnolaient. Sa taille était aussi peu marquée que celle d'un homme, elle n'avait pas cette courbe délicieuse qui suscitait le désir, son ventre était affreux et fripé, toujours distendu après ses trois grossesses. Elle observait ce corps, ramolli par le manque d'exercice, je suis laide, avait-elle lancé à son reflet, je n'ai aucun intérêt.

Les jours avaient passé, puis les semaines. Ásdís se débattait avec toutes sortes de sentiments. Irritable et acerbe, elle surveillait son époux avec attention, attendant de pouvoir écarter ce tout dernier pour cent d'incertitude, guettant l'instant où l'ultime brin de paille céderait et où elle s'abîmerait dans l'insondable vide. Un jour, Kjartan est parti se promener en marchant vers l'ouest.

Il avait passé un long moment à aller et venir aux abords de la ferme, visiblement impatient, lançant constamment des regards vers la maison, les fleurs à la fenêtre lui masquaient la silhouette de sa femme. Puis il s'était mis en route. D'abord lentement, mais pressant bientôt le pas et marchant à grandes enjambées dès qu'il avait atteint la crête des collines entre les deux fermes. Il va la retrouver, avait pensé Ásdís, debout à la fenêtre du salon tout en humant le parfum de ses fleurs tandis que son corps s'engourdissait. Elle ne tenait plus sur ses jambes, elle s'était assise, la pendule qui égrenait les secondes et comptait les minutes veillait scrupuleusement sur le temps en bonne gardienne. Ásdís avait rassemblé ses forces pour se relever, elle était allée en bas de l'escalier pour écouter les enfants, Kolbrún, l'aînée, se remettait d'une grippe, et Diljá, la cadette, tripotait bruyamment ses Lego. Elle était retournée dans le salon, avait sorti une cassette vidéo au cas où Diljá descendrait la rejoindre, elle n'avait pas la force de jouer avec elle en ce moment, elle craignait de ne pas se maîtriser et de la réprimander pour des broutilles. La pendule continuait à s'acquitter de sa tâche, elle avait égrené vingt minutes, tic tac, tic tac, ânonnait-elle sans relâche. Assise, immobile sur sa chaise, Ásdís affichait une parfaite placidité, les apparences sont trompeuses à un tel point que c'en est incroyable. On eût dit qu'elle révisait la conjugaison des verbes allemands, qu'elle tentait de se rappeler une recette de cuisine ou l'histoire d'un livre, voire laquelle de ses vaches serait la prochaine à vêler. Or tout était sens dessus dessous en son for intérieur, elle accompagnait Kjartan en pensée, elle imaginait la scène, elle tremblait de colère et de répulsion, elle avait même parfois des envies de meurtre, elle était désespérée, accablée par la tristesse et la fureur, parmi les sentiments qu'elle éprouvait, ces derniers étaient les plus avouables, le pire, c'était quand ces envies de meurtre l'étreignaient, ses bras en tremblaient, puis ces tremblements disparaissaient, ils explosaient telles des bulles de savon qui ne laissaient dans leur sillage qu'un amer sentiment de honte et de mépris d'elle-même. Elle était assise à sa fenêtre, c'était une belle journée d'avril, bleue et fraîche, le ciel se trouvait à des lieues, et dans le salon, la pendule scrupuleuse veillait sur le temps. Puis elle a entendu du bruit sur le pas de la porte.

Il était rentré !

Il avait baisé.

Trahissant une fois encore tout ce qui existait de bon et de beau. Comment pouvait-il regarder ses enfants sans pâlir, sans être foudroyé et réduit en cendres, elle aurait dû lui arracher les yeux, d'ici quelque temps, il lui en aurait été reconnaissant. Elle s'était levée et précipitée dans la cuisine pour faire de la pâte à pain, elle était occupée quand il était entré, elle n'avait pas de temps à lui consacrer, d'ailleurs, elle écoutait une émission à la radio. Kjartan tenait absolument à lui parler, il voulait organiser leurs vacances d'été, nous partirons à l'étranger, à Copenhague, imagine un peu, les enfants verront le parc d'attractions de Tivoli et celui de Bakken ! Oui, pendant que tu iras voir les putes rue Istedgade, avait-elle pensé en plongeant profondément ses doigts dans la pâte, sans doute pour éviter qu'ils ne sautent à la gorge de son mari. Le silence qu'elle lui opposait avait fini par le décourager, il était allé dans le salon, je ferais bien de prendre une douche, avait-il dit, puis il s'était enfermé dans la salle de bains pour se débarrasser de l'odeur de Kristín en laissant l'eau brûlante ruisseler sur ses larges épaules. À son retour dans la cuisine, Ásdís avait disparu, elle a dû s'absenter, avait dit Kolbrún. Pour aller où ? Je ne sais pas. Kjartan avait attrapé ses jumelles et avait scruté l'horizon à la fenêtre du salon, mais la voiture était invisible, les collines entre Sámstaðir et Valþúfa lui bouchaient la vue.

Ásdís est assise dans la cuisine de Valþúfa, Kristín vient de rentrer, sa belle-mère, Lára, allume la cafetière, Pétur est occupé à l'extérieur. Grand, le dos légèrement voûté, maigre, presque décharné, le visage taillé à la serpe, empreint d'une certaine gravité, c'est un taciturne, certains sont persuadés que rien ne saurait entamer son flegme. La clarté d'avril est encore bleue, mais bientôt, le soir se posera, assombrissant le ciel. Les occupants des deux fermes n'ont jamais entretenu beaucoup de relations, non qu'on puisse parler de conflit ouvert, mais plutôt d'anciennes contrariétés accumulées au fil du temps, et que Kjartan et Pétur ont héritées de leurs parents, lesquels les avaient eux-mêmes héritées des leurs. C'est le genre d'agacement qui naît parfois entre les gens dans les campagnes. Peut-être vivons-nous en général si éloignés les uns des autres que nous ne savons pas vraiment comment nous comporter avec nos voisins, nous n'avons pas l'habitude de nous soucier d'eux, c'est sans doute là un manque de maturité sociale profondément ancré en nous.

Lára s'étonne de cette visite, assise sur sa chaise, Kristín est tétanisée, la sueur sèche peu à peu sur ses vêtements tandis que sa belle-mère prépare le café et sort quelques gâteaux pour l'accompagner en s'interrogeant, elle laisse échapper quelques eh bien, quelques ah oui, plusieurs je crois bien, demande quelques nouvelles sur le bétail, les provisions de foin, l'état des champs. Ásdís lui répond sans s'étendre, leur conversation est ponctuée de silences pendant lesquels Lára se balance, nerveuse, sur sa chaise. Ásdís ne boit pas une goutte de café, elle laisse sa tasse pleine de liquide noir refroidir devant elle, Lára bouillonne de colère quand elle s'en rend compte, ces sales gens de Sámstaðir, pense-t-elle, ils ne sont qu'arrogance et dédain ! Elle renonce à alimenter la conversation par politesse et se tait, ses bras maigres croisés sur sa poitrine, les lèvres pincées. Après un long silence, Lára avale bruyamment une gorgée de café, les deux autres femmes l'observent, elle attrape un gâteau sec qu'elle se met dans la bouche et le regrette aussitôt. Elle le croque doucement, avec prudence, Ásdís et Kristín l'écoutent, le regard vide, Lára mâche lentement, espérant ainsi être plus discrète, c'est à croire qu'elle n'en aura jamais fini, enfin, elle déglutit, c'est qu'ils sont rudement coriaces, ces gâteaux, son visage osseux a légèrement rougi, elle tend le bras vers sa tasse, la boit un peu trop vite, s'étrangle et tousse. Ásdís et Kristín la regardent, puis à nouveau, c'est le silence. C'est étrange, ce pouvoir qu'a le silence de distordre le temps, les minutes ne sont plus elles-mêmes, elles semblent ne jamais devoir passer, elles deviennent un ciel immobile. Kristín écoute les battements de son cœur, ce tambour qui bat puissamment, à un rythme frénétique, boum ! boum ! boum ! elle sent encore la brûlure salée que la sueur a laissée sur sa peau, elle sent l'odeur de Kjartan qui monte de ses vêtements, s'échappe par le col et emplit la cuisine, une odeur de baisers, de souffles saccadés, de sueur et de semence, tout à l'heure, elle lui a demandé d'inonder son ventre, l'odeur douce et lourde de la semence d'un homme. Tu es allée courir, s'enquiert tout à coup Ásdís, sa question est tellement inattendue que les trois femmes sursautent, Lára est tellement déconcertée qu'elle prend un autre gâteau sec. Il semble que ces mots rendent l'atmosphère encore plus lourde, elle était déjà assez pesante avant qu'elle les prononce, assise tout au fond de ce silence, Lára se demande si elle doit mâcher vite ou lentement, elle essaie en vain de laisser le gâteau fondre dans sa bouche, Ásdís et Kristín semblent attendre qu'elle l'avale, elle décide de le mâcher à toute vitesse, d'en finir, elle le broie entre ses dents et déglutit, de la sueur perle sur son front. Puis Kristín répond : Oui. Un simple oui qui arrive une ou deux longues minutes après la question.

Ásdís : Et tu n'as pas encore pris ta douche ?

Kristín : Non, je viens de rentrer.

Ásdís : Il vaudrait mieux que tu ailles la prendre, il faut te laver, bien te récurer, tu as dû beaucoup suer avec tous ces efforts. Ásdís entrouvre à peine la bouche, dévoilant ses dents blanches, mais pas très droites. Espèce de salope, pense Kristín en regardant sa belle-mère qui fixe sa voisine d'un air furieux. Oui, je sue beaucoup, consent Kristín.

Alors, il faut bien te récurer.

Elle prononce les mots en les détachant soigneusement. Chacun d'eux est une pierre qu'elle extirpe de sa bouche et qu'elle pose sur la table : ALORS, IL FAUT BIEN TE RÉCURER. Lára se rengorge, elle s'apprête à dire quelque chose, fusille Ásdís du regard et fixe l'insupportable tasse toujours pleine de café, mais la visiteuse se lève, repousse sa chaise contre la table et déclare tranquillement, froidement : J'espère que ça t'a plu. Puis elle quitte la cuisine et sort de la maison. Cette femme est folle, souffle Lára d'une voix dissonante avant d'ajouter, péremptoire, ces sales gens de Sámstaðir, ce ne sont que des… elle s'interrompt, surprise, presque terrifiée, en voyant Kristín sortir de la cuisine et se précipiter vers la porte d'entrée pour hurler dans la clarté déclinante d'avril : Si ça m'a plu ? Un peu, que ça m'a plu ! Laisse-moi même te dire que j'ai adoré ! Ásdís la regarde, plantée devant la ferme à côté de sa voiture. Bonjour, Pétur, lance-t-elle, malgré l'absence de ce dernier. Sur quoi, Kristín claque la porte de sa maison.

cinq

Deux jours plus tard, en tout début d'après-midi, Ásdís dit à Kjartan, emmène Diljá avec toi au village, voici la liste des courses, tu iras ensuite chercher Björgvin et Kolbrún à l'école et vous irez rendre visite à mes parents. Et toi ? Je reste à la maison, je dois étudier.

Deux jours. Deux jours en enfer pour Kjartan, son sommeil est en lambeaux, il se relève la nuit, descend à la cuisine, mange un sandwich, boit un grand verre de lait et s'empiffre de bugnes tandis que la nuit noire est tapie à la fenêtre. Ásdís se mure dans le silence, il attend, il s'attend chaque minute à ce qu'elle lui dise, je sais tout, ou bien, tu n'es qu'un pauvre type, ou encore, j'ai demandé le divorce, ou même, tiens, voilà le couteau, sers-t'en pour te châtrer. Mais au lieu du couteau, elle lui tend une liste de courses et l'envoie au village. Il est intimement convaincu qu'elle est au courant, ou en tout cas, qu'elle nourrit de forts soupçons, et il attend sa réaction, sa colère, ses cris, puis le voilà assis au volant, une liste de courses dans sa poche, tandis que Diljá gigote sur son siège auto. La voiture descend le chemin qui mène à la route principale, je vais lui parler ce soir, se dit-il, quand les petits seront endormis, je vais tout lui avouer, je ne suis qu'un pauvre type, un pauvre type obèse, il s'engage sur la route et passe la troisième. Assise dans le salon, Ásdís écoute le bruit du moteur qui s'éloigne et, bientôt, se perd au loin, elle se lève et va dans la remise, monte sur un tabouret pour atteindre l'étagère supérieure, attrape le pistolet qui sert à tuer les moutons et une boîte de balles. Elle retourne dans le couloir, enfile sa doudoune et ses chaussures, le thermomètre indique plus sept degrés, le vent souffle, le ciel est nuageux, mais il n'y a pas de précipitations bien que la pluie arrose les montagnes au sud-est. La chienne et ses petits sont dehors, tellement euphoriques que rien d'autre ne leur vient à l'esprit que de tourner sur eux-mêmes, de courir derrière leur queue, ce merveilleux appendice qui ne se laisse jamais attraper, ou bien ils zigzaguent dans tous les sens en sautant en l'air. Ásdís attrape le chiot qui porte une étoile blanche sur le front, il remue la queue, essaie de lui lécher le visage sans y parvenir et se contente de lui léchouiller la main. Elle l'emmène dans la buanderie à laquelle on accède par la porte de service à l'arrière de la maison. Elle s'agenouille avec l'animal qui fourre son museau dans la manche de sa doudoune, pauvre petit, dit-elle en le plaquant doucement au sol pour le tuer d'une balle dans la nuque. Les chiots ne pensent pas à la mort, heureux, ils imaginent que la vie n'a pas de fin, puis c'en est fini. Ásdís va chercher le suivant, le troisième folâtre autour d'elle et gémit, voyant qu'elle ne veut pas l'emmener, il attend à la porte, gratte le bois et bondit dans la buanderie dès qu'Ásdís lui ouvre, il laisse échapper deux jappements, comme pour demander, ohé, vous êtes où ? Et que pourrait-on répondre, que deviennent les petits chiens morts, vont-ils quelque part, armés de leur joie sans pareille ? Ásdís ne réussit pas immédiatement à attraper le troisième, il fuit d'un bond, pensant qu'elle veut jouer, agile et rapide, il se dérobe à ses mains, mais finit par se coincer la tête dans une des chaussures de marche de Kjartan. Il bouge légèrement en sentant le canon du pistolet, son cœur s'emballe puis, l'instant d'après, cesse de battre. Ásdís met un certain temps à attraper la mère qui est allée se cacher dans l'étable, elle l'attire en lui parlant tout doucement, la chienne vient vers elle, le ventre plaqué au sol, tremblante comme une feuille, hurlant à la mort, les chiens sont dotés d'un excellent flair et ils sentent la camarde quand elle rôde. Ásdís creuse ensuite un grand trou, c'est un travail de force, la terre est encore dure après l'hiver, mais ça fait du bien de se démener, ça permet d'oublier tant de choses, puis elle fixe un long moment la chienne et ses petits, allongés au fond de leur tombe, essaie de les disposer le mieux possible, se laisse traverser par une pensée pour eux, rebouche le trou, tasse longuement la terre, soigneusement. Elle va ensuite à l'étable et au poulailler qui se trouve au fond, attrape le coq qui somnole sur son perchoir, immobilise ses ailes en le bloquant sous son bras, va chercher une petite machette dans l'atelier, relâche son emprise, saisit l'animal par le cou, le plaque sur le tonneau à l'entrée du bâtiment et le décapite. Elle recule et observe le corps sans tête qui marche dans la cour en battant inutilement des ailes tandis que la vie s'échappe en gerbes de ce qui reste de son cou. Puis il rend l'âme. Jamais plus il n'ira voler vers les profondeurs de la nuit pour en rapporter le soleil matinal. Le dernier jour s'était levé sur la ferme.

Elle retourne dans la maison, se lave soigneusement les mains en utilisant une grande quantité de savon, elle boit un verre d'eau et appelle ses parents. Oui, Kjartan et les enfants viennent d'arriver, elle les entend en bruit de fond, elle plaque le combiné sur son oreille droite, celle qui entend le moins bien. Est-ce qu'ils peuvent rester chez vous cette nuit ? Non, inutile que j'en discute avec Kjartan, dis-lui simplement de rentrer. Elle raccroche, ressort, ouvre grand la porte de l'atelier, s'installe au volant de la Dodge, met le contact, la cassette *Greatest Hits* d'Elvis Presley tourne dans l'autoradio, Ásdís passe la marche arrière, sort, et laisse la voiture entre l'étable, l'atelier et la maison, elle coupe le moteur, sans toutefois interrompre Elvis, au contraire, elle augmente le son, *One thing I know, I loved you like a baby*. Elle ramasse le cadavre du coq, le place sur le siège du conducteur, va chercher les vêtements de Kjartan qu'elle a déjà préparés, accompagnés de quelques disques, de lettres et de leurs photos de mariage, qu'elle installe avec soin sur le siège avant, puis elle asperge le tout d'essence, asperge l'extérieur de la voiture, s'assoit par terre, adossée à l'une des roues avant, ferme les yeux quelques instants, les rouvre et surveille la route en contrebas.

Il faut compter en moyenne une demi-heure pour rentrer du village. Par moments, Kjartan appuie à fond sur l'accélérateur, la voiture avance à toute vitesse, puis l'angoisse explose en lui, il ralentit, rétrograde, roule à quarante à l'heure, s'arrête sur le bas-côté, se précipite dehors pour vomir, la main appuyée sur le capot, mais rien ne vient. On n'aperçoit Sámstaðir qu'après avoir dépassé l'arête de la montagne Kollafjall qui dessine un grand arc de cercle derrière les neuf fermes que les sources les plus anciennes nomment Kollabyggð. Sámstaðir disparaît ensuite derrière les ondulations du paysage pour ne réapparaître qu'un bon moment après qu'on a dépassé le chemin qui monte vers Valþúfa. C'est alors que Kjartan aperçoit un panache de fumée. Il s'adresse d'abord une réflexion idiote, ma vie est en flammes ou quelque chose comme ça, ce qui n'est sans doute pas si idiot d'un point de vue symbolique, puis il voit la Dodge brûler, il n'y a aucun doute, et cet incendie-là n'a rien de métaphorique. Il appuie machinalement sur l'accélérateur, s'engage trop vite sur le chemin qui monte à la ferme, la voiture dérape, il fonce vers la maison, il pile, il descend. Ásdís lui tourne le dos, elle regarde la Dodge, le coq décapité, les *Greatest Hits* d'Elvis Presley, les vêtements et les photos qui partent en fumée. Kjartan s'avance de quelques pas, il s'immobilise. Il donnerait n'importe quoi, le salut de son âme, dix années de sa vie, pour ressentir de la colère, et de préférence une rage sans bornes, parce que c'est sa Dodge qui brûle là, parce que deux hivers durant, il a passé d'innombrables soirées à la remettre en état, des heures paisibles, avec bien souvent Elvis pour seule compagnie, parfois Björgvin et Kolbrún venaient le voir, et parfois Ásdís lui apportait un chocolat chaud ou un café. Mais il ne ressent aucune colère, il ne ressent rien du tout, si ce n'est peut-être comme un engourdissement, il n'y a que ce mot unique suspendu dans sa tête tel un oiseau immobile : Évidemment. Puis il s'avance lentement, avec une lenteur extrême vers Ásdís et la voiture en feu, il perçoit chacun des kilos de son corps et ils sont nombreux. Ásdís se tourne, quinze mètres les séparent, il ne voit que son côté gauche, les flammes la grandissent, elles l'augmentent, elle lève le bras, le tend droit devant elle et Kjartan aperçoit alors le pistolet. Puis le coup part.

six

Une balle d'arme à feu voyage à toute vitesse, même tirée d'un pistolet à moutons. En une fraction de seconde, elle atteint sa cible ou la manque. Mais une fraction de seconde ou un claquement de doigts peuvent aussi sembler très longs, ils peuvent s'étirer au point d'occuper votre vie entière. C'est exactement ce qu'a ressenti Kjartan. Il a vu le pistolet, entendu la détonation, puis le moment s'est étiré à l'infini et, en son centre, il était là, à attendre que la balle l'atteigne. Depuis, il s'est demandé mille fois, jour et nuit, qu'il dorme ou qu'il veille, qu'il soit triste ou joyeux, ivre ou parfaitement lucide : M'a-t-elle vraiment visé ?

sept

Dix minutes environ après ce coup de feu, ils étaient assis à la table de la cuisine. Elle ne le laissa pas avouer quoi que ce soit, ce qui était d'autant plus douloureux, des aveux auraient permis à Kjartan de soulager sa conscience, les confessions libèrent, elles vous nettoient l'âme, or Ásdís s'est contentée de lui dire : Je sais tout, je ne te pardonnerai jamais cette trahison, tu as tout trahi, moi, nos enfants, notre vie. Kjartan prit la parole, il n'avait pas l'intention de fournir des explications, il avait seulement envie de parler, de dire qu'il ne comprenait pas ce qui lui était arrivé, qu'il avait plusieurs fois voulu mettre fin à cette liaison, qu'il n'était qu'un pauvre crétin sans intérêt, il voulait lui parler de ses nuits d'insomnie, lui dire à quel point il se sentait mal, lui dire que Kristín ne lui arrivait pas à la cheville, Dieu Tout-Puissant, non, pas à la cheville, tu vaux tellement mieux qu'elle, ce que j'ai pu être idiot. Il voulait s'exprimer en ces termes, et peut-être pleurer, oui, il voulait pleurer, il en avait besoin. Il voulait qu'elle lui hurle dessus, il en avait besoin, il voulait qu'elle se perde en reproches, il reconnaîtrait tous ses torts, il n'essaierait pas de se défendre, il tairait le fait qu'elle avait été trop prise par ses études et qu'elle avait délaissé tout le reste, il ne lui dirait pas non plus qu'ils n'avaient pas pris soin de la relation qui les unissait, mais s'étaient contentés de laisser le temps passer, l'amour est un feu et ce feu s'éteint quand on cesse de l'alimenter. Mais il n'eut pas l'occasion de dire grand-chose, elle leva la main et l'interrompit. Une belle maison est à vendre au village, dit-elle, il y a un emploi vacant à l'Entrepôt, j'en ai parlé à mon cousin Þorgrímur, tu auras la place si tu la demandes. Kjartan écoutait, interloqué, presque terrifié, au début, il était incapable de répondre quoi que ce soit, une masse énorme et dure lui entravait la gorge, puis il éructa d'une voix grêle : Vendre la ferme ?! Oui, répondit Ásdís. Kjartan balaya la cuisine du regard, cherchant un soutien, comme s'il espérait que le frigo prendrait la parole, ou bien la cafetière, la radio, les murs, la maison elle-même. Mais puisque aucune voix ne s'élevait pour lui prêter main-forte, il répondit la seule chose qui lui venait à l'esprit : Mais nous vivons ici depuis bientôt cent ans.

Nous avons si souvent parlé de vendre, reprit tranquillement Ásdís, avec une certaine froideur, avant de dresser la liste des arguments qu'ils avançaient tous les deux depuis des années : cette exploitation de taille moyenne n'avait pas vraiment d'avenir, ils se demandaient constamment comment ils parviendraient à joindre les deux bouts, leurs revenus ne leur permettraient jamais d'offrir le meilleur à leurs enfants, ils passeraient leur vie à tirer le diable par la queue. Les temps changent, d'ici à quelques années, dix ou vingt peut-être, il ne restera plus que les grandes exploitations trois ou quatre fois plus importantes que la nôtre, ceux qui s'entêteront à vouloir vivre de leurs petites fermes végéteront et finiront par sombrer dans la pauvreté et le désespoir. Tu l'as souvent répété, tout comme ton frère. Mais, mon père et ma mère, plaida Kjartan, cherchant les arguments, ces maigres brins de paille, nous n'allons quand même pas leur faire ça ! Ásdís le regarda dans les yeux, la température s'abaissa d'un coup dans la cuisine, il y a tant de choses que nous ne pouvons pas faire à autrui, mais que nous lui faisons quand même, dit-elle. Kjartan baissa les yeux sur la table et n'eut plus envie de les relever.

Ásdís : En outre, nous ne vivons pas pour eux. Et il est inutile de prêter aux gens des sensibleries dont ils sont dépourvus. Rien ne t'empêchera de garder un lopin de terre où tes parents et ton frère pourront construire un chalet d'été. Mais ma décision est prise : je vais habiter au village et je te propose, malgré tout, de m'accompagner.

Je ne te le dirai pas deux fois. Kjartan soupira puis sortit s'occuper de la Dodge, ce qui lui prit un certain temps, sa voiture se consumait, sa vie était en flammes. Quand il eut fini d'éteindre le feu, debout face aux cendres de ce magnifique bijou, il s'étonna du silence qui l'entourait, les lieux lui semblaient mornes, il se souvint alors des chiots, de leur joie débordante et idiote et de la fidélité exemplaire de leur mère. Ils sont sans doute à l'intérieur, se dit-il, s'avançant vers la maison pour les faire sortir. Il ne lui restait que quelques pas avant d'atteindre la porte. Ásdís sortit et le regarda depuis le sommet de l'escalier, où est-ce que tu vas ? s'enquit-elle en détachant soigneusement les mots, je vais sortir les chiens, je... il se tut en voyant l'expression de sa femme. Je..., répondit-elle, sans rien ajouter, se contentant de baisser les yeux sur lui. Kjartan comprit alors — ce silence, l'absence de ses chiens, il comprit ce qui était arrivé. Comment vais-je expliquer ça aux gamins, se demanda-t-il, sentant la nuit l'envahir peu à peu.

Il vendit sa terre, il vendit chaque brin de paille, il vendit chaque touffe d'herbe, il vendit la colline derrière la maison, il vendit toutes ses cachettes, tous les lieux secrets de son enfance et la vue sur le fjord immense parsemé d'îles et d'écueils, il vendit ses bêtes, ses machines et ses bâtiments, puis la famille s'en alla. Comment s'y prend-on pour faire ses adieux à une montagne, comment se défaire des touffes d'herbe, des brins de paille et des petits cailloux devant la maison ?

[Pourquoi ai-je vécu, s'est interrogée notre tante sur son lit de mort, nous avons ouvert la bouche pour lui donner une réponse bien que n'en ayant aucune, puis elle a rendu l'âme, parce que la mort nous devance toujours d'une bonne distance.

Nous avons vu la nuit venir sur les montagnes, nous étions dehors, l'air a vibré d'un léger frémissement puis une boule de feu s'est levée à l'est. Pourquoi vivons-nous, existe-t-il une réponse à cette question ? Certains soirs, avant que le sommeil nous gagne, quand le jour et son agitation ont pris fin, allongés dans nos lits, nous écoutons les battements de notre sang, la nuit entre par les fenêtres, et tout à coup s'éveille le soupçon insistant et désagréable que nous n'avons pas mis la journée à profit comme il se doit, qu'il y a une chose que nous aurions dû faire, mais dont nous avons oublié jusqu'à la nature. Ne vous est-il jamais arrivé de vous dire que jamais dans l'Histoire nous n'avons vécu dans un tel confort, que l'individu n'a jamais eu à ce point la possibilité d'influer sur son environnement, qu'il n'a jamais été aussi simple de s'engager, mais que la volonté de le faire n'a jamais été aussi rare — comment se fait-il ? Se pourrait-il que la réponse se trouve dans une autre question : quels sont ceux qui tirent profit d'une telle situation ?

Pourquoi ai-je vécu ; notre tante s'appelait Björg, elle s'est mariée deux fois et a eu trois enfants. Son premier époux est tombé d'une falaise en ramassant des œufs de macareux, il a fait une chute de trente mètres, âgé d'un peu plus de vingt ans, six mois plus tard, leur fils est venu au monde. Le second mari de Björg a eu un accident, il a fait trois tonneaux dans leur Jeep russe qui a fini sa course dans une rivière. Bloqué par le volant, incapable de se dégager, il avait la tête immergée et l'eau lui a peu à peu ôté la vie. Assise sur le siège du passager, les jambes brisées, Björg n'a rien pu faire d'autre que le regarder en prononçant tant de fois son nom que ses lèvres se sont engourdies, elle avait alors cinquante ans. Lorsqu'elle est morte, elle en avait plus de quatre-vingt-dix, nous la disions souvent éternellement jeune parce que, en dépit du décès tragique des deux hommes qu'elle avait aimés, elle semblait animée d'une incorrigible allégresse et d'une immense foi en la vie, elle répandait la joie et le bonheur autour d'elle. La question qu'elle se posait sur son lit de mort nous a donc pris au dépourvu, mais peut-être ne fallait-il y voir aucun désespoir, peut-être n'était-ce là qu'une question rhétorique à laquelle elle s'apprêtait à répondre elle-même, puis la mort l'a fauchée. Nous vivrons donc à jamais en nous demandant si Björg était hantée par les ombres et les ténèbres, quand peut-on affirmer connaître quelqu'un, nous ne percevons la plupart du temps que la surface sous laquelle se déploient des mondes dont nous ne soupçonnons même pas l'existence. Jamais nous n'aurions imaginé que Hannes puisse être à ce point désespéré, jamais nous n'aurions envisagé que le directeur de l'Atelier de tricot puisse devenir l'Astronome, nous ignorions que Kjartan peinait autant à maîtriser ses désirs, que la très calme Ásdís allait décapiter le coq et tuer les chiots, jamais nous n'oublierons leur joie sans pareille. Pas plus que nous n'oublierons l'interrogation de Björg : pourquoi ai-je vécu ? Faut-il voir en ces récits sur nos vies et nos morts au village et dans les campagnes voisines une tentative de réponse à cette question, ainsi qu'aux doutes et incertitudes qu'elle engendre ?

Nous parlons, nous écrivons, nous relatons une foule de menus et grands événements pour essayer de comprendre, pour tenter de mettre la main sur les mystères, voire d'en saisir le cœur, lequel se dérobe avec la constance de l'arc-en-ciel. D'antiques récits affirment que l'Homme ne saurait contempler Dieu sans mourir, il en va sans doute ainsi de ce que nous cherchons — c'est la quête elle-même qui est notre but, et si nous parvenons à une réponse, elle nous privera de notre objectif. Or, évidemment, c'est la quête qui nous enseigne les mots pour décrire le scintillement des étoiles, le silence des poissons, les sourires et les tristesses, les apocalypses et la lumière d'été. Avons-nous un rôle, autre que celui d'embrasser des lèvres ; savez-vous comment on dit Je te désire, en latin ? Et à propos, savez-vous comment le dire en islandais ?]

On pense à tellement de choses dans une forêt, surtout lorsqu'un fleuve majestueux la traverse

Un jour de février, l'autocar vert s'arrêta en un profond soupir sur le parking de la Coopérative, la porte s'ouvrit, un homme descendit, vêtu d'un pantalon d'un rouge si intense qu'on eût dit qu'il avait les jambes en flammes. Une semaine avait passé depuis que les ampoules avaient explosé dans l'Entrepôt, plongeant Davíð et Kjartan dans les ténèbres ; les sacs de granulés avaient bien failli tuer l'un des deux collègues, ils avaient vu une échelle tomber par terre et, incapables de trouver les produits dans le noir, ils étaient désemparés.

En dehors de Sigríður et des deux compères, personne n'était allé dans le hangar, nous n'avons appris que beaucoup plus tard que Benedikt y était entré. Sigríður affirmait n'avoir rien remarqué d'anormal si ce n'est qu'on n'y voyait pas à un mètre, l'installation électrique était vétuste, Simmi attendait de recevoir les pièces qu'il avait commandées à Reykjavík et le nouveau contremaître ne tarderait plus à arriver. Tout est parfaitement normal, avait claironné Sigríður, d'ailleurs, que diable voulez-vous qu'il y ait là-dedans, il demeure qu'on travaille moins vite dans le noir, cela vous agace, mais on ne saurait rendre nos nerfs responsables du fait qu'on est constamment hantés par ces ruines enfouies dans le sol du bâtiment, nous essayons seulement de faire preuve d'un peu de patience. Sigríður a toujours été très convaincante, tout est parfaitement normal, avait-elle tranché, tandis que chez elle, le membre de son mari, Guðmundur, était endolori, la vie sexuelle du pauvre homme était subitement devenue tellement variée et débridée que, parfois, il avait hâte de la voir rentrer, ce que d'autres fois il redoutait, Sigríður était un ouragan.

Rien d'anormal, évidemment, elle n'avait pas tort, c'était la manière la plus rationnelle d'envisager ces événements, mais en fin de compte, qu'en savons-nous ? Notre existence est si peu empreinte de raison — peut-être le hangar était-il simplement hanté et envahi par des revenants âgés de presque deux cents ans. Et vous savez ce que cela implique : c'est la preuve qu'il existe une vie après la mort. Or ce n'est pas rien, il n'y a sans doute pas plus grandiose. La vie devient alors moins difficile, il est moins angoissant de se coucher le soir, au plus noir de l'hiver. Or, dans tout ce tourbillon, Elísabet fit preuve d'un à-propos et d'une témérité de bon aloi lorsqu'elle annonça la conférence que l'Astronome donnerait en février en suggérant qu'il aborderait des sujets se rapportant à la vie et la mort et — notez bien — à l'espace qui les sépare.

Un public nombreux vint d'ailleurs écouter son intervention. Le soir venu, presque toutes les chaises de la Salle des fêtes étaient occupées. La plupart des villageois étaient là, sauf ceux retenus chez eux par la maladie, leurs enfants en bas âge ou le programme télé, il y avait également dans l'auditoire un bon nombre de gens venus des campagnes, par exemple, le responsable de district coiffé de sa casquette, assis sur sa chaise, les jambes écartées. Elísabet offrait du café, du thé, des bugnes et des canapés absolument exquis, elle avait recruté une jeune fille du village âgée de dix-huit ans et toutes deux servaient le public avec panache, jamais le café ne manquait dans les tasses, ni les canapés sur les assiettes. Elísabet se faufila à nouveau entre les rangs en tenant la cafetière qui jamais ne se vidait, vêtue d'un T-shirt qui laissait deviner ses formes et nous pensions machinalement à la distance qui séparait ses tétons, pourquoi s'habille-t-elle ainsi ? L'Astronome attendait patiemment à son pupitre sans afficher la moindre trace de nervosité, désormais aussi à l'aise quand il prononçait ses conférences qu'à l'âge d'or de l'Atelier de tricot. Enfin, Elísabet tamisa la lumière, les bavardages diminuèrent, l'Astronome déclara : Ce soir, je vais vous parler des limites probables de l'univers et de celles du royaume de la vie.

Vous imaginez bien que nous tendîmes l'oreille.

Dans une situation normale, nous n'aurions pas daigné consacrer notre soirée à ces questions, nous avions autre chose à faire de notre temps, d'autant que les recherches montrent qu'en se penchant trop sur ces thématiques, on risque de sombrer dans l'alcoolisme ou dans un usage excessif de somnifères et d'antidépresseurs. L'Astronome commença par expliquer que l'homme ne comprendrait jamais le cosmos ni ne mesurerait ses immensités, l'essence de la vie étant hors de portée de l'imagination en même temps qu'elle s'imposait comme une évidence d'une telle simplicité qu'il n'y avait aucun moyen de la saisir. Ces propos nous donnèrent le vertige. L'Astronome a le front haut, ses yeux changent de couleur au gré de ses humeurs, il a appris toute une langue en rêve, comment suivre le cheminement intellectuel d'un homme de sa trempe ? Nous ne comprîmes d'ailleurs pas la moitié de ce qu'il racontait et Elísabet n'a jamais publié le résumé de cette conférence dans le *Livret*. Il disait, cela nous ne l'avons toutefois pas oublié : Certains pensent que la mort s'inscrit dans le prolongement immédiat de la vie et qu'il est abusif de dire que les gens meurent puisqu'ils entrent simplement dans une autre dimension. D'après cette théorie, les défunts ne sont pas morts dans le sens où ils auraient disparu, ils sont au contraire partout autour de nous, ils entourent ce que nous appelons la vie de la même manière que le ciel entoure la Terre. Ou bien, si on préfère, ceux qui meurent s'en vont vers les limites extrêmes de l'univers, au royaume de la vie éternelle, tout au bout du cosmos, bien loin de nos regards. Ce sont naturellement là d'antiques théories, ajouta-t-il en agitant la main avant de se mettre à parler de micro-ondes et du murmure de l'univers, une vibration qui se propage à tout le cosmos depuis ses extrêmes limites. Sans doute des vestiges du Big Bang, probablement de l'écho de conversations dans les mondes parallèles, le murmure des défunts.

L'Astronome acheva sa conférence sur ces mots, le murmure des défunts ! Heureusement, Elísabet a rallumé la lumière. Un grand nombre de choses nous traversèrent l'esprit tandis qu'il rassemblait ses feuilles, il but un grand verre d'eau, balaya la salle du regard et demanda, vous avez des questions, avec un sourire bouffon qui en déconcerta plus d'un parmi nous, mais pas tous, il se trouve heureusement toujours des gens pour nous guider dans les ténèbres. Le responsable de district se frotta le visage et toussota, Helga inspira profondément et s'apprêta à se lever, vous vous souvenez, c'est elle qui répond au téléphone et lit des ouvrages de psychologie en anglais, mais Björgvin, le directeur de l'agence de Búnaðarbanki, la Banque paysanne, fut plus rapide qu'eux, nous l'appelions Björgvin junior tant que l'ancien directeur de la Coopérative était de ce monde, il siège également au conseil d'administration de la Laiterie, de la Salle des fêtes et de la Coopérative, c'est que, voyez-vous, nous sommes si peu nombreux ici.

Autrefois, Björgvin avait rêvé d'une vie avec Ágústa, la postière, mais son désir n'avait jamais été exaucé, il en va souvent ainsi, le monde déborde de rêves qui jamais n'adviennent, ils s'évaporent et vont se poser telles des gouttes de rosée sur la voûte céleste et la nuit les change en étoiles. Björgvin n'avait jamais osé faire le premier pas, Ágústa l'avait pourtant attendu, ils avaient dansé tous les deux dans les bals, leurs mains s'étaient touchées une, deux, trois fois, puis il avait épousé Sibba Jóns, aussi petite et maigre qu'un bout de ficelle, mais tellement énergique et vive que nous étions pris de vertige en sa présence. Un jour, pendant un bal joyeux et des plus arrosés, Sibba l'avait entraîné sur la piste et ils avaient dansé. Ágústa tournait en rond tout près d'eux avec son rouge à lèvres qui ressemblait à un sens interdit, elle avait vu Sibba se hisser sur la pointe des pieds, passer une main derrière la nuque de Björgvin, les visages s'étaient approchés, les lèvres ouvertes, les langues touchées, ils s'étaient donné un baiser intense et langoureux, et Ágústa était rentrée chez elle, le cœur brisé. Björgvin et Sibba se sont mariés et ont eu quatre enfants, Sibba n'est plus aussi fine qu'un bout de ficelle, elle a tellement forci que Björgvin peine désormais à l'enserrer de ses bras, cela dit, dans un sens, il n'a jamais vraiment réussi à la cerner. Or il s'est levé, toujours aussi élégant, vêtu de son costume rayé bleu, sa cravate rouge autour du cou, avec les années, il a acquis la dignité de l'âge. Lui aussi, il a beaucoup grossi, on dirait qu'il porte un sac de ciment devant lui, ses cheveux ont très tôt grisonné, les gens aux cheveux gris pensent beaucoup et de manière très responsable, mais il s'est levé, a regardé autour de lui en saluant quelques membres de l'assistance, ceux à qui il adresse un hochement de tête en tirent toujours fierté. Il a glissé ses pouces sous ses larges bretelles vertes, les a légèrement étirées, mais n'a pas pris la peine de s'éclaircir la gorge parce qu'un homme de sa qualité n'a jamais besoin de toussoter avant de prendre la parole, il se contente de parler : Le murmure des micro-ondes, ah bon, a-t-il lancé, est-ce qu'il ressemble à celui des pièces de monnaie quand nous les mettons dans la machine de la banque pour les compter ? Il y a eu des sourires et quelques gloussements, Björgvin a le sens de la formule, nous avons imaginé dans les Cieux une gigantesque machine à compter où les défunts portaient l'argent qu'ils souhaitaient déposer à la banque de l'éternité. L'Astronome a continué à sourire, il connaît bien Björgvin pour l'avoir beaucoup fréquenté à l'époque où l'Atelier de tricot était encore en activité, ils se retrouvaient alors souvent pour participer à d'importantes réunions, certains soirs, ils allumaient un cigare et se servaient un cognac dans deux verres ventrus. C'est bon de boire un cognac quand le soir est posé sur les vitres, on trinque avec la nuit, hélas, l'alcool rendait Björgvin plutôt fatigant, il ne maîtrisait plus sa langue et parlait beaucoup trop de la femme de son ami, il évoquait ses yeux à tout bout de champ, péché d'ailleurs véniel, et, comme il est dit dans un roman bien connu : « Tes yeux sont la lumière du monde et toutes ses ténèbres. » Il y avait cependant bien longtemps qu'ils avaient passé ces moments, assis tous les deux, dans l'épaisse fumée des havanes, et Björgvin a poursuivi, observant tour à tour la scène et l'auditoire : Non, il y a sans doute une autre explication à ton fameux murmure, ça ne m'étonnerait pas que tes hommes de science aient en réalité mesuré l'écho des conversations du club de couture de l'éternité, mais bon, trêve de plaisanterie, je tenais à te remercier pour cette conférence passionnante, on devrait venir t'écouter plus souvent, histoire de se dépoussiérer les neurones. J'aimerais également, pour le plaisir, avoir ton opinion sur, comment dire, les événements dont notre village est actuellement le théâtre, même si le mot *événement* n'est sans doute pas approprié puisqu'il s'agit plutôt de rumeurs. De divagations qui nous embrouillent l'esprit, mais j'aimerais bien avoir un point de vue scientifique, je parle évidemment de ces histoires qu'on raconte sur l'Entrepôt, du rêve de Lúlla, et de ce qui est arrivé à Björgvin et Finnur, oui, je voudrais bien connaître ton opinion sur tout ça — ton regard scientifique.

Björgvin s'est tu, à nouveau, il a glissé ses pouces sous ses bretelles, les yeux levés sur la scène. Les deux hommes, anciens amis, ont échangé un regard, peut-être pour la première fois depuis des années, plus exactement depuis le jour où Björgvin a tenté de détourner l'Astronome de « ces inepties » : le latin, les vieux ouvrages hors de prix, le sacrifice de sa famille. Sans doute Björgvin n'avait-il jamais pardonné à l'Astronome d'avoir ainsi tourné le dos à la réussite parce que cette décision, cette lubie ou quel que soit le nom qu'on donne à cette folie, était tout simplement antisociale, elle sapait les fondements de notre communauté et foulait aux pieds toutes ses *valeurs*. Depuis lors, leurs relations ont fraîchi autant que faire se peut dans un village de quatre cents âmes. D'après Björgvin, le plus grand crime de son ami était la manière dont il s'était comporté avec son épouse, comment diable pouvait-il renoncer à un avenir aux côtés d'une telle femme pour observer le ciel, apprendre une langue morte et se plonger dans de vieux grimoires ? Björgvin lui avait également dit, tu devrais te faire aider, aller voir un psychologue, un psychiatre, il existe des traitements contre ce genre de lubies, et là, son ami avait rétorqué, tu veux dire contre la vie ? Puis les années avaient passé et voilà qu'ils se retrouvaient face à face dans la Salle des fêtes, le silence bourdonnait dans nos oreilles, enfin, l'Astronome a ouvert la bouche : tu vieillis bien, Björgvin, a-t-il dit. Abasourdi, Björgvin s'est rassis, a lancé un regard du coin de l'œil à Sibba qui a hoché la tête. Puis il a soupiré, les yeux levés vers la scène. L'Astronome s'est appuyé sur le pupitre, ses épais cheveux gris rabattus en arrière, son gros chandail noir rehaussait encore la pâleur de son teint. Qu'importe la vitesse à laquelle la science progresse, elle ne nous débarrasse pas de notre peur du noir, peut-être cette angoisse ne fait-elle au contraire qu'augmenter parce que l'homme moderne — j'entends par là le citadin, puisqu'on ne peut pas vraiment dire que nous soyons modernes — ne connaît plus les ténèbres, elles ont été éradiquées par une surabondance de lumière, un excès d'électricité. Les gens ne savent plus comment se débrouiller dans l'obscurité, ils ne savent plus tâter le sol de leurs pieds pour éviter de trébucher. Mes amis étrangers m'ont fourni une kyrielle d'exemples qui vont dans ce sens, il arrive même que des enfants se mettent à pleurer à chaudes larmes lorsqu'ils sont confrontés à la nuit en pleine nature. Je suppose que certains n'hésiteraient pas à les qualifier de dégénérés. Mais ce phénomène nous touche peut-être également, dans notre village, on ne croise presque jamais personne dès la nuit tombée, je parle en connaissance de cause, la plupart des gens sont rivés à leur télé, à leur ordinateur, à leurs activités sexuelles, quand ils ne marinent pas dans leur jacuzzi. Mais passons, je ne peux pas vraiment me prononcer sur cette affaire, sur l'Entrepôt, sur la disparition de Finnur et de Björgvin, je sais cependant que Finnur est un ancien homme politique et c'est dans la nature de ces gens que de disparaître — de s'évaporer —, dès qu'ils se mettent en retrait, ils perdent leur pouvoir et leur influence. L'être humain se confond avec ses actes, or la politique n'est que pouvoir et influence, il suffit de priver un homme public de l'un et de l'autre pour qu'il n'en reste rien, dans ce cas, pourquoi s'étonner de le voir s'évaporer comme l'a fait Finnur ? Pour ce qui est de l'Entrepôt, je ne m'étendrai pas, je n'ai absolument pas abordé la question avec mon fils, Davíð, et je ne sais donc pas grand-chose. Certains affirment cependant que toute existence est en premier lieu mentale, ce qui signifie que ce que vous avez dans la tête existe fatalement. Si nous creusons un peu cette idée, elle implique que toutes les créations qui sont engendrées ici font partie intégrante du réel, a-t-il expliqué en se frappant la tête de son index. Les revenants et fantômes sont peut-être seulement la manifestation d'une tournure d'esprit, or cet état mental fait lui-même partie de la réalité, et la réciproque est également vraie. Selon certaines théories, non seulement il existe une vie après la mort, mais l'espace entre l'univers des défunts et celui des vivants est si étroit qu'il suffit de peu, par exemple, d'un changement subit dans la vie spirituelle d'un individu, pour que le voile qui sépare ces deux univers s'entrouvre. Ce type d'incident peut n'avoir aucune conséquence, mais il arrive parfois qu'il conduise au désastre. Récemment, des villages ont été détruits de manière inexplicable au Pérou et au Népal, dans les métropoles, des gens ont disparu comme si la terre s'était ouverte sous leurs pieds ou comme si le ciel les avait happés, dans un village du pays de Galles, seize hommes en parfaite santé et un chien ont perdu la tête tout un après-midi alors qu'ils regardaient un match de foot au bar. Qu'est-ce qui empêche de tels événements de se produire chez nous ? mais Elísabet souhaiterait vous parler, quant à moi, je vous souhaite bonne nuit, a tout à coup conclu l'Astronome avant de descendre de scène et de quitter la salle. Puis nous avons entendu la porte claquer derrière lui.

Certains étaient furieux.

Comment cet homme pouvait-il se permettre de nous traiter ainsi, nous venons ici, nous supportons ses divagations perchées dans les hautes sphères de la science et de la philosophie et quand nous lui posons des questions, il s'en va en claquant la porte. Une vague d'agitation a parcouru la salle, des grincements de chaises, des soupirs, eh bien voilà, a lancé une voix, par le diable de tous les enfers, a renchéri une autre, sans toutefois que ces propos concernent l'attitude de l'Astronome ou qu'ils répondent à ses paroles inquiétantes sur le voile qui s'entrouvrait, les murmures des défunts et les ultimes destinées, oh que non, parce que, en ce moment, Elísabet montait sur la scène et se postait à côté du pupitre, rechignant à s'installer derrière, ne supportant pas de rester dans l'ombre, désireuse de se montrer, de séduire le monde et même le ciel, il ne fallait pas s'étonner qu'il soit très couvert. Mais par le diable de tous les enfers, pourquoi fallait-il toujours qu'elle s'habille comme ça, qu'elle marche comme ça, enfin, par le diable, qu'elle soit comme ça. T-shirt moulant, jupe en jean, bas résille noirs et, une fois de plus, manifestement, sans soutien-gorge. Il suffit qu'elle bouge pour que certains ravalent leur salive. Elle s'est maquillée d'un soupçon de rouge à lèvres et d'ombre à paupières, elle a tracé un trait oblique au crayon noir de ses yeux vers ses tempes, voilà peut-être pourquoi elle nous fait penser à une lionne ou à une tigresse, non, plutôt à une panthère. Elle se tenait là, chaussée de ses baskets Adidas rouges complètement incongrues, son visage n'était pas vraiment gracieux, ses yeux noirs un peu trop écartés, il y aurait eu assez de place pour en glisser un troisième entre les deux en surplomb de son nez trop large et épaté, elle avait des narines imposantes et de longs cheveux bruns. Nous disons bruns, mais il semble qu'ils brunissent avec le soir jusqu'à devenir noir corbeau en pleine nuit, hélas, ce n'est pas facile à prouver, Elísabet dort toujours seule, ne reste jamais jusqu'à la fin des bals, elle qui trouble tant les hommes ou les rend fous avec ses seins, ils donneraient leur bras droit pour les voir et le gauche pour les toucher, mais comment feraient-ils alors pour l'étreindre ? Debout sur la scène, diablement séduisante en dépit de ses Adidas rouges éculées, elle annonce : Quelqu'un est en route.

D'ici peu, un homme arrivera au village. Sigríður l'a contacté quand Þorgrímur lui a remis sa démission et il va prendre sa suite comme contremaître à l'Entrepôt. Vous le connaissez tous, il nous a quittés il y a six ans, pour aller voir le monde, comme il disait. Il arrive demain, j'irai l'accueillir, je suis la mieux placée pour le faire.

deux

Le lendemain de la déclaration d'Elísabet, l'autocar vert s'arrête en un profond soupir sur le parking de la Coopérative, la porte s'ouvre, un homme descend, il porte un pantalon d'un rouge si intense qu'on dirait qu'il a les jambes en flammes. Elísabet l'attend depuis un moment dans le froid piquant de février, chaudement emmitouflée dans sa combinaison verte, ses gants de laine orange, ses chaussures de marche noires et son bonnet en fourrure qui ressemble à une tête de nounours, l'autocar arrive, l'homme descend, les jambes en feu, et elle lui dit : Te voilà ! Il sourit, passe son pouce et son index sur sa moustache soigneusement taillée sans quitter des yeux le visage de la femme qui vient l'accueillir, le chauffeur descend du car en chandail, ouvre les soutes, attrape une valise, la pose à côté du voyageur, le salue en portant sa main à sa tête, puis l'autocar s'ébranle lourdement en un concert de suffocations et de toussotements, n'ayant aucune raison de s'attarder. Il ne transporte que très peu de passagers, le village est encore endormi. Le voyageur qu'il vient de déposer est svelte, de taille moyenne, il dépasse Elísabet de dix centimètres, il a les cheveux bruns, le type slave, le nez fin, de hautes pommettes, les yeux noirs, il y a dans son attitude une certaine désinvolture, il porte un manteau marron et épais qui tient à la fois de l'imperméable et de la doudoune rembourrée. Et en effet, nous le connaissons, même si nous ne l'avons pas revu depuis qu'il a quitté le village il y a six ans pour aller parcourir le monde, en disant qu'il ne remettrait jamais les pieds dans ce trou maudit. Il s'était engagé sur un cargo, avait débarqué en Europe, bourlinguant de ville en ville et se contentant de petits boulots pour subsister, puis était parti en Amérique du Sud où il avait passé plus de trois ans, il avait descendu l'Amazone, vécu toutes sortes d'aventures en compagnie d'un anthropologue qui s'intéressait aux tribus vivant au plus profond de la forêt. Six ans au cours desquels il nous avait envoyé trois cartes postales crasseuses, toutes expédiées d'Amérique du Sud sans les adresser à personne en particulier, il s'était contenté d'écrire le nom du village, envoyant ainsi un message à tous ses habitants. Il était malaisé de lire les nouvelles dont ces courriers étaient porteurs, son écriture ressemblait à des fourmis écrasées. Ágústa, pourtant habituée à déchiffrer les pires pattes de mouche, était plongée dans l'embarras, et puisque ces cartes étaient adressées à tout le village, elle les avait collées sur la vitrine de la Coopérative où elles se trouvaient encore lorsqu'il est descendu de l'autocar, trois cartes postales disposées côte à côte, le côté pile orienté vers l'extérieur regardait les rues et les montagnes sur l'autre versant du fjord, le côté face, celui où il avait écrit, était tourné vers l'intérieur du magasin. Nous avons plus d'une fois essayé de décrypter le sens de ces fourmis écrasées, parfois, lorsque l'ennui nous assaille, nous venons même exprès à la Coopérative, les doux rêveurs préfèrent cependant rester à l'extérieur pour contempler le paysage, perdre leur regard dans une ville exotique, dans le versant d'une montagne tapissée d'une épaisse forêt, dans l'étrange luminosité de l'Amazonie, c'est plutôt agréable, il y a quelque chose de merveilleux à avoir les deux pieds solidement plantés dans une réalité morne, bien souvent par un temps plus que maussade, et à contempler des paysages lointains, une chaude lumière, des couleurs vives, qui certes commencent à s'affadir, ces cartes ressemblent à des publicités pour le paradis. Quant à nous, les autres, qui ne sommes pas de doux rêveurs, nous avons sans grand succès tenté de déchiffrer ces hiéroglyphes, exactement comme nous essayons notre vie entière et sans vraiment y parvenir d'interpréter les signes nébuleux du ciel et de la terre. Mais veuillez nous excuser cette digression : il vient d'arriver, il s'appelle Matthías, il porte un pantalon rouge, l'autocar s'éloigne en bringuebalant, le voyageur serre Elísabet dans ses bras, personne d'autre que lui ne l'a fait depuis six ans, il était le seul à l'étreindre ainsi avant son départ et nous n'avons jamais su ce qu'il s'était passé entre eux. Ils sont encore l'un dans les bras de l'autre quand Sigríður sort de la Coopérative, elle était assise dans son bureau, plongée dans la comptabilité ou dans une autre tâche, son ordinateur ronronnait, elle salue Matthías d'une poignée de main, adresse un signe de tête à Elísabet, ce n'est pas rien de voir ces deux femmes côte à côte, en réalité, c'est plus que nous ne saurions supporter. Sigríður parle, Matthías l'écoute, la regarde, semble acquiescer, Sigríður rit. Elísabet esquisse un sourire, elle baisse les yeux puis, à nouveau, Sigríður serre la main de Matthías, jette un bref regard en direction d'Elísabet, retourne dans son bureau à l'intérieur de la Coopérative et ferme la porte. Matthías empoigne sa valise usée, il entre dans le magasin avec Elísabet, ils s'assoient, prennent un café et des *flatkökur* au mouton fumé — tu es absolument rayonnante, dit-il.

Elísabet avale sa bouchée et affiche un sourire — à moins qu'il ne s'agisse d'un rictus —, c'est tant mieux, répond-elle, et c'est une bonne chose que tu sois revenu, j'ai grand besoin d'un amant et si tu n'as pas perdu la main, j'ai bien des raisons de me réjouir. Matthías se recule sur sa chaise, il croise les mains derrière la nuque, ses yeux bruns en amande scintillent, son type slave ne fait qu'accentuer son mystère. Elle est d'un calme olympien, on dirait qu'elle parle du temps qu'il fait, qu'elle demande qu'on lui remette un café, Fjóla, la vendeuse, et Brandur, le pompiste, entendent clairement leur conversation, ils ont entendu chaque mot, debout derrière le comptoir, j'ai grand besoin d'un amant, c'est ce qu'Elísabet vient de dire, Fjóla et Brandur échangent un regard, le pompiste s'humecte les lèvres.

Les yeux noirs d'Elísabet restent rivés sur Matthías qui se met à rire, s'interrompt subitement, la regarde bizarrement, d'un air à la fois joyeux et triste avant de secouer la tête et de dire : Tu n'as pas changé. Si, tous les jours, mais ça ne se voit pas. Pourquoi n'as-tu pas fait comme moi, pourquoi n'es-tu jamais partie ? Elle hausse les épaules, c'est ici que se trouve mon destin.

Matthías : Nous ignorons tout de notre destin.

Elísabet : Dans ce cas, disons que j'attendais.

Matthías : Quoi donc ?

Elísabet : Je ne sais pas, mais je te le dirai dès que je le saurai. Cela dit, parfois, ça me plaît de vivre ici, c'est beau, c'est calme, et je me sens connectée à moi-même.

Matthías : Mais ce n'est qu'un trou paumé.

Elísabet : Ça dépend de celui que tu es, de tes besoins et exigences, de ton caractère.

Matthías : Un trou paumé reste un trou paumé, qu'importent tes exigences, il ne se passe jamais rien, l'hiver tout entier tiendrait sur une carte postale, les gens somnolent constamment, ceux qui ont envie d'un peu de mouvement se barrent, voilà, coulé !

Elísabet : Mais ce n'est pas le cas si on se suffit à soi-même. Et bien sûr qu'il se passe des choses, le temps change constamment, le ciel s'agite, on dirait parfois qu'il penche, et là, il n'y a plus rien de certain dans la vie, ici, l'aube n'arrive jamais exactement de la même manière, et un jour, il faudra que je te raconte la fin du vieux Björgvin, l'ancien directeur de la Coopérative, c'est Finnur Ásgrímsson en personne qui l'a remplacé.

Matthías : Le ministre ?

Elísabet : Lui-même.

Matthías : Il est venu ici ?

Elísabet : Oui, il voulait écrire ses Mémoires, mais il n'a pas eu le temps de les terminer, il a simplement disparu ou, pour être tout à fait honnête : il s'est dissous dans le crépuscule.

Matthías : Les gens ne disparaissent pas, ils s'en vont. Et selon moi, cette règle s'applique tout particulièrement aux anciens ministres.

Elísabet : Tu as le droit de penser ce que tu veux, cela dit, les événements ne s'embarrassent pas beaucoup de nos opinions.

Matthías soupire : Je n'ai jamais eu le dernier mot avec toi, apparemment, ça n'a pas changé ! Quand je suis parti, l'Atelier de tricot était désert, il y avait quelqu'un qui rêvait en latin et…

Elísabet : Si tu le voyais maintenant !

Matthías : J'ai aperçu sa maison par la vitre de l'autocar.

Elísabet : Le Ciel de la Nuit.

Matthías : Hein ?

Elísabet : C'est le nom que nous avons donné à cette bâtisse, le Ciel de la Nuit.

Matthías : Évidemment, et il a vendu tout ce qu'il possédait pour acheter des livres.

Elísabet : Eh bien, disons plutôt qu'il s'est fait une nouvelle vie, il s'est réveillé un matin et a vu le monde sous un angle tellement différent que c'était un autre homme. Il regardait autour lui, ce qu'il voyait ne lui parlait plus, son environnement lui était subitement devenu étranger. Il avait l'impression que sa maison n'était plus la sienne, pas plus que ses meubles, ni même sa femme, pourquoi s'accrocher à des choses qui n'ont jamais été nôtres ?

Matthías : Tu ne mâches pas tes mots ; tu veux dire qu'il a eu comme une illumination ?

Elísabet passe lentement son index sur le rebord de sa tasse, ses mains sont petites, Matthías suit le doigt du regard, comme hypnotisé : À la cinquantaine, Tolstoï a radicalement changé de vie, on peut même parler de complète métamorphose. Cet homme, qui figurait parmi les plus grands écrivains mondiaux, avait écrit *Guerre et Paix* et *Anna Karénine*, il était vigoureux, parfois impétueux, buveur, joueur, chasseur passionné doté d'un puissant appétit sexuel, un appétit excessif selon sa femme, puis un jour, tout a changé. Toutes ses réussites, tout le travail de sa vie n'étaient plus que futilités, même sa famille lui semblait inconnue, son corps vulgaire, tout comme le sexe — il a dû tout reprendre de zéro, sa vie, son écriture, et plus rien n'a été comme avant.

Le regard de Matthías se détache de l'index d'Elísabet : J'ai lu *Guerre et Paix*.

Elísabet : Nous ne devrions sans doute pas nous étonner d'un changement aussi radical quand on pense à toutes les dissonances et incohérences du monde, ce qui est surprenant, c'est que ce genre de chose ne soit pas plus fréquent. Par exemple, nous croyons pour la plupart en Dieu et en Jésus-Christ, et nous accordons beaucoup d'importance à la parole divine, nous l'apprenons par cœur, un grand nombre de citations du Christ continuent de vivre à travers nous, si on peut parler d'un terreau commun à toutes les sociétés occidentales, c'est bien le message de Jésus, pourtant, nous vivons au jour le jour comme si nous n'avions jamais entendu parler de lui. Il se trouve même des gens pour brandir des fusils en proclamant que la vie est sacrée. Si ce monde était gouverné par la raison, nous irions tous apprendre le latin à Reykjavík pour changer de vie, et notre environnement n'en serait que plus beau.

Matthías : Je pourrais te raconter des tas d'histoires insensées sur le monde, j'espère d'ailleurs en avoir l'occasion, mais que fait-il, je veux dire, de quoi vit-il ?

Elísabet : Eh bien, une fois par mois, il donne à la Salle des fêtes une conférence financée par plusieurs institutions internordiques, tu n'imagines pas le nombre d'organismes destinés à soutenir l'activité humaine dans les zones d'habitat dispersé.

Matthías : Une fois par mois, ça m'étonnerait qu'il en vive !

Elísabet : Non, une autre activité occupe la majeure partie de son temps, elle constitue le cœur de son existence, même s'il reste discret de ce côté-là, je crois même que les gens d'ici ne sont pas au courant, il est membre d'une communauté mondiale dont je n'arrive jamais à me rappeler le nom, mais qu'il a découverte peu après avoir commencé son apprentissage du latin — l'objectif de ces gens est de sauver ce qui, selon eux, importe le plus dans notre culture. Cette association secrète qui roule sur l'or aide financièrement des gens comme lui, il entretient avec une foule d'autres membres une correspondance assidue. Deux d'entre eux sont d'ailleurs venus au village l'an dernier, je peux te dire qu'ils ont été rudement discrets, je suis la seule avec Davíð à les avoir aperçus. Des gens très sympathiques, une Hongroise quadragénaire, il me semble qu'elle était docteur en philosophie et qu'elle avait occupé un poste important à l'université de Budapest, mariée, mère d'un enfant, elle avait tourné le dos à tout ça comme notre Astronome, d'une intelligence fulgurante, la peau aussi mate qu'une gitane, belle comme le jour, je crois bien qu'il y a eu quelque chose entre eux, en tout cas, je l'espère.

Matthías : Et qui était l'autre ?

Elísabet : Un Allemand, ancien footballeur professionnel, svelte et élancé dans sa jeunesse, il a beaucoup grossi et peine à bouger. Enfin, il n'a pas de mal à bouger la langue, il est bavard comme une pie et ne te laisse pas en placer une, hélas, il a tellement mauvaise haleine que j'ai bien cru mourir, je me demande comment cette pauvre Hongroise a survécu au long trajet en voiture qu'elle a dû faire en sa compagnie pour venir jusqu'ici.

Matthías : Et de quoi parlait-il, ce footballeur ? Tu as pu discuter avec lui en allemand ?

Elísabet : Un peu, mais je passais à l'anglais dès que mes connaissances dans sa langue n'étaient plus suffisantes… Il abordait absolument tous les sujets comme le font généralement les bavards, il sautait constamment du coq à l'âne, parfois au sein d'une seule et même phrase, mais il ramenait toujours sur le tapis la mission de cette association, son rôle consistant à sauver ce qui pouvait l'être dans notre culture à l'agonie. Ces gens affirment que l'Occident est condamné à court terme.

Matthías lève la main gauche : Quiconque a voyagé en Europe aura du mal à dire le contraire, et quiconque a passé un peu de temps devant les chaînes de télé américaines sera parfaitement d'accord — et surtout, il s'en réjouira ! Par contre, je ne vois pas vraiment en quoi consiste cette mission de sauvetage…

Elísabet le regarde, un peu comme si elle explorait les traits de son visage du bout des yeux : Ils considèrent la langue latine comme une sorte de disque dur abritant le cœur de notre culture, je t'expliquerai ça plus tard, en tout cas, j'ai beaucoup apprécié cette Hongroise, elle débordait tellement de vie qu'il était impossible de ne pas être séduit. Elle ne se souciait pas beaucoup de sa tenue vestimentaire, elle se baladait souvent à moitié nue dans la maison, ce qui laissait l'Allemand de marbre, mais pas notre cher Astronome, fort heureusement. Dieu, qu'elle était belle !

Matthías s'avance légèrement sur sa chaise : Plus belle que la mère de Davíð ?

Elísabet le regarde d'un air inquisiteur : Je ne sais pas, non, je suppose que non, mais elle avait ce type slave auquel il semble bien que les Islandais succombent facilement.

Matthías esquisse un sourire narquois : J'ai souvent pensé à la mère de Davíð quand j'étais dans la forêt.

Elísabet : *Toi*, tu as pensé à elle ?

Matthías : On pense à tellement de choses dans

une forêt, surtout lorsqu'un fleuve majestueux la traverse.

Elísabet : Et tu as pensé à moi ?

Matthías : Oui, mais dis donc, on ne dévisage pas les gens comme ça quand on leur parle, normalement, les yeux bougent, ils vont à droite, à gauche, on les baisse, on les lève, enfin, tu vois.

Elísabet croise les bras et continue à le fixer : Souvent ? Et de quelle manière ?

Matthías : Je te répondrai si tu lances un regard de côté, par exemple, par la vitre, tu vois, là où on aperçoit le Ciel de la Nuit. Ah enfin, j'ai bien cru que tes yeux allaient finir par m'étouffer !

Elísabet : Et là, je peux te regarder ?

Matthías : Oui, si tu te débrouilles pour ne pas me fixer, Jésus Marie, tu n'as pas changé !

Elísabet : Souvent ? Et de quelle manière ?

Matthías : Comment ça, souvent et de quelle manière ?

Elísabet : Si tu as pensé…

Matthías : Ah oui ! Si j'ai pensé à toi, tu n'imagines même pas, et de toutes les manières, charnelles et spirituelles, ça dépendait des jours. Il y en avait certains, parfois nombreux, où j'oubliais presque que l'Islande existait, et c'est un sentiment délicieux, mais il y en avait d'autres, sans doute les plus difficiles, où dès que je laissais mon esprit vagabonder, je pensais à toi, d'une certaine manière, je ne me suis jamais détaché de toi — c'est peut-être mon destin. Enfin, je suppose que tu préfères que je n'entre pas trop dans les détails, pas ici, étant donné que ces pensées n'étaient pas toutes frappées du sceau de la beauté et de l'intelligence, certaines étaient même plutôt triviales !

Elísabet : Tu as couché avec beaucoup de femmes ?

Brandur et Fjóla échangent un regard.

Matthías : Six ans, c'est long, et j'ai mes désirs.

Elísabet : Tu les as comptées ?

Brandur retient son souffle, Fjóla lève le bras et le laisse suspendu en l'air sans savoir qu'en faire puisque personne n'entre dans la boutique. Elísabet ne quitte pas Matthías des yeux, mais elle reste impassible, elle parvient à dissimuler tout ce qu'elle éprouve derrière son air neutre et placide, ses yeux sombres ne laissent rien affleurer. Elle fixe le visage du voyageur en veillant à lancer çà et là quelques regards de côté pour ne pas l'intimider. Matthías fixe le plafond. Tu es en train de compter ? demande-t-elle. Il secoue la tête, la regarde, sourit et lui dit : Si tu veux, je peux le faire. Fjóla se penche machinalement par-dessus le comptoir pour mieux entendre leur conversation, ses hanches et ses fesses se tendent, Brandur s'assoit, il écoute tout en observant l'arrière-train de sa collègue. Neuf, déclare Matthías. Les yeux de Brandur papillotent. Tu as passé beaucoup de temps avec elles ? Ça dépend. Tu es tombé amoureux ? Hélas, non. C'était quel genre de femmes ? Matthías sourit, timide, eh bien, disons que certaines n'ont été que des instants, enfin, tu vois, tu rencontres quelqu'un et presque aussitôt, tout est fini. Il affiche brusquement un sourire goguenard et jette un œil en direction de Brandur et Fjóla. Un jour, j'ai même couché avec une Indienne d'une tribu de la forêt qui n'a pratiquement jamais été en contact avec la prétendue civilisation. Mon ami Louis fait des recherches sur le mode de vie des Indiens d'Amazonie, il m'a emmené dans un des villages auxquels il s'intéresse. Nous y avons passé deux nuits et, pendant la première, j'ai été réveillé par une femme qui est venue s'allonger sur moi, je me demande parfois si je n'ai pas rêvé, en tout cas, je sentais sa langue et ses doigts partout sur mon corps, je n'ai pas pu lui résister. Ton ami était au courant ? Je crois, certes, il n'a jamais abordé le sujet, mais nous dormions dans la même hutte, à peine à deux mètres l'un de l'autre. Ça ne t'a pas gêné de faire ça sous ses yeux ? Ou peut-être que ça t'a plu ? On ne pense pas à ce genre de choses dans la jungle, cet environnement est tellement chargé de vie et de mort qu'il modifie radicalement ce que nous sommes, il abolit toutes les règles, oui, disons que j'ai peut-être hésité au début, puis je me suis dit, au diable ! Elle était belle ? Je n'en sais rien, il faisait tellement noir ! Mais elle était ardente, on aurait dit une bête sauvage, c'est elle qui dirigeait tout, elle est arrivée dans la hutte puis elle est repartie. Cette nuit-là, je n'ai pas réussi à me rendormir, et le lendemain, les femmes du village gloussaient chaque fois qu'elles m'apercevaient, j'étais un peu gêné… elle tenait à être sur moi, ajoute-t-il en plongeant ses yeux dans le regard tsigane d'Elísabet, Louis m'a dit que c'est une position très pratiquée par les Indiens d'Amazonie — elle permet aux femmes de diriger leur partenaire. Brandur s'était levé, sans doute désireux de voir le visage de Matthías pendant qu'il racontait ses aventures, il se penchait en avant pour dissimuler son érection insistante, Fjóla, quant à elle, suait des aisselles.

Elísabet : Bien sûr qu'elles aiment être dessus, c'est nettement meilleur, je vois que tu as passé des années très instructives.

Matthías : Je ne sais pas, en tout cas, j'ai vécu des expériences qui m'ont conduit à envisager pas mal de choses sous un angle différent, c'est important, c'est peut-être même ce qui compte le plus. Mais me voilà de retour, je dois prendre le relais à l'Entrepôt, je serai bien payé, j'aurai du temps pour moi, assez d'argent pour m'offrir des vacances d'été à l'étranger, et surtout, je récupère ma princesse.

Je ne suis pas une princesse. Je sais, j'ai dit ça comme ça, d'ailleurs, tu es peut-être devenue reine ? Ne fais pas l'idiot, je suis une sorcière, c'est moi qui te récupère et non l'inverse. Toujours est-il que pendant ton absence, il y a eu pas mal d'événements, j'en ai mentionné quelques-uns tout à l'heure, mais j'ai fait l'impasse sur les infidélités, les suicides, le record de consommation de somnifères et d'antidépresseurs et je ne t'ai pas non plus parlé de ma sœur qui nage dans la mer trois fois par semaine, qu'il pleuve, qu'il neige ou qu'il vente, tandis que les hommes du village l'observent derrière leurs jumelles. Il y a aussi Kiddi la Vedette qui a épousé une institutrice et Brandur, ici présent, qui se rapproche de plus en plus du titre de champion d'Islande aux échecs par cartes postales interposées, Brandur, j'exagère ? Mais le pompiste ne répond pas, il recule de deux pas et se cache derrière une étagère de friandises, Fjóla attrape un carton de chocolats Malta et commence à compter les paquets. Brandur, reprend Elísabet, participe avec une soixantaine d'autres à un tournoi national d'échecs par cartes postales, l'an dernier, le *Morgunblaðið* a publié un article où il en est question. On organise des sélections à l'issue desquelles les participants obtiennent le droit de concourir, ce qui permet d'écarter les incapables. Brandur s'est vu attribuer huit adversaires pour la première partie et s'il tombe sur les blancs, il envoie huit cartes postales avec le premier coup, puis attend les réponses. Ça me rappelle les trolls, répond Matthías. Les trolls, comment ça ? Ohé, cria le troll, et cent ans plus tard, un de ses congénères lui répondit, ohé ! Brandur, ne l'écoute pas, lance Elísabet, pour ma part, je trouve ça très intéressant. L'agence de Búnaðarbanki, la Banque paysanne, a même installé dans ses locaux huit échiquiers sur lesquels Brandur va déplacer les pièces chaque fois qu'il reçoit ou envoie des cartes postales, ça nous permet de suivre le tournoi. Les gens viennent exprès des campagnes pour prendre en note chaque nouvelle partie, mais personne n'a le droit de conseiller notre champion, ce serait un motif d'élimination. D'ailleurs, il n'a pas besoin de conseils.

Matthías sort une cigarette et la hume, on n'a plus le droit de fumer dans la boutique, fini le bon vieux temps, dit-il. Il la repose sur la table où elle roule et fait deux tours sur elle-même, puis il prend une profonde inspiration : J'ai souvent pensé à ce moment, à ce que ça me ferait de te revoir, je me demandais si tu aurais changé et de quelle manière, si tu serais contente, si tu t'en ficherais, et surtout : ce que, moi, je ressentirais. Le visage lunaire de Brandur apparaît à côté des rouleaux de réglisse, empourpré, le rouge lui monte jusqu'au front et envahit le sommet de son crâne dégarni. Elísabet se passe une main sur la joue, ses doigts disparaissent dans son épaisse chevelure noire. Je me suis aussi demandé, reprend Matthías, après avoir supporté quelques instants le silence et le regard fixe de son interlocutrice, ce que ça me ferait de revenir ici, chez moi, dans ce village minuscule, cet endroit qui semble tellement insignifiant quand on se trouve dans le vaste monde, certes, il m'aurait sans doute suffi d'aller à Reykjavík pour le savoir, vu que cette ville n'a pas grand intérêt. En tout cas, tu es revenu, répond Elísabet. Oui, il semble bien. Matthías jette un œil en direction du comptoir, il regarde Brandur sans le voir, Brandur s'assoit à côté de Fjóla. Matthías regarde à nouveau Elísabet et déclare : Il est difficile de maîtriser ses sentiments, parfois, on n'y arrive absolument pas, je suis revenu parce que je n'avais pas le choix. Il prononce ces paroles tout bas, il baisse les yeux comme s'il parlait au sol, à part ça, qu'en est-il de la situation à l'Atelier, poursuit-il, haussant à nouveau la voix, quand je t'ai eue au téléphone hier, tu m'as parlé d'étranges événements, de fantômes, ce n'est pas rien… ils sont deux à travailler là-bas, Davíð et… j'ai oublié le nom de l'autre.

Elísabet : Kjartan.

Matthías : Tout à fait. Kjartan et Davíð. Je me souviens bien de Davíð, c'est un jeune homme drôlement intelligent, comme d'ailleurs tous les membres de cette famille, qu'est-ce qu'il fait ici, pourquoi n'est-il pas allé à l'université ? Il y est allé, mais il est rentré au bout de deux ans. Et il n'y est pas reparti ? Pas encore, il dit qu'il a loupé le coche. Il y aura d'autres coches. Pas toujours. Dans ce cas, qu'est-ce qu'il va faire ? Tu n'auras qu'à lui poser la question, mais tu te souviens de lui enfant, il n'a pas changé, il passe la moitié de son temps à rêver et ce genre de personnes s'égare parfois entre les rêves et ce que nous appelons réalité. Et qu'en est-il de ce Kjartan, qu'est-ce qui lui est arrivé, il n'était pas fermier dans je ne sais quel coin perdu ? Si, dans les vallées au nord du village. Et pourquoi n'est-il pas resté avec ses moutons, que sont devenues ses bêtes ? Il a derrière lui toute une histoire, répond Elísabet en écarquillant les yeux. Fjóla adresse un sourire complice à Brandur qui s'efforce de lui rendre la pareille, brusquement saisi d'un violent désir pour elle, et pourtant, il n'a jamais pensé à sa collègue quand il se retrouve chez lui, seul avec sa main, ses revues porno et son imaginaire. Brandur est célibataire, nous croyons même qu'il n'a jamais connu aucune femme, et les hanches de Fjóla sont trop larges à son goût, sa poitrine est trop grosse, oui, elle est trop encombrante, trop résolue, trop envahissante, mais voilà tout cela subitement balayé, il la regarde. Une longue histoire ? s'enquiert Matthías, Elísabet hausse les épaules, environ un quart d'heure, dit-elle, dans ce cas, je vais manger en l'écoutant, répond-il, Fjóla Beaux-yeux, tu veux bien me préparer deux œufs, mélange une bonne dose de sucre avec les jaunes, mets les blancs sur une tranche de pain complet et poivre bien le tout. Comme au bon vieux temps, répond Fjóla d'une voix guillerette en se redressant. Espérons qu'il ne soit pas si vieux que ça, répond Matthías en regardant ses mains comme si elles affichaient le nombre des années passées.

Fjóla est énergique, Brandur la regarde préparer les œufs, mélanger le sucre blanc aux jaunes, poser la tranche de pain sur l'assiette, elle a les bras épais et puissants, sa grosse poitrine ballotte tandis qu'elle incorpore le sucre aux jaunes, les jambes légèrement écartées, est-ce que c'est ça, l'amour, se demande Brandur, une main posée sur sa poitrine pour sentir le murmure de son cœur. Fjóla contourne le comptoir, attrape la cafetière, sourit à ses deux clients, mais bien plus à Matthías qu'à Elísabet, puis retourne à son poste, Brandur n'a plus envie que d'une chose : la regarder, non seulement en ce moment, mais pour toujours, parce qu'il la trouve plus belle que l'été.

Matthías baisse les yeux sur son assiette, attrape sa cuiller et marmonne quelques mots à propos du temps.

Elísabet : Oui, on s'accorde un moment de réflexion et voilà, dix années ont passé.

trois

Fjóla et Brandur sont restés assis derrière leur comptoir tandis qu'Elísabet racontait à Matthías l'histoire d'Ásdís et de Kjartan, puis elle avait achevé son récit, même si les histoires ne s'achèvent jamais à proprement parler puisqu'elles se poursuivent longtemps après que nous avons écrit le point que nous croyons final. En outre, on ne parvient jamais à tout raconter, on ne fait que rassembler des fragments, mais nous n'avons pas d'autre choix que de nous en contenter. Elísabet s'est humecté les lèvres du bout de la langue qui est apparue brièvement, brillante, entre ses lèvres. La langue est un amas de tissus musculaires dont sont pourvus la plupart des vertébrés, elle joue un rôle dans la digestion et est également un des principaux organes de la parole chez l'homme. Matthías a lissé son élégante moustache entre son pouce et son index sans détacher son regard noir du visage d'Elísabet, il avait des yeux petits mais vifs et une épaisse chevelure hirsute qu'il ne coiffait sans doute jamais. Et comment ils se débrouillent, a-t-il demandé, elle lui a pardonné, ils font chambre à part, et les enfants, tu n'as pas terminé ton histoire. Si, elle est terminée, a répondu Elísabet, certaines choses sont impardonnables, on n'a pas le droit de les pardonner, tu commets une erreur et ta vie est à jamais changée. Tu es cruelle. Non, réaliste. Alors, ils font chambre à part ? Ásdís m'a laissé entendre que Kjartan devait parfois se contenter de dormir sur le canapé, ça n'arrive peut-être pas très souvent, elle a passé son bac en étudiant par correspondance, elle a pris des cours à Bifröst et obtenu un poste chez son beau-frère, le maire, dont elle est devenue le bras droit. Et leurs enfants ? Ils se sont habitués à vivre au village, ils n'ont pas envie d'être ailleurs, il y a moins de distance entre les maisons qu'en rase campagne et les copains sont plus proches, les mômes adorent ça, cela dit, ils n'oublieront jamais ce qui est arrivé aux petits chiens, moi non plus, a répondu Matthías avant de se lever, d'enfiler son manteau en grosse laine marron. Il te suffirait de mettre la capuche pour te changer en moine, lui a fait remarquer Elísabet. Il n'y a rien qui soit plus éloigné de mes préoccupations en ce moment que l'abstinence, a-t-il répondu avec un demi-sourire, une demi-gêne. Il vaudrait mieux pour toi, a-t-elle répondu en se levant également. Fjóla et Brandur ont échangé un regard. Mais au fait, qu'en est-il de Kristín et de son pauvre mari ? a demandé Matthías comme s'il venait subitement de se souvenir d'elle. Elísabet a haussé les épaules, je suppose que la situation est complètement inversée. Pétur se reproche de ne pas s'être assez occupé d'elle, Kristín met tout ça sur le compte de sa passivité, à peine as-tu posé ta tête sur l'oreiller que tu te mets à ronfler et moi, je n'ai plus que mes mains, lui a-t-elle dit. Mais au fait, tu as peur des fantômes ?

Matthías : Bien sûr que oui. Je veux dire, j'en ai peur quand ils existent. Ils portent en eux la mort, et la mort, je la crains. Pourquoi cette question ?

Elísabet : Eh bien, il va falloir surmonter ta terreur quand tu iras dans l'Entrepôt et tâcher d'oublier qu'il est hanté.

Matthías : Hanté ! Tu m'as dit hier au téléphone qu'on attendait que Simmi vienne réparer l'électricité !

Elísabet : Tu ne devrais pas trop m'écouter.

Matthías : Comment ça ?

Elísabet a souri, ce qui ne se produit que rarement, nous en prenons conscience en le disant, elle a souri, ses lèvres rouges plutôt pulpeuses se sont entrouvertes, dévoilant ses dents blanches, on distingue entre ses incisives un espace assez large et deux dents de sa mâchoire inférieure se chevauchent légèrement, comme si elles cherchaient un soutien mutuel. Il m'arrive de dire certaines choses seulement pour faire passer les journées, ou pour les transformer, mettre le monde en mouvement, affoler les gens par mes déclarations, secouer cette torpeur qui nous envahit et recouvre tout, mais bon, il faut que je rentre chez moi, et toi, tu dois aller à l'Entrepôt, les gars seront soulagés de te voir arriver, soulagés d'être délestés de leurs responsabilités, et surtout préviens-moi si jamais tu croises des fantômes, ce serait pour moi un sacré soulagement, cela prouverait qu'il existe une vie après celle-là, nous n'aurions donc plus qu'à attendre pour découvrir l'autre versant du monde, enfin, c'est peut-être mieux d'en savoir le moins possible.

Matthías a toisé Elísabet d'un air dubitatif, il a lancé un regard vers le comptoir d'où dépassaient deux têtes comptant un total de quatre oreilles, il a passé sa main dans sa barbe, avalé sa salive, on avait presque l'impression qu'il suffoquait, puis il a dit à voix basse, mais à toute vitesse : Tu sais évidemment que c'est avant tout à cause de toi que je suis parti ? Elísabet n'a rien répondu, elle s'est contentée de le regarder, elle a de tels yeux. À nouveau, le regard du voyageur s'est porté vers le comptoir, je cherchais peut-être quelque chose qui soit plus fort que toi, j'imaginais qu'ensuite, il serait plus facile de revenir, je veux dire, de revenir vers toi. Et ? Et quoi ? Cette chose, tu l'as trouvée ? Non. Et pourtant, tu es revenu. Matthías a levé les bras en signe de reddition. Elle l'a toisé un long moment puis lui a dit en haussant légèrement la voix : Tu sais, j'ai un peignoir de soie rouge très léger et suffisamment transparent, il dévoile tout autant qu'il voile, ce qui laisse place à l'imagination, je ne porterai rien d'autre. Elísabet s'est avancée vers la porte et l'a ouverte pour ressortir dans le matin froid de février où l'aube commençait à poindre, l'air semblait plus dense, Matthías lui a emboîté le pas et l'a accompagnée des yeux tandis qu'elle traversait le parking pour rentrer chez elle. Brandur et Fjóla s'étaient levés, tu as entendu ça, a-t-elle demandé, si j'ai entendu ! s'est exclamé Brandur, tout excité, elle va tout bonnement lui faire un strip-tease ! Et elle ne s'en cache pas, a repris Fjóla, baissant les yeux dès qu'elle a senti sur elle ceux de son collègue. Puis elle a secoué la tête, ces deux sœurs ont toujours été à moitié bizarres, a-t-elle ajouté, ce n'est pas étonnant, on ne peut pas dire qu'elles aient reçu une éducation digne de ce nom. Brandur a ravalé sa salive, son visage s'était empourpré et le sommet dégarni de son crâne avait à nouveau rosi, il s'est passé la main sur la nuque et s'est gratté le cou, c'est beau quand une femme se déshabille, a-t-il dit d'un ton à la fois hésitant et rêveur. Fjóla l'a toisé, surprise, il a ajouté, pris au dépourvu : D'ailleurs, il n'y a peut-être pas plus beau au monde ! Fjóla n'a rien répondu, elle a contourné le comptoir pour aller débarrasser la table d'Elísabet et de Matthías, une voiture s'est garée devant la pompe à essence, Brandur s'est précipité dehors, a empoigné le pistolet, il avait bien besoin de sortir se rafraîchir, ses oreilles étaient brûlantes. Mon cher Brandur, ce n'est pas encore aujourd'hui que tu vas enfoncer ton pistolet ailleurs que dans un réservoir d'essence, a marmonné Fjóla au moment où il ouvrait la porte.

quatre

En allant vers l'Entrepôt, Matthías s'arrêta quelques instants devant la vitrine de la Coopérative pour regarder les trois cartes, il afficha un sourire, se rappelant peut-être le lieu où il les avait achetées et à quel endroit il les avait écrites, puis il reprit sa route en regardant vers la gauche. Elísabet était arrivée devant l'agence de Búnaðarbanki, elle s'apprêtait à se faufiler dans le passage derrière le bureau de poste, qui offrait un raccourci vers chez elle. Certains auraient donné leur bras droit, leur santé pendant trois mois, leur voiture et jusqu'à leur chien pour être l'homme qu'elle attendait.

Matthías longea la Coopérative. La démarche désinvolte, légèrement chaloupée, dans son manteau de moine, il s'arrêta au coin, scruta le passage entre la Coopérative et l'Entrepôt que nous appelons parfois la venelle Berglinssund. Il plongea ses mains dans ses poches et resta là, pensif. C'est agréable de réfléchir ainsi, on se sent apaisé, une sorte de torpeur nous envahit, parfois tristesse, parfois mélancolie, et celui qui a les mains dans les poches, adossé à un mur, plongé dans ses pensées, ne dépend de personne, il est parfaitement libre pendant quelques instants. Lorsqu'il se remit en route, une femme sortit de la Coopérative, suivie par un homme. Ils observèrent Matthías qui se baissait, ramassait un caillou, le plongeait dans sa poche puis restait immobile. La femme s'appelle Rósa, elle est fermière dans les campagnes du Sud, elle siège au conseil de district, elle a le sens de l'organisation, de l'action, il ne se passerait pas grand-chose dans son hameau si elle n'y mettait pas du sien, Rósa a pour habitude d'installer une chaise sur le pas de sa porte, de prendre son violon et de jouer des mélodies mélancoliques pour ses poules, son chien, ses enfants, et parfois pour un veau curieux qui vient l'écouter. L'homme habite dans le village, c'est Daníel en personne, le vétérinaire qui a soigné la jambe cassée de Simmi après sa chute de cheval. Son haleine sent parfois le whisky, il rêve de Rósa, il lui écrit une longue lettre d'amour qu'il lit à la nuit et à son chat âgé de douze ans, puis il perfore chaque feuille et la range dans un grand classeur, la doudoune de Rósa a frôlé le dos de sa main quand ils ont franchi la porte du magasin, le frisson qui lui a parcouru tout le corps a embelli sa vie. Debout à côté de la femme qu'il aime, il goûte le bonheur de l'instant et regarde Matthías ouvrir la porte de l'Entrepôt avant de disparaître. Kjartan est au téléphone, une fois encore, il tente de joindre Simmi, les pièces sont arrivées, il peut commencer le travail, ils vont enfin pouvoir triompher des ténèbres. Davíð est assis à sa place, sa chaise en équilibre sur deux pieds, la nuque calée contre le mur, les yeux mi-clos, il affiche le visage paisible d'un homme endormi. Il faut se garder de trop approcher ses rêves, ils vous privent parfois de tout pouvoir en prenant la place de votre volonté, or qu'est un homme lorsqu'il est dénué d'énergie et de courage ?

cinq

Matthías arriva chez Elísabet en début de soirée, il frappa à la porte, personne ne vint l'accueillir, il chercha du regard une sonnette qu'il ne trouva pas. Les sonnettes sont aussi bruyantes que stridentes, quand vous n'en avez pas, vous pouvez faire semblant de ne pas entendre qu'on frappe et goûter la tranquillité si vous jugez toute conversation inutile. Il hésita, posa sa main sur la poignée et la porte s'ouvrit, il faisait sombre dans la maison. Il ne prononça pas un mot, se dispensa de crier, ohé, me voilà, et se contenta d'entrer. Il enleva ses chaussures, se débarrassa de son manteau de moine et alla dans le salon où il trouva Elísabet.

Puis trois jours ont passé sans que personne les revoie.

Allongé dans son lit, Kjartan a dormi seize heures d'affilée, d'un sommeil profond et sans rêves, son corps imposant entièrement immobile, son thorax s'élevait et s'affaissait comme un océan calme, Ásdís et les enfants veillaient à ne pas faire de bruit. Davíð a lui aussi dormi très longtemps, mais c'est uniquement parce qu'il est dépendant de ses rêves, le sommeil est une grotte dans laquelle il se terre, une caverne où il se sent invulnérable. Presque aussitôt après son réveil, il est allé chez son père, au lieu de suivre la route, il a enjambé les amas de neige qui recouvrent les landes. Ils ont longuement parlé tous les deux, d'abord de l'Entrepôt, tu as ressenti des choses bizarres, a demandé l'Astronome, le regard pétillant. Oui, a répondu Davíð sans l'ombre d'une hésitation, enfin, je crois... ou en tout cas, c'est ce que j'ai voulu croire, je ne sais pas vraiment comme décrire ce que j'ai perçu, disons que j'avais l'impression que je ne sais quoi me titillait constamment les nerfs, chaque fois que j'allais dans le hangar, je m'attendais à... à ce qu'il m'arrive quelque chose... puis je me disais que c'était ridicule dès que je me retrouvais en compagnie d'autres gens. J'avais peut-être tellement envie de croire que des phénomènes inexplicables se produisaient qu'il n'est pas impossible que mon imaginaire les ait engendrés, tu sais, les choses deviennent réelles dès qu'elles prennent corps dans notre esprit. Et là, elles l'étaient tellement que Kjartan les a également perçues et... et puis non, papa, tu ne voudrais pas plutôt me faire la lecture, je n'ai pas envie de penser à tout ça maintenant. L'Astronome s'est laborieusement levé de sa chaise, il est allé chercher dans sa bibliothèque un volume relié en cuir brun et s'est mis à lire avec lenteur, la langue presque éteinte qui avait jadis gouverné l'ensemble du monde connu résonnait dans la pièce, en ce lieu reculé, Davíð l'écoutait tête baissée, sans comprendre grand-chose, mais il imaginait la muraille crénelée d'une forteresse, une ville abandonnée en surplomb de laquelle planaient des oiseaux noirs. L'Astronome s'interrompait par intermittence, il paraphrasait le texte pour son fils qui constatait que le contenu n'était en fin de compte pas si éloigné des images que le latin avait suscitées dans sa tête. Sa lecture terminée, l'Astronome s'est levé pour aller chercher une bouteille de vin rouge, il l'a débouchée, a rempli deux verres, le père et son fils y ont trempé leurs lèvres, donc, toi et tes amis, vous pensez que la fin approche, s'est enquis Davíð.

Ça ne serait pas plus mal, non, répond l'Astronome avec un sourire provocant, il lève son verre face à la lumière ; en tout cas, il y a dans l'air une multitude de signes, nous sommes assaillis par les exemples à longueur de page dans les journaux, sur les couvertures des magazines en papier glacé, tu allumes la télé et ils te crèvent les yeux, ils sont d'ailleurs tellement évidents qu'on ne les voit même pas. Enfin, la civilisation de l'Occident a fait son temps, elle a duré des siècles, une autre prendra le relais. Eh bien, parfait, répond Davíð en scrutant le liquide rouge sombre dans son verre, c'est là une couleur susceptible de changer les pensées en rêves, non, ce n'est pas parfait, corrige-t-il, je ne peux pas me défaire de l'idée selon laquelle c'est le hasard qui décide de tout, c'est lui qui engendre tout, y compris le sens qu'on donne à sa vie, l'oiseau continuera à voler dans les airs, dans ce cas, pourquoi s'alarmer de la fin d'une civilisation ? Son père secoue la tête, cette conception me fait penser à un trou noir, dit-il, la joue appuyée sur la main, comme pour mieux soutenir sa tête et porter tout le poids des pensées qui logent dans un cerveau humain, il termine son verre, le remplit à nouveau, regarde son fils d'un air absent : J'essaie de rassembler quelques fragments d'une culture à l'agonie, dit-il. À l'agonie ? Oui, ou peut-être déjà défunte à moins qu'elle n'ait commencé à pourrir sur pied, ce qui ferait alors de moi un éboueur. Je ne t'imagine pas vraiment dans la profession ! Un éboueur, le pourrissement et les étoiles, c'est pourtant une excellente combinaison, non ? Tu m'écoutes, demande brusquement l'Astronome voyant qu'il ne lui répond pas, ne le regarde même pas, mais fixe le plafond, son verre entre les mains. Plus rien n'existe pour Davíð en dehors du souffle de Harpa. Qu'importe le tumulte du monde, l'avènement et la chute des civilisations, le hasard et le néant, si on n'a pas de lèvres à embrasser, une poitrine à caresser, un souffle qui vous emplit les oreilles ? J'aimerais tant que tu aies un piano, papa, déclare-t-il, coupant court aux sombres considérations de son père qui s'énerve d'abord de cette remarque incongrue, pour ne pas dire futile, mais l'air mélancolique de Davíð balaie toute trace d'agacement, peut-être l'Astronome pense-t-il à cette Hongroise, j'ai une guimbarde, répond-il, puis les deux hommes vont s'asseoir au grenier sous l'immense lucarne ouverte, le soir a parsemé le ciel d'étoiles, ils ont une bouteille de whisky entre eux et les notes de guimbarde s'envolent vers la nuit en quête d'une étoile, en quête d'une femme.

[Si nous continuons à accumuler ces histoires, si nous peinons autant à nous arrêter, c'est peut-être aussi parce que celui qui a pour projet de décrire la vie a tendance à en étirer le fil — tout ce que nous entreprenons est d'une manière ou d'une autre une lutte contre la mort. Matthías est descendu de l'autocar, quelques jours plus tard, l'Entrepôt a rouvert sous sa direction, plus propre et mieux organisé que jamais auparavant, les ampoules électriques brillaient dans le hangar, le chariot élévateur allait et venait à toute vitesse dans l'allée principale, un ordinateur reposait sur le bureau du nouveau contremaître, un Macintosh Performa ; Davíð et Kjartan préparent désormais les commandes des clients en un clin d'œil et le calme est revenu, il n'y a plus rien d'irrationnel, plus rien qui bouge tout seul, plus rien d'inexplicable. Il va de soi que nous avons réfléchi à ce qui s'est passé, nous avons eu beau harceler Davíð et Kjartan de questions, tout comme Benedikt, même si nous n'avons pas osé en parler à Sigríður, mais nous sommes incapables d'apporter une réponse. Ces événements sont-ils le fruit de l'imagination, la manifestation des névroses de Davíð et de Kjartan, ou le lieu est-il réellement hanté ? Il y a tant de choses que nous ne comprenons pas, et nous redoutons parfois de poser les questions qui nous dévoilent et nous exposent, entièrement nus, aux yeux du monde.

Matthías a su s'y prendre pour nous amener à envisager ce en quoi nous voyons des évidences du quotidien comme de ridicules chimères. Des fantômes, dit-il, pourquoi pas, il y a bien des choses plus absurdes que ça, permettez-moi de vous en offrir un exemple frappant : des millions, et même des dizaines de millions de gens sont persuadés que les quinquagénaires américains blancs sont une bénédiction pour les nations de ce monde — des hommes conservateurs, bornés et belliqueux, aveugles à la fibre délicate qui constitue la vie, dangereux pour l'équilibre fragile de notre planète. Or, au lieu de les combattre, nous les encensons.

Dans le fond, Matthías n'a pas tort.

Vous n'êtes pas non plus sans savoir qu'ici, et là, nous précisons, en Islande, à la surface de ce grain de terre posé sous un ciel infini et béant, certains désirent plus que tout se hisser sur les épaules de ces hommes pour sentir la chaleur qui remonte du col de leurs vêtements. Nous aimerions bien qu'on nous explique pourquoi : parce que nous sommes désorientés, parce que le sol s'est dérobé sous nos pieds, il n'y a plus que le vide pour nous empêcher de sombrer, et ce n'est pas là une pensée rassurante. Vous savez également que si nous continuons à vivre comme nous le faisons depuis des décennies, et là, nous parlons de l'humanité tout entière qui a certes effectué un grand bond en avant ; si nous ne transformons pas notre mode de vie et notre quotidien, nous courons à notre perte. Nous scions la branche sur laquelle nous sommes assis. Nous sommes à la fois le juge, le peloton d'exécution et le prisonnier attaché au poteau. Pourtant, nous vivons comme s'il n'y avait rien de plus naturel. En toute absurdité. Nous nous contentons simplement de réfléchir de temps à autre aux événements irrationnels, aux informations extravagantes, à l'absurdité des circonstances, à la déraison de la vie.

Quoi qu'il en soit, nous n'avons toujours pas d'explication sur ce qu'il s'est passé dans l'Entrepôt, peut-être n'en existe-t-il aucune, peut-être faut-il la chercher dans les rêves de Lúlla, même si peu de gens consentent à l'avouer en public, à moins qu'elle ne soit consignée dans les textes qu'a écrits le chef de district. Simmi et Gunnar ont rénové tout le circuit électrique et changé les fils qui étaient vétustes, on pouvait s'estimer heureux qu'ils n'aient pas déclenché d'incendie, et depuis que Matthías a pris la direction, on évite de stocker des produits à l'emplacement des ruines, en outre, lui et Kjartan ont cassé la dalle de ciment à cet endroit pour y installer une croix, c'est plutôt délirant, mais également assez joli à voir en plein jour, en revanche, il n'en va pas de même quand il fait noir, gageons que ce trou est alors une porte ouverte sur d'insondables ténèbres. Personne n'ose rester dans l'Entrepôt après le crépuscule, nous sommes bien loin d'avoir surmonté notre peur de la nuit — qu'elle soit en nous, sous nos pieds ou n'importe où dans le monde.]

Extase

Comment un chauffeur routier peut-il connaître un bonheur que nulle ombre ne vient troubler ?

Simmi et Gunnar avaient remis en état le réseau électrique de l'Entrepôt, Matthías et Kjartan avaient cassé la dalle de ciment et déposé une croix à l'emplacement des ruines, le nouveau contremaître avait prononcé quelques mots, manifestement certain qu'ils franchiraient les frontières du monde des défunts, en réalité, nous ignorons s'il a fait ça armé d'une authentique conviction ou pour s'amuser d'une étrange manière. Ensuite, Matthías a dit aux deux frères jurés que sont Davíð et Kjartan qu'ils devaient tous trois veiller à satisfaire leurs clients, s'arranger pour qu'ils ressentent une sorte de paix intérieure chaque fois qu'ils pensent à l'Entrepôt, c'est là notre contribution à un monde meilleur. Et nous confirmons ces paroles avec enthousiasme, certains font le trajet jusqu'au village simplement pour les voir, Benedikt vient deux fois par semaine, il joue aux échecs avec les trois hommes et il arrive même que Matthías l'invite au restaurant. Dès le jour de la réouverture, Matthías avait demandé à

Jakob, le chauffeur routier, d'aller chercher divers bagages qu'il avait laissés à Reykjavík, toutes sortes de saletés qu'il avait accumulées pendant ses six années d'errance, une statue fabriquée en France, une tarentule d'Amazonie naturalisée et tout un bric-à-brac. Matthías avait envisagé de commencer par louer un petit appartement pour vérifier qu'il supportait la vie au village, mais Elísabet lui avait dit, tu peux habiter chez moi aussi longtemps que je t'aimerai. Elle passe régulièrement à l'Entrepôt, ce sont de douces heures, elle a plus d'une fois gardé Davíð quand il était enfant, elle est pour lui une amie et une confidente, et elle est la seule à savoir ce qu'il s'est passé entre lui et Harpa. Sa tenue vestimentaire indiffère Davíð, mais pas Kjartan, ce chandail jaune, pense-t-il, cette robe noire, se dit-il, et ces cheveux qui retombent en cascade sur ses épaules. Parfois, elle les attache et Kjartan donnerait sans doute deux ou trois de ses doigts pour qu'elle l'autorise à les dénouer. Matthías n'a besoin d'offrir aucun sacrifice, elle va dans son bureau les cheveux attachés, dénoue-les, lui dit-il, et elle obéit. Sa longue chevelure sombre, à la fois divine et diabolique, retombe, et elle retombe en une vague qui pourrait tuer un homme. Alors, elle regarde peut-être autour d'elle, elle baisse les yeux sur le sol où Matthías a collé une gigantesque carte d'Amérique du Sud qui occupe presque entièrement les douze mètres carrés de son bureau, et elle dit : Matthías, comme j'aimerais faire l'amour au Pérou. Et pour peu qu'elle prononce ces mots avec la tendresse et la passion adéquates, le monde devient si beau qu'il vous ferait exploser le cœur de bonheur. Elle les prononce peut-être alors qu'elle a enfilé sa robe noire, celle qui lui galbe la taille et dont le bas s'évase, elle ne met jamais de culotte quand elle s'habille ainsi, Matthías le sait bien. Arequipa, murmure-t-elle au contremaître allongé sur le dos, l'oreille gauche de Matthías repose tout près de la ville d'Arequipa, pour sa part, elle se trouve sur les montagnes d'une altitude de deux mille cinq cents mètres, situées au sud du Pérou, et lorsqu'il commence à remuer lentement la tête d'un côté puis de l'autre, Elísabet la prend entre ses mains, se penche sur lui de manière à ce que ses longs cheveux inondent leurs deux visages et lui murmure, mon cher, très cher homme slave.

Lorsqu'elle passe à l'Entrepôt, elle est parfois en route vers la maison de l'Astronome, cet hiver, il a reçu un nouvel ordinateur très performant, sans doute le plus puissant du village, sans doute faut-il recourir à ces extrémités-là pour affronter le monde, le latin, la fin de tout et comprendre une femme originaire de Hongrie. Jakob sifflotait le jour où il s'est garé devant la maison en bois recouverte de tôle ondulée avec cet ordinateur dans son camion, comme s'il tenait à dire : Me voilà avec ta machine. Prenez garde à ne pas confondre Jakob le routier et l'autre Jakob du village, le plombier qui a été victime d'un accident du travail il y a des années et qui vit depuis des aides destinées aux handicapés, même si certains affirment que son principal handicap est la paresse, un désir irrépressible de passer ses matinées au lit, de faire des mots croisés jusqu'à des heures indues, de reconstituer des puzzles compliqués, d'aller de maison en maison en quête d'un café, de ragots et de nouvelles. Le plombier est solidement charpenté et rudement musclé, il a le visage large, la mâchoire carrée, une voix profonde et des mains puissantes, c'est agréable d'écouter une voix comme la sienne, elle inspire confiance, elle est convaincante, on l'a d'ailleurs encouragé à se présenter aux élections ou à devenir présentateur à la télé, et pourtant, lorsque nous le saluons d'une poignée de main, sa paume puissante se transforme en sable qui nous file entre les doigts. Jakob le routier est très différent de son homonyme, il est heureux, sa vie est bien remplie et dénuée d'ombre. Vous vous demandez sans doute comment une telle chose est possible à notre époque, alors qu'une odeur putride envahit toute notre civilisation, que nous osons à peine monter dans un train ou un avion sans craindre d'exploser en vol, alors que les caméras de surveillance balaient les rues, que de moins en moins de gens voient des raisons d'aller voter et que le socle de la démocratie est de plus en plus vermoulu — comment un chauffeur routier pourrait-il connaître une félicité que nulle ombre ne vient troubler ?

deux

Peu de choses en ce monde sont aussi plaisantes que de conduire un gros camion.

Jakob est le chauffeur Numéro Un de notre village depuis environ 1980, et même s'il est fort agréable d'effectuer des allées et venues à bord d'un camion entre ici et Reykjavík, cela l'était bien plus encore à l'époque où le trajet prenait au moins quatre heures, aujourd'hui, les voitures parcourent cette distance en à peu près deux heures, et il en faut presque trois en camion, le monde a rétréci à ce point, même si la distance entre les hommes est demeurée la même. Cela dit, vous auriez dû nous voir il y a trois ans quand la nouvelle route qui enjambe la lande de Brekka a été ouverte, bien droite, large et asphaltée, elle a remplacé l'ancienne qui montait et descendait en formant des lacets, décrivant même parfois des boucles presque complètes, manifestement insoucieuse d'atteindre sa destination et constamment recouverte d'un épais tapis de neige en hiver — ce que nous pouvions être heureux ! Un bal était organisé à la Salle des fêtes, nous étions soûls comme des cochons, les lèvres des femmes étaient rouge écarlate et une odeur délicieuse montait de l'herbe. Jakob était bien le seul à ne pas se réjouir, une corde s'est brisée dans son cœur la première fois qu'il a emprunté cette nouvelle route, il suffisait maintenant d'un quart d'heure pour franchir la lande de Brekka au lieu de cinquante minutes, et l'ancienne route désormais inutile serpentait en surplomb de la nouvelle, à mi-chemin du ciel. Jakob n'est cependant pas le type d'homme qui laisse la tristesse assombrir ses jours, il roule tout bonnement un peu plus lentement et, n'hésitons pas à le répéter, peu de choses en ce monde sont plus agréables que de conduire un camion, voilà pourquoi il serait complètement idiot de se presser. Il est subjugué par ces trajets, par les mouvements du véhicule, il quitte le village et admire la souplesse de la direction, la forme du levier de vitesse, la puissance à l'état pur du moteur, mais le mieux, c'est quand il pleut, car on ne saurait être témoin d'une aussi parfaite alliance de douceur et d'efficacité qu'en observant le balayage inlassable des essuie-glaces ; assis derrière le pare-brise, Jakob s'agrippe, heureux, à son volant. Autrefois, il effectuait trois allers-retours par semaine, routes tortueuses, côtes abruptes, plus de quatre heures de bonheur sans nuage, mais bien que le trajet se soit si malencontreusement raccourci, que l'asphalte ait aujourd'hui écrasé le serpent de poussière qui suivait les véhicules empruntant les vieilles routes en terre, bien qu'on ait percé le tunnel qui permet d'éviter le Hvalfjörður, heureusement, depuis quatre ou cinq ans, Jakob effectue chaque jour l'aller-retour jusqu'à Reykjavík, nous avons besoin de toujours plus de produits pour vivre. Il nous faut un plus grand nombre de paquets de gâteaux secs et de tapis de course, des bas plus fins, de nouvelles télévisions, nous refusons désormais de lire des journaux datant de deux ou trois jours, le monde se transforme sans cesse et le journal d'hier ne sert plus à rien, on pourrait tout autant aller à la bibliothèque pour lire ceux du dix-neuvième. C'est surprenant de constater à quel point, autrefois, le temps passait plus lentement, quand nous regardons un film de Bogart tourné il y a soixante ans, on a l'impression que les minutes s'étirent, que les événements sont plus espacés et qu'il est par conséquent plus aisé de se frayer un chemin à travers l'existence, même les balles de fusil sont plus lentes. Aujourd'hui, tout va plus vite. Le montage des films et des feuilletons est conçu pour accentuer la rapidité de l'action, on change constamment d'angle de prise de vues, nous avons presque cessé de cligner les yeux tant nous craignons de manquer une scène, un détail important, dans ce cas, que ferions-nous du journal de la veille ? Cela dit, notre impatience ne fait qu'accroître le bonheur de Jakob, il se rend à Reykjavík cinq fois par semaine, quitte le village tellement tôt le matin qu'en hiver, le soleil dort encore d'un sommeil de plomb et les ténèbres sont si lourdes qu'il nous arrive de douter que l'astre du jour parvienne à s'extraire de l'abîme pour se hisser au-dessus de la crête des montagnes enneigées et réveiller ce que nous abritons de beauté et de douleur. Jakob part vers Reykjavík, il entre dans la ville, vide son camion puis y charge tout ce sans quoi nous ne saurions vivre. Il est presque midi quand le véhicule est fin prêt, Jakob roule prudemment, il longe les rues de la capitale, longe les artères principales, avec sa naturelle timidité, s'arrête devant Umferðarmiðstöðin, la gare routière, y prend son repas de midi, ce qu'il préfère, ce sont les côtelettes panées, il discute avec d'autres chauffeurs, certains ont la chance immense de devoir rouler douze heures pour rentrer chez eux, ça doit être tellement bien que Jakob n'ose même pas imaginer un pareil bonheur. Lui et ses collègues maudissent les hommes politiques, se perdent en insultes sur le ministre des Transports, déblatèrent sur le compte de certains entraîneurs de foot, discutent de femmes, mais le plus souvent de camions, de pièces détachées, des meilleurs garages, sans toutefois jamais aborder le sujet des essuie-glaces, il y a des choses en ce monde qu'il faut se garder d'enfermer dans les mots pour ne pas risquer de les abîmer. Puis Jakob reprend sa route vers l'ouest. Parfois, il doit attendre un produit et repart plus tard, la nuit tombe sur la ville, il fait noir quand il atteint la bourgade de Borgarfjörður, les montagnes se confondent avec la nuit que fendent les phares, ils indiquent la route et le camion les suit. C'est qu'il faut toujours suivre la lumière.

Jakob perçoit un salaire pour ces trajets, il s'en sert pour régler ses factures d'électricité, les traites de sa voiture, de sa maison, sa nouvelle cuisinière, il achète son lait et son pain, mais il serait tout de même absurde de parler de travail dans son cas, il s'agit bien plus d'un mode de vie, d'un objectif, d'un plaisir, et pour ajouter à ce que nous avons déjà dit quant à la souplesse de la direction, à la forme du levier de vitesse, au va-et-vient des essuie-glaces, il faut encore parler de l'autoradio et des cassettes qu'il écoute quand il ne pleut pas, quand les essuie-glaces sommeillent et que le ciel est dégagé. C'est sa femme, Eygló, qui enregistre les perles de Gylfi Ægisson, de Haukur Morthens, d'Ási í Bær, d'Ellý Vilhjálms, d'Elvis Presley, des Beatles, et si quelqu'un avait la bonne idée de donner à Jakob la définition du mot *extase*, il hocherait sans doute la tête en pensant aux essuie-glaces, au ronronnement du chauffage et à son autoradio.

Aucun parmi nous ne s'aviserait de lui demander de nous déposer à la capitale ou de nous ramener au village, même s'il ne serait pas capable de nous le refuser étant donné sa générosité. Eygló est la seule à l'accompagner, mais elle est sa femme, et elle ne le fait qu'une fois par an, en général vers le 15 décembre, c'est leur voyage de l'Avent. Depuis dix ans, Eygló est employée à temps partiel, assise chez elle, elle entre des données et des chiffres dans son ordinateur pour une entreprise de Reykjavík, l'écran illumine son visage bien en chair, sa peau au grain plutôt grossier, elle prépare les sandwichs de son mari, lave ses vêtements, cuisine les repas, elle essuie la vaisselle, mais c'est lui qui la lave, elle lessive le sol, récure les toilettes, ils changent leurs draps et leur housse de couette ensemble, ils s'occupent tous deux du jardin, ils s'appartiennent comme la main gauche appartient à la droite. C'est un soulagement de voir qu'il existe encore des gens comme eux, la lumière ne s'éteindra donc pas tout à fait sur le genre humain. Eygló mord l'épaule droite de Jakob quand elle jouit, elle ferme les yeux, le monde devient plus grand, elle rompt les liens qui l'attachent à la terre et lui mord violemment l'épaule, en partie à cause du plaisir, mais également parce qu'elle a très peur de le perdre. Ensuite, ils restent allongés, immobiles, tandis que le monde se reconstitue, que chaque fragment retrouve sa place, c'est un jeu de patience, puis elle se redresse dans le lit, attrape la boîte de pommade apaisante qu'elle garde sur sa table de chevet, enduit doucement l'épaule de Jakob qui, pendant ce temps, essaie de lui embrasser le visage. Jakob pense, et d'ailleurs, il lui dit : tu es tellement belle, et chaque fois, elle rougit, qu'importe le nombre des années qu'ils ont passées ensemble, il est le seul à lui avoir jamais dit ces mots, elle est petite, forte pour ne pas dire grosse, elle a un petit cou et des cheveux presque sans couleur qui ressemblent parfois à du foin laissé en plan dans les champs, ce genre de femme n'a jamais engendré de guerre, ses seins sont minuscules, ses cuisses larges, mais elle a des yeux marron clair qui font penser à la couleur des landes et des tourbières sous le soleil radieux. Elle court comme une gamine jusqu'à la cuisine pour en rapporter des biscuits au chocolat et du lait, Jakob oublie sa douleur et lui dit des mots que nous préférons ne pas répéter, ils sont jolis quand il les prononce, teintés par son souffle, sa voix, son regard, mais si nous écrivions ces paroles toutes nues sur le papier, elles ne lui feraient pas honneur.

Le voyage que le couple s'offre pendant l'Avent est le point culminant de l'année. Ils rayonnent dès que la date approche, beaucoup parmi nous deviennent plus joyeux, comme si nous avions autant hâte qu'eux. La lumière qui baigne ces moments est tellement puissante que le bon Dieu en personne doit la remarquer ; lorsqu'ils partent, il est sans doute allongé sur la couchette installée derrière des sièges. Dieu a tiré le rideau pour se reposer du tumulte de l'univers, des bavardages incessants des anges, il écoute le ronronnement du moteur, la soufflerie du chauffage, les discussions de Jakob et d'Eygló, peut-être même qu'il fredonne tout bas les chansons d'Ási í Bær ou d'Elvis Presley, et quand les joies de la chair s'éveillent chez la femme et le mari, quand Eygló déclare par exemple, je trouve ça tellement excitant quand tu caresses ton levier de vitesse et qu'elle pose sa main sur la cuisse de Jakob, il quitte la route nationale à la première occasion pour s'engager sur une route de campagne peu fréquentée, alors, le bon Dieu descend du camion, il va uriner sur l'accotement, balance quelques cailloux et sifflote pour se distraire pendant qu'ils sont allongés sur la couchette. Et la lumière qui pleut sur les montagnes, sur la route, sur les nuages, les fossés, les fermes et les rivières, cette lumière qui les baigne tous les deux est simplement sublime.

Le Tekla et l'homme incapable de compter les poissons

Nous avions compris depuis longtemps que l'époque de l'Atelier de tricot était révolue, en fin de compte, la seule assise de cette entreprise tenait à un pari entre deux députés éméchés et son existence n'était qu'une raison supplémentaire de continuer à voter pour le Parti du progrès parce que nous n'avions pas assez d'imagination pour faire autre chose. L'Astronome l'avait cependant toujours dirigée comme il le fallait, nonobstant les règles fort peu fiables de l'économie, puis ce maudit latin était arrivé, apportant les étoiles, le ciel qui les sépare, une kyrielle de lettres envoyées de l'étranger et ainsi de suite. Et voilà que l'atelier disparaît, qu'on l'écrive en majuscules ou en minuscules, enfin bref, tout a une fin, la vie humaine, la grandeur des nations, les machines ont été emportées dans un autre village et désormais, le soleil éclairait la salle vide de l'Atelier de tricot, nous détournions machinalement le regard quand nous passions devant, peu de choses sont aussi tristes que de voir un bâtiment jadis grouillant de vie, d'objectifs et de sens, se changer en désert, c'est tout bonnement déprimant, plus personne ne se sert des toilettes, il n'y a plus personne non plus pour ouvrir les fenêtres. Les dix mains ont suggéré d'y déplacer les soirées whist qui avaient d'ordinaire lieu à la Salle des fêtes, Kjartan a proposé d'installer un billard et des tables de ping-pong au rez-de-chaussée, histoire de mettre un peu d'animation pendant l'interminable hiver, Davíð a souligné qu'il manquait dans le village une vraie bibliothèque, on ne pouvait pas considérer que le centre de documentation de l'école en était une, Valli disait que ces locaux seraient parfaits pour héberger une très belle salle de sport, Helga était de l'avis de Kjartan, elle voulait ajouter à ce qu'il proposait des ordinateurs, des machines à sous, des magazines, ce n'étaient pas les idées qui manquaient, mais alors que la plupart des gens se contentent de propositions, d'autres vont plus loin et, tout à coup, Elísabet était arrivée avec un seau de peinture, un marteau, une masse et une échelle, c'était début mai, environ quatre mois après que Matthías était descendu de l'autocar, l'ordinateur ronronnait sur le bureau du contremaître, Kjartan et Davíð s'acquittaient de leurs tâches et tout était en ordre dans l'Entrepôt, même si personne ne voulait y aller dès que le jour déclinait ; mais Elísabet a pris son marteau, sa masse, son seau de peinture et son échelle, en journée comme en soirée, les coups retentissaient dans l'ancien atelier et perturbaient le programme télé de ceux qui habitaient à côté. Elísabet n'a pas peint grand-chose, elle a confié cette tâche à Jónas, que veux-tu que je fasse sur les murs, lui a-t-il demandé d'une voix si basse que ses paroles n'étaient qu'un souffle, c'est à toi d'en décider, a-t-elle répondu, Jónas a sorti ses mains de ses poches, il a souri, les yeux baissés, et s'est mis au travail. Il lui a fallu tout l'été pour achever son œuvre, il arrivait à six heures du matin, les joues encore douces de sommeil. Þorgrímur passait le prendre juste avant neuf heures et le ramenait à cinq heures de l'après-midi, Jónas passait ses soirées à peindre, c'est incroyable de réussir à transformer une chose aussi inerte qu'un mur en une fresque débordante de vie, nous passons régulièrement notre temps à compter la multitude d'oiseaux qui volent par milliers sur les murs extérieurs de l'Atelier, ça fait du bien de descendre jusqu'à ce bâtiment, surtout en hiver, quand les migrateurs ont déserté le ciel, quand le temps n'avance pas, entravé par la nuit, et que même l'eau peine à s'écouler des robinets. Or les oiseaux peints sur les murs semblent tellement vivants qu'un des chats du voisinage, un démon jaune qui a écourté l'existence de bien trop de volatiles, a passé plusieurs semaines à s'en prendre aux fresques, il en a conservé un certain nombre de stigmates et ne s'est jamais complètement remis de sa chasse, venez donc nous dire après ça que l'art n'a pas le pouvoir de changer la vie. Elísabet faisait tournoyer sa masse, attrapait sa scie, reposait sa perceuse, certains s'alarmaient de voir une femme seule manier ce genre d'outils, ils venaient la voir en lui disant, tu ne veux pas que je t'aide sur le chantier, je me demande ce que tu fabriques. Elísabet leur répondait, si, tu n'as qu'à te déshabiller, je travaille mieux quand j'ai un homme nu à mes côtés, et mieux encore s'il arbore une érection triomphante, elle leur disait, oui, ce ne serait pas de refus, j'ai justement besoin d'un arpète, tiens-moi l'échelle, elle leur disait, oui, merci, tu peux me préparer un café et aller me chercher le *Morgunblaðið* au magasin. Certaines femmes s'offusquaient, cette fille n'est qu'impudence et entrejambe, que font donc ces hommes à venir lui proposer leur aide, la plupart d'entre eux sont mariés et rechignent à achever de menus travaux, la réparation de la gouttière, le remplacement de la fenêtre, le toit à repeindre, ils feraient mieux de penser aux tâches qui leur incombent plutôt que de descendre à l'Atelier, le cerveau entre les jambes et les yeux rivés sur les seins de cette allumeuse. Elle a cependant accepté l'aide de Jónas pour la peinture, Simmi s'est occupé de l'électricité tout en lui parlant plus d'une fois de l'ex-femme de l'Astronome, quant à Ásbjörn, le maçon, que nous appelons Ási, il a apporté sa truelle et sa bonne humeur perpétuelle, jamais Ási n'est déprimé, il fait partie de ces gens qui ont du mal à envisager la vie autrement que du bon côté, il sourit presque tout le temps sous sa casquette de base-ball rendue aussi lourde qu'un casque de plongée par les éclaboussures de ciment séché qui s'y sont accumulées. Dis donc, c'est un sacré chantier, s'est-il exclamé en déposant un sac de ciment dans un coin, oui, de grandes choses se préparent, a répondu Elísabet, dis-moi lesquelles et je serai l'homme le plus apprécié du village, tu l'es déjà, mais je vais quand même te dévoiler mon projet, je compte ouvrir un restaurant — et c'est ainsi que nous avons découvert les intentions d'Elísabet.

L'idée pouvait difficilement être plus mauvaise, les dix mains médisantes s'étaient élancées vers le ciel, se réjouissant déjà d'une faillite annoncée, tandis que nous, qui aspirions à plus de vie et de mouvement, soupirions désespérément, chaque foyer était équipé d'une cuisinière, souvent toute neuve, les gens possédaient des livres de cuisine, ils découpaient des recettes dans les journaux, recopiaient celles publiées dans les magazines, le village n'avait pas besoin d'un restaurant, en outre, on pouvait manger des hot-dogs, des sandwichs, des hamburgers et des frites au magasin, c'était incompréhensible que la banque ait prêté à Elísabet de l'argent pour un projet aussi suicidaire, qu'est-ce qui arrivait donc à Björgvin, est-ce que Sibba avait donné son aval, par le diable, Elísabet allait dans le mur, faillite, déception, dépression, elle finirait peut-être même par quitter le village en nous privant de ses seins et de sa démarche ondulante — comme les dix mains étaient contentes — le malheur des uns fait le bonheur des autres.

Sauf que.

Le vendredi 4 septembre 1988, Elísabet a ouvert les portes de son restaurant. Quelques jours plus tôt, elle avait placé son échelle sur la façade, y était montée, armée d'une puissante perceuse, et avait dévissé les lettres aux couleurs passées : ATELIER DE TRICOT. Nous avions le cœur lourd, même Ási a brusquement senti le poids de sa casquette sur sa tête. Elísabet avait affiché dans le magasin une annonce précisant que ce jour-là, à cette heure précise, elle enlèverait les lettres et demanderait à Jónas de peindre le nom de son restaurant sur le bâtiment, sur ce bâtiment sorti tout droit d'une bouteille de vodka partagée par deux députés des années plus tôt. L'annonce avait attiré un certain nombre de gens sur les lieux et voilà que quelqu'un interroge, Elísabet, tu trouves vraiment que c'est nécessaire, quoi donc, demande-t-elle, d'enlever ces lettres, c'est tellement triste, pourquoi choisir un nouveau nom, pourquoi faut-il que tout change ? Parce que la Terre tourne, répond-elle, visant déjà la prochaine lettre du bout de sa perceuse, c'est alors que Gaui descend la rue à toute vitesse en se cramponnant vigoureusement au guidon de son vélo parce qu'il y a des trous dans l'asphalte et que la vie humaine est fragile.

deux

Gaui est diplômé en droit de l'université d'Islande, ceux qui ne sont pas trop bêtes, mais assez forts en gueule s'inscrivent en fac de droit, dit-il parfois avec un sourire malicieux. C'est le frère d'Ási, le maçon, il est allé au lycée à Reykjavík, nous pensions qu'il avait définitivement quitté le village où il ne reviendrait que comme touriste, et c'est également ce qu'il croyait, mais nous savons si peu de choses. Gaui a ouvert un cabinet d'avocats à la capitale, courageux, très en vue, il avait déjà au bout de huit ans d'activité un joli bedon et six employés, ainsi qu'une maison de trois cents mètres carrés, des clubs de golf et une Jeep, puis quelque chose a déraillé, il a bu tout ce qu'il possédait en à peine une année, ce qui constitue naturellement un record. Sa femme, Gerður, lui est restée fidèle, il s'en est pourtant fallu de peu, ils ont déménagé ici quand il a terminé sa cure, certes, c'est un trou paumé, lui a dit Gaui, on risque de s'endormir rien qu'en le traversant en voiture, mais c'est un endroit idéal pour se reconstruire et retrouver son calme, ils ont loué pendant longtemps l'appartement de quatre-vingt-dix mètres carrés au sous-sol de la maison d'Ási. Combien veux-tu que je te paie en loyer, mon cher frère, lui a demandé Gaui d'un ton résolu, rien n'est aussi blessant que l'apitoiement d'autrui, il a été engagé comme ouvrier par la Compagnie d'électricité et sa femme occupe un emploi à mi-temps à la Laiterie, on lui a également promis des heures aux Abattoirs à l'automne, il faut bien ça, c'est incroyable le nombre de choses qui peuvent être englouties dans la boisson en une année, sans parler des dettes supplémentaires accumulées.

Ási : Vous me paierez en me racontant une histoire tous les samedis soir, après le Bêtisier, votre récit devra durer au moins quinze minutes et me captiver de bout en bout. Ási, ne fais pas l'imbécile, s'est récrié Gaui. Si vous n'atteignez pas l'objectif fixé, vous me paierez 40 000 couronnes par mois. Je ne peux pas accepter un tel marché. Bon, d'accord, votre histoire devra durer au moins douze minutes, mais je répète, il faudra qu'elle me captive du début à la fin. C'est humiliant. Dans ce cas, d'accord, on n'a qu'à s'en tenir aux quinze minutes. Non, Ási, je me suis débrouillé comme un pied, j'ai tout bousillé, j'ai détruit tout ce que j'avais construit en buvant comme un trou et en me comportant comme un pauvre type, d'ailleurs, je n'étais qu'un pauvre type, j'ai trompé ma femme, j'ai frappé mes enfants, je le reconnais, mais ce n'est pas la peine de me traiter comme un minable, je veux commencer une nouvelle vie dans laquelle la pitié n'a pas sa place. Il y a malentendu, a répondu Ási, les yeux baissés sur ses mains courtes, épaisses et calleuses, desséchées et crevassées par le ciment. Au contraire, j'ai très bien compris, j'exige de te payer un loyer, un point c'est tout. Mais tu m'en paieras un, en me racontant une histoire de quinze minutes le samedi soir. C'est justement ce que j'appelle de la pitié, a objecté Gaui, d'ailleurs pourquoi tu ricanes comme ça ? Je ne ricane pas, bien sûr que non, je souris. Moi, j'appelle ça un ricanement, s'est emporté Gaui. Soit, appelle ça comme tu voudras, mais il y a malentendu, vois-tu, j'ai quarante-deux ans, je vis seul depuis que papa est mort et maman partie en maison de retraite, j'ai un très bon salaire, je ne manque de rien, je possède même des actions en Bourse, mais certains soirs, la solitude me pèse, surtout en fin de semaine, les autres jours, je me débrouille, d'ailleurs, je suis assommé après ma journée de travail, mais le week-end, les soirées sont longues, tout comme celles du vendredi, elles me font penser à des chambres et à des chaises de cuisine vides, ces conditions locatives sont simplement destinées à m'assurer un peu de compagnie. Je ne savais pas, a répondu Gaui. Quoi donc ? Que tu te sentais seul. Je ne me sens pas seul, par contre, certains soirs, je m'ennuie, alors j'aime bien me promener dans le village et voir derrière leurs fenêtres les familles assises devant la télé ou à la table de la cuisine, je commence à me lasser de ces promenades et vous me les épargnerez en acceptant mes conditions.

Gaui et Gerður avaient donc loué l'appartement du sous-sol pendant deux ans au cours desquels ils avaient mesuré combien il est difficile de raconter une histoire de quinze minutes en veillant à maintenir l'attention constante d'Ási, leurs récits n'avaient parfois ni queue ni tête, mais au fil des mois, les histoires avaient gagné en qualité et en longueur, Ási avait hâte de les entendre, parfois, eux tous s'en réjouissaient, la vie a ses facettes lumineuses, Ási a fini par s'installer au sous-sol et la famille est montée au rez-de-chaussée. Gaui a quitté son poste à la Compagnie d'électricité, il est piètre ouvrier, ses collègues le supportaient par gentillesse et pour ne pas faire de peine à son frère, mais les gens passaient leur temps à l'interroger sur des questions de droit avec lesquelles ils rechignaient à déranger Guðmundur, le maire, qui avait assez à faire comme ça, puis un jour, Gaui et sa femme avaient ouvert un cabinet de conseil juridique et d'expertise comptable, ici, dans le village, ils signaient aussi des contrats à l'extérieur de la province et même à Reykjavík, mais jamais ils n'ont envisagé sérieusement de repartir à la capitale, ni eux, ni leurs enfants, c'est que, voyez-vous, il fait bon vivre ici pour peu qu'on supporte la taille restreinte de la population, la vie semble parfois d'autant plus vaste que le lieu qui l'abrite est petit. L'alcool est la seule véritable part d'ombre dans l'existence de Gaui, certes, il n'a pas bu une goutte depuis neuf ans, mais parfois, il est tellement terrifié par ses souvenirs qu'il se met au lit et reste allongé toute une semaine durant, les yeux rivés au plafond, la famille marche à pas de loup, nous ralentissons en passant devant chez eux. C'est la seule ombre de sa vie, mais bientôt, ses enfants vont partir au lycée, alors, leurs chambres seront vides et la poussière s'y déposera. La vie n'est en revanche que mouvement permanent, la poussière ne risque pas de se déposer à sa surface — puis un jour, tout se change en souvenirs et vous voilà mort.

trois

Gaui descend à grande vitesse la rue en pente qui décrit une courbe en passant devant l'Atelier de tricot, lequel va bientôt devenir un restaurant, c'est agréable de rouler vite comme ça, mais il se cramponne fermement au guidon ; la vie est un fil qui se rompt facilement. Elísabet est sur l'échelle avec sa perceuse, à trois mètres au-dessus du sol, c'est une journée clémente du mois d'août, myrtilles et camarines sont mûres, nous les cueillons par seaux entiers sur les flancs des montagnes et dans les petites vallées tachetées çà et là de végétation où mille brins d'herbe gravent leurs hiéroglyphes dans l'air au gré de la brise. Gaui s'arrête en un dérapage contrôlé, avance entre les gens en marchant à côté de son vélo, la plupart sont en pause-déjeuner, ils ont le cœur lourd, Elísabet décroche tout un pan du passé, elle porte un jean, une chemise à carreaux qui flotte au vent, ses cheveux bruns ruissellent sur son col. Gaui s'arrête au pied de l'échelle, observe les lettres qu'elle a décrochées et alignées contre le mur, fatiguées, désemparées, inutiles, elle est en train d'enlever le premier « r », Gaui lève les yeux, les glisse sous sa chemise, sur son dos nu, heureusement, elle porte un body noir en dessous, il peut donc continuer sans dommage, du reste, il est préférable de regarder son interlocuteur, le dos d'une femme n'est pas une vue désagréable, et il n'y a pas de mal à en profiter. Qu'est-ce que tu comptes faire de ces lettres, demande-t-il, forçant légèrement sa voix pour couvrir le bruit de la perceuse. Elle achève d'abord de retirer le « r », descend quelques barreaux de l'échelle, le lui tend, elle a la mâchoire carrée, inutile pour elle de s'inscrire aux concours de beauté, Gaui l'interroge à nouveau, je n'y ai pas vraiment réfléchi, répond-elle, je suppose qu'elles vont finir dans la remise. Eh bien, en fait, j'aimerais les acheter. Elísabet s'interrompt, elle laisse le « d » en plan, baisse les yeux, les baisse assez longtemps pour que ses cheveux dissimulent son visage, comme si, brusquement, elle disparaissait dans la pénombre du soir, elle écarte un pan de nuit noire de ses yeux et déclare, dix mille chacune. Dix mille, s'écrie Gaui en regardant les autres, elle n'y va pas avec le dos de la cuiller ! Douze mille, renchérit Elísabet, oh, oh, oh, coupe Gaui, levant les bras au ciel. Une demi-heure plus tard, Ási a livré les lettres au bureau de Gaui et de Gerður où ils les ont fixées au mur, Elísabet a ensuite demandé à Jónas de peindre en jaune sur le mur extérieur : TEKLA.

Puis le restaurant a ouvert ses portes.

C'était évidemment un grand événement, nous n'avions jamais eu aucun établissement digne de ce nom au village, il n'y avait que le magasin de la Coopérative, son coin-cantine et sa friteuse, inutile de se mettre sur son trente et un pour y aller, ce dont nous avions d'ailleurs très rarement l'occasion, c'est qu'ici, il peut se passer des mois d'un décès à l'autre ou entre deux bals, puis voilà qu'Elísabet ouvrait un vrai restaurant. Elle a collé une affichette à la Coopérative. TEKLA OUVRIRA LE VENDREDI 4 SEPTEMBRE, DAVÍÐ JOUERA DE LA

GUIMBARDE ET DU VIOLON, RÉSERVATION AU 434 1405, en dessous figuraient le menu et la carte des boissons. Tout cela nous mettait l'eau à la bouche, des plats d'agneau, de porc ou de volaille assortis d'accompagnements parfois exotiques, mais ce qui nous épatait plus que tout, c'était la carte des alcools, il faudrait attendre encore deux ans pour que le Monopole d'État ouvre une boutique dans le village et c'était pour nous une nouveauté incroyable de pouvoir entrer dans un bâtiment et de commander du vin ou des spiritueux, cette joie nous donnait le vertige, nom de Dieu, nous allions pouvoir picoler comme des trous ! D'ailleurs, le premier soir, la salle était comble, quelques campagnards ont même fait le déplacement, ils avaient pris un bain et s'étaient aspergés de parfum ou d'après-rasage pour étouffer l'odeur de l'étable et de la bergerie. Assis sur un tabouret de bar, Davíð arrachait des notes mélancoliques à sa guimbarde, il caressait doucement les cordes de son violon, nous ignorions qu'il savait jouer de cet instrument, les gens qui jouent du violon semblent avoir le cœur plus grand. C'était une merveilleuse soirée. Le vent somnolait derrière les montagnes, les étoiles se rallumaient peu à peu dans le ciel après la tyrannie des jours éternels de l'été, le printemps nous apporte les chants d'oiseaux puis nous prive du scintillement des astres, et à l'automne, c'est l'inverse. Que faut-il préférer ? Le chant de l'oiseau semble parfois comme tissé dans la gaieté, la joyeuse impatience, mais également dans la tristesse, il se blottit dans nos cœurs, en revanche, lorsque nous contemplons les étoiles, nous ressentons souvent une grande solitude, leur scintillement est un espoir lointain.

Cela dit, peu de gens pensaient à la solitude ou aux étoiles ce soir-là, même si le firmament avait étendu sa nappe d'astres et que l'Astronome était sorti du village, emmitouflé, une Thermos de café à la main. Assis sur une pierre gelée, il écrivait une lettre en latin, plongeant sa plume par intermittence dans la nuit noire entre les étoiles, tandis que son fils caressait les cordes de son violon comme il aurait caressé une femme, certains se dépêchaient d'avaler leur bouchée de délices pour crier bravo, les plus habitués à sortir affichaient un rictus caustique face à ces manières rustaudes, on n'applaudit les musiciens ni dans les restaurants ni dans les églises, ces lieux ont donc plus d'un point en commun. Davíð a souri timidement, il a recommencé à jouer en jetant par moments des coups d'œil vers sa gauche, Harpa était assise à une table avec son mari et un couple d'amis, elle ne lui accordait pas même un regard, on eût dit que leurs lèvres jamais ne s'étaient touchées, que ce qu'il s'était passé entre eux n'avait pas existé, mon Dieu, je n'arrive pas à penser à autre chose, se disait-il, son violon a laissé échapper quelques sanglots, quelques hoquets, puis a repris ses esprits et s'est lancé dans un tango argentin. Il pensait aux lèvres de Harpa, à son souffle, au moment où elle l'avait pressé contre elle, enveloppé de ses jambes quand il l'avait pénétrée, il y a du désir dans le tango, la mèche noire de Davíð lui est retombée sur le front, le violon se déchaînait, Harpa a levé les yeux, enfin, elle les levait, oh oui, elle les levait, elle a tendu le bras vers son verre et l'a vidé d'une traite. Davíð a continué à jouer, la soirée est passée, Harpa levait souvent les yeux et chaque fois, deux cordes vibraient, une dans le cœur du musicien, une sur son violon, puis la nuit est arrivée, Davíð était seul dans sa maison avec son instrument, Harpa et son mari étaient dans une autre, ils ont fait l'amour et, tout le temps, elle n'a pensé qu'à son jeune amant.

quatre

Tekla, on dirait le nom d'une marque automobile, mais Tekla n'était pas une voiture, cette héroïne qui a vécu il y a deux mille ans a frappé son mari qui avait tenté de la violer, or cet époux était très influent et à l'époque, l'homme détenait tous les pouvoirs, elle a été condamnée à mort et jetée en pâture à une lionne féroce qui s'est transformée en un animal doux et gentil dès qu'elle l'a vue, la lionne est venue lécher les pieds de la condamnée, qui a été relâchée. Elle a ensuite vécu dans une grotte pendant soixante-douze ans, les âmes affligées ont afflué vers elle, elle a fondé un monastère, toutes ces informations figurent dans le menu du restaurant. Si elle vivait aujourd'hui, Tekla s'engagerait peut-être en politique et s'emploierait à changer le monde, pour peu que le pouvoir ne la transforme pas trop vite, il n'a pas son pareil, il chante ses berceuses aux plus ardents idéalistes et les met à sa botte, mais c'était une merveilleuse soirée au village. Nous sommes rentrés rassasiés, ivres et heureux, c'était presque mieux que les bals, pas de bruit, aucune bagarre, et personne n'avait vomi, nous étions méconnaissables. Nous sommes rentrés chez nous et avons retiré toutes les médisances que nous avions débitées sur le compte d'Elísabet.

Mais ce que la nuit cache, le jour le dévoile. Au réveil, des coups de marteau résonnaient dans nos têtes, le vacarme des émissions jeunesse à la télé nous assourdissait, nous avons préparé le petit déjeuner des enfants, trouvé dans nos poches des facturettes chiffonnées, additionné des chiffres embarrassants puis poussé un profond soupir. Les dix mains n'étaient pas venues à l'ouverture du Tekla, ah ça non, que le diable nous emporte, claironnaient-elles en chœur en arrivant le lundi matin chez le maire. Peu de choses en ce monde sont aussi belles que l'amitié, c'est peut-être elle qui le rend plus habitable, or une amitié indéfectible unissait les dix mains, elles avaient leur poids au village et ce n'était pas drôle d'entrer en conflit avec elles. Mais l'amitié ne suffit pas toujours et, quelques semaines après la réunion avec le maire, l'une de ces femmes se trouvait chez elle, ce n'était même pas le soir, il faisait grand jour, c'était un banal jeudi, pourtant, elle a rempli sa baignoire d'eau tiède, a pris un couteau acéré, s'est plongée dans son bain avant de s'entailler sans hésiter le poignet gauche, puis le droit, elle a regardé le sang couler en se disant peut-être, voilà donc la couleur de la vie. Le hasard a voulu que son mari, employé à la compagnie de distribution d'eau chaude, rentre tôt ce jour-là, embarrassé par une gastro. Mais pourquoi ? lui ont demandé ses copines, abasourdies, je n'en sais rien, a-t-elle répondu les yeux baissés sur les pansements de ses poignets, je n'en ai absolument aucune idée, tout ce que je sais, c'est que cette gastro m'a sauvé la vie. Elle a levé les yeux et éclaté de rire, puis fondu en larmes, inconsolable, et quatre paires de bras l'attendaient pour l'étreindre. La scène était belle et touchante, gardons-nous cependant de la gâcher en disant qu'il y a des choses dans cette vie qu'aucune paire de bras ne saurait consoler. Mais ce jeudi et ce couteau bleu étaient encore loin au moment où les dix mains ont tenté d'entrer dans le bureau du maire comme des furies, comme une armée de dames patronnesses. Il est occupé, leur a répondu Ásdís. On s'en fout ! je sais, il n'empêche que vous allez quand même vous asseoir et l'attendre, nous n'attendrons pas ! allons, allons, a répondu Ásdís, elles se sont alors assises, mieux vaut écouter cette femme, elle a quand même tiré sur son mari avec un pistolet, elle a incendié sa voiture et elle a de l'ascendant sur notre maire, il est préférable de l'avoir de son côté, les dix mains ont donc patienté. Munda, la comptable, passait de temps à autre sa tête par la porte pour les observer, ses cheveux blonds toujours relevés en chignon, coiffure qui ne fait qu'allonger son visage déjà trop long, mais Sigmundur, son mari, tient à ce qu'elle les attache, il vénère sa femme et se dit qu'elle sera tellement séduisante si elle les défait qu'il la perdra aussitôt au profit d'un homme mieux que lui. La pendule affichait presque dix heures quand un couple de paysans est enfin sorti du bureau de Guðmundur, l'homme était longiligne et émacié, la femme petite et très forte, quand ils se tenaient côte à côte, ils ressemblaient à un 10, elle portait une robe à fleurs élimée, ses yeux bruns ressemblaient à deux lacs abyssaux et sombres, ses cheveux étaient en bataille. Les dix mains attendent le signal d'Ásdís puis entrent comme des harpies. Assis à son bureau, Guðmundur soupire, confronté à ces forces naturelles indomptables.

Nous exigeons, annoncent-elles sans préambule, que vous fassiez appel à une autorité indépendante pour découvrir comment Elísabet a bien pu ouvrir un restaurant dans les anciens locaux de l'Atelier de tricot, il y a là quelque chose qui n'est pas très net. Qu'est-ce qui vous fait croire ça, répond-il en s'efforçant d'adopter un ton neutre. Eh bien, ce bâtiment n'est-il pas propriété de l'État, comment se fait-il qu'elle puisse l'accaparer comme ça, il n'y a donc pas de règles dans ce domaine, n'importe qui peut s'approprier ce type de locaux pour y valser à sa guise et y faire toutes sortes de cochonneries, d'ailleurs, qui lui a prêté l'argent, il faut la démasquer au plus vite avant qu'elle ne commette d'autres méfaits ou qu'elle ne sombre corps et biens.

Derrière son bureau, le maire regarde son ordinateur en tapotant machinalement la souris, il paie les conséquences du week-end, lui et sa femme ont dîné trois soirs de suite au Tekla, ce qui fait trois bouteilles de vin, une bonne quantité de cognac, de bière, de violon et de guimbarde. Harpa Guðjóns était là le vendredi et le samedi soir, et nom de Dieu, ses cheveux allaient si bien avec sa robe rouge, le maire soupire à nouveau, attrape son verre d'eau, les cinq femmes l'observent, les dix mains s'agitent comme autant d'arbres dans la tempête chaque fois qu'elles entendent le nom d'Elísabet. Allons, ne le prenez pas comme ça, déclare Guðmundur, chassant de son esprit l'image de Harpa, son corps qui ondule sous sa robe, il y a quelque chose de félin dans les mouvements et les attitudes de cette femme, jamais il n'avait remarqué ce détail jusque-là et il avait dû boire deux fois plus de cognac pour anesthésier l'intérêt subit qu'il lui portait ; ne le prenez pas comme ça, Elísabet est simplement courageuse. Courageuse ! Tout à fait, courageuse et entreprenante, je ne vois pas en quoi c'est répréhensible, d'ailleurs, personne n'a jamais dirigé la rédaction du *Héraðsblaðið, Les Nouvelles régionales*, avec un tel professionnalisme, elle... Oh oui, elle est entreprenante, surtout quand il s'agit de pointer ses seins vers les hommes et de s'arranger pour qu'ils lui tournent autour, vous avez une bite à la place du cerveau et elle le sait, elle sait que vous n'avez que le sexe en tête. Mais ce n'est pas un crime de penser au sexe, plaide le maire, un léger, très léger frisson lui parcourt le corps en prononçant le mot.

Comment a-t-elle obtenu le local pour ce restaurant ?

C'est ma belle-sœur.

Nous voulons qu'une enquête soit diligentée et effectuée par une autorité indépendante de Reykjavík.

Vous faites toute une affaire de bien peu de choses, c'est l'éléphant qui accouche d'une souris.

Vous pourriez faire appel à un juriste d'un cabinet comptable agréé par l'État.

Allons, les filles, calmez-vous !

Dans ce cas, nous allons porter plainte contre elle, et aussi contre vous !

Contre moi ?!

Pour l'avoir couverte.

Le maire a soupiré, les martèlements qui résonnaient dans sa tête après ses excès du week-end se sont mués en grincements qui ressemblaient à ceux d'une scie égoïne élimée coupant une plaque de tôle, il a fini par céder et, quelques semaines plus tard, Áki est arrivé.

cinq

Áki fait son entrée dans le village à la toute fin septembre au volant de sa Ford Escort rutilante, le maire et sa femme l'hébergent, on lui attribue un bureau à la mairie. De taille moyenne, svelte, élégant, il a la peau si fine qu'elle semble transparente, son costume est toujours impeccable sous sa doudoune hors de prix, il cligne rarement les yeux, il a la quarantaine, il est divorcé. Áki croit aux chiffres et à l'organisation, cette religion a eu raison de son couple, le sexe le mardi, quelques moments avec les enfants le mercredi soir entre vingt heures et vingt et une heures trente, toute son existence était divisée en cases étanches et inamovibles, quoi qu'on puisse en dire, celui qui organise sa vie ne risque pas de la voir sombrer dans le chaos. À la fin, sa femme n'avait plus supporté, selon elle, l'ordre était devenu chez lui une obsession, le socle même de sa vie, ils sont divorcés depuis deux ans au moment où il arrive au village, par une calme journée d'automne, l'herbe a déjà jauni, les oiseaux migrateurs sont partis, se sont envolés vers l'horizon, le camion des Abattoirs va de ferme en ferme, la cabine de fortune bringuebale à l'avant de la plate-forme, le véhicule est vide quand il quitte le village puis revient chargé d'agneaux bêlants, de quelques brebis muettes, d'un bélier renfrogné et d'un paysan qui accompagne ses bêtes. Il descend la côte, passe devant le Tekla, se gare en arrière devant les Abattoirs, deux hommes en tablier vert sombre qui leur descend jusqu'aux genoux ouvrent la porte puis la grille du camion, font entrer les animaux dans la bergerie que nous appelons parfois la salle d'attente, mais l'attente n'est jamais bien longue, les bêtes sont conduites une par une dans le passage qui les mène à la plate-forme où les attend l'homme qui va les étourdir, un paysan longiligne et osseux qui manie d'une main de maître le pistolet d'abattage, tandis qu'au premier étage, des mains travailleuses patientent. Nous pensions parfois aux agneaux qui entrent dans la bergerie des Abattoirs, palpitants de vie, bêlant, dépêchant alentour leurs yeux bleus, transformés un ou deux jours plus tard en carcasses congelées. Ils vivent l'espace d'un bref été qui les inonde de lumière, et voilà tout, le pistolet d'abattage leur broie le front, juste au-dessus des yeux, puis nous restons là et attendons l'hiver.

Les dix mains invitent Áki à prendre le café, trois tartes, des crêpes à la crème, deux sortes de petits-fours, un pain surprise, elles lui parlent du village, elles l'informent sur tout ce qui est nous, notre vie, notre mort, ici, il n'y a ni cimetière ni église, disent-elles. Áki est bel homme, c'est indéniable, rasé de près, les cheveux blond cendré et toujours parfaitement coiffés. Elles l'invitent plus d'une fois, c'est grâce à elles qu'il est ici, elles l'interrogent sur son enquête, essaient en vain de lui tirer les vers du nez, il entrouvre ses lèvres fines et affiche un rictus, Elísabet est dans de beaux draps, se réjouissent-elles. Il y a une semaine qu'il est au village, les dix mains l'ont invité trois fois à prendre le café, il n'a pas encore discuté avec Elísabet et n'a pas mis les pieds au Tekla, il tient évidemment à approcher sa proie avec prudence, il veut rassembler les pièces du dossier, collecter les preuves, fatiguer les nerfs de cette femme, il l'a vue de loin marcher dans le village.

Elísabet fait une promenade d'une heure chaque matin et par tous les temps, elle n'y renonce jamais, même quand la tempête se déchaîne, elle est quelque peu excessive, explique le maire avec un sourire alors que, debout à la fenêtre de son bureau avec Áki, ils la regardent passer devant la mairie et disparaître dans la nuit matinale qui cerne le village, le camion des Abattoirs bringuebale, vide, le long de la rue, lui aussi il entre dans les ténèbres, cramponné à ses phares pour ne pas s'égarer, les cars de ramassage scolaire arrivent des campagnes, déposent les enfants et repartent, puis c'est à nouveau le silence, il n'y a plus aucun mouvement, il ne se passe pas grand-chose ici, dit Guðmundur, comme pour s'en excuser. Áki regarde le maire de ses yeux bleu clair qui ne clignent jamais et semblent être en verre soufflé, j'aimerais bien maintenant pouvoir travailler en paix, dit-il, le maire le toise, furieux, il aperçoit du mouvement à l'extérieur, Davíð et Kjartan vont au travail, le premier marche au milieu de la rue, les mains dans les poches, vêtu d'un blouson en cuir brun et d'un jean sombre, le visage hâve sous son bonnet noir qui lui descend jusqu'aux yeux, Kjartan longe le trottoir, le pas lourd, il avance, les jambes légèrement arquées, peut-être à cause de son poids, de tous ces kilos que son squelette doit supporter.

La nuit se dissipe peu à peu. Deux corbeaux planent au-dessus de la Coopérative. Le camion des Abattoirs ne tardera plus à rentrer, sa plate-forme chargée de bêlements et de jours d'été qui seront transformés en carcasses congelées avant la fin de la semaine, nous sommes mardi. Áki sort, Ásdís feint d'être occupée sur son ordinateur pour se dispenser de le saluer, elle se lève et le suit des yeux à la fenêtre, il descend la colline, disparaît en bas, le fjord s'extrait graduellement de la nuit, il est parti, s'exclame-t-elle, si seulement il pouvait pourrir en enfer, répond Munda tandis que le maire entre dans le bureau de l'absent où il fouille prudemment les papiers, une ride soucieuse entre les yeux. Áki dépasse le Tekla, il fait sombre à l'intérieur, il entre dans les Abattoirs, regarde le paysan qui anesthésie les agneaux et les trois hommes sur le petit tapis roulant qui défile sous la plate-forme d'abattage, un adolescent, walkman laser dans la poche de son blouson, écoute un rap tonitruant, il aide à retourner les bêtes quand elles tombent de la plate-forme, secouées par les ultimes sursauts d'avant la mort, il a face à lui un homme grand, la soixantaine voûtée, une goutte pend au bout de son nez aquilin, celui-là égorge les agneaux dont le sang s'écoule dans une rigole, l'été les déserte et s'évanouit en quelques giclées, un troisième homme bloque leurs sabots dans une sorte de verrou en métal et les animaux montent à l'étage, transportés par un tapis roulant, c'est là qu'ils se changent en carcasses, puis en aliments. Áki entre dans la bergerie, il observe les bêtes qui mâchonnent, on dirait qu'elles ont un chewing-gum dans la bouche, elles font penser à des footballeurs, deux gars descendent de l'étage, ils le saluent, le comptable leur répond d'un discret hochement de tête, les deux employés s'adossent à une grille, c'est la pause, deux campagnards dans la vingtaine, la pince dont ils se servent pour attraper les bêtes par les pattes est coincée entre leurs cuisses, trois couteaux dépassent de l'étui qu'ils portent à la ceinture, on entend le moteur du camion, Áki se penche vers la grille, y passe sa petite main douce et fine, l'agneau la renifle prudemment, Áki regarde son œil, écoute le son étouffé du pistolet d'abattage et le bruit sourd de l'animal qui tombe sur le tapis roulant en pensant, il y a si peu d'espace de la vie à la mort, de l'été à l'hiver, il voudrait continuer à philosopher ainsi, il en aurait envie, mais rien ne lui vient à l'esprit, il compte les têtes dans la bergerie puis quitte l'Abattoir, les deux employés le suivent du regard en ricanant, on ricane beaucoup quand on a vingt ans, rien ne nous atteint et, la plupart du temps, l'espace de la vie à la mort nous semble si vaste qu'on n'a aucune raison de le mesurer. Áki descend vers le rivage, s'assoit sur un gros rocher qui surplombe la plage, les petites vagues vont, viennent, vont viennent, vont viennent, vont viennent, la mer est hypnotique. Il reste un long moment à la contempler, ni vraiment dans ce monde, ni vraiment dans un autre, il n'y a que ses yeux bleu clair qui suivent les vagues qui vont et qui viennent, qui vont et qui viennent, ses yeux qui ressemblent à du verre soufflé. Puis quelque chose se passe dans sa tête, une pensée, une sensation. Aujourd'hui, c'est mardi, un grand X occupe son agenda entre neuf heures trente et dix heures tous les mardis soir, c'est à ce moment-là qu'il se masturbe, en général, devant des magazines porno américains sophistiqués, mais il a également deux livres d'Anaïs Nin. C'était un peu gênant de faire ça mardi dernier dans la chambre d'amis du maire, mais aussi assez excitant, il entendait la voix douce de Sólrún qui semblait parler au téléphone. Est-ce que j'ai hâte, se demande-t-il en écartant légèrement les jambes et en se rappelant un chapitre d'un livre d'Anaïs Nin, *Venus Erotica*. Non, je ne suis pas impatient, pense-t-il tristement, son état est inchangé, il ne perçoit aucune trace d'érection, il regarde la mer qui s'étend dans trois directions et se confond par endroits avec les îles qui entaillent l'horizon. Il aimerait bien pouvoir compter les poissons, ou les larmes qui coulent sur son visage, sur la peau fine de ses joues sans qu'il ressente la moindre émotion en dehors de la torpeur qui l'habite, on dirait que ses yeux sont animés d'une volonté propre, on dirait que ces larmes le fuient. Comme des rats fuyant un navire en perdition, pense-t-il avec tristesse. Il est assis là, sur ce rocher. Incapable de compter les poissons. Incapable de compter les larmes. Pourquoi est-ce que je vis, se demande-t-il.

Le soir, il va manger au Tekla. De la musique en sourdine, peut-être un quatuor à cordes d'un compositeur décédé depuis longtemps, un plat de pâtes et une bouteille de vin rouge. Il s'est pris quelques cuites quand il était élève au lycée, à la fin des années 70, à l'époque, les bars ne proposaient pas grand-chose d'autre que de l'aquavit mélangé à du Seven Up ou de la vodka ajoutée à du Coca, le vin rouge, il n'y en avait que dans les films et les ambassades, au fait, ça fait quoi d'être complètement soûl, se dit-il, il consulte le menu, s'attarde sur la carte des alcools, et peut-être que le souvenir de jours anciens et plus débridés le pousse à commander une bouteille de vin entière plutôt qu'une demie ou un simple verre, peut-être est-ce parce qu'il a été incapable de compter les poissons qui nageaient dans la mer ou les larmes qui coulaient de ses yeux, en tout cas, il a déjà vidé la moitié de la bouteille au moment où on lui apporte le plat qu'il a commandé. Au bout de deux verres, il se met à cligner les yeux comme tout le monde. Au bout de trois, il observe les alentours et salue les autres clients d'un hochement de tête, ils sont en tout six dans le restaurant, Arnbjörn, le médecin, est installé à côté de la fenêtre. Au septième verre, il appelle Elísabet et lui dit, lentement et très précautionneusement, comme s'il avait besoin d'agencer les mots de sa phrase du bout des doigts, je sais un certain nombre de choses sur vous, puis il vomit sur la table, sur son plat, sur le sol, quelques éclaboussures aspergent Elísabet et son chandail vert. Áki regarde ses vomissures, tout étonné, il lève les yeux vers la patronne, je ne suis même pas capable de compter les poissons, se lamente-t-il.

six

Il serait sans doute justifié de dire que c'était la débandade générale pour Áki, incapable de compter les poissons et les larmes, il avait perdu le contrôle de sa vie. Il a dîné tous les soirs au Tekla, au début, nous avons pensé que c'était dans le cadre de son enquête, Elísabet est complexe, elle cache bien son jeu, il faut du temps pour la cerner, peut-être pensait-il lui aussi être en mission professionnelle, l'être humain est très doué pour laisser ses propres chimères l'abuser. Sa consommation d'alcool a augmenté aussi sûrement que rapidement, il a fini la bouteille de vin qu'il avait commandée le cinquième soir, ayant arrêté de vomir le septième, il a également pris un cognac avant de rentrer en titubant vers une heure du matin chez Guðmundur et Sólrún. Arrivé au travail à huit heures trente, plus taciturne encore que jamais, il est allé s'enfermer dans son bureau, on entendait le cliquetis du clavier de son ordinateur. Il n'avait cependant pas l'air d'être à la dérive, il était même encore plus élégant et sa tenue plus soignée, il mangeait avec une telle distinction et en respectant si bien les bonnes manières que nous avions l'impression d'être des rustauds mal dégrossis face à un homme du monde. Certes, nous étions surpris de le voir boire autant presque tous les soirs, mais nous pensions que c'était sa manière de tromper l'ennui, la monotonie de la vie chez nous, nous imaginions que les cinémas, les théâtres, les concerts lui manquaient, qu'il avait envie d'entendre le murmure de la vie. Soit, les Abattoirs fonctionnaient à plein régime, il y avait les séances de cinéma de Kiddi, mais qu'est-ce que tout cela, comparé au sang qui bouillonne dans les artères d'une ville, les jours s'assombrissaient, les nuits rallongeaient, l'hiver approchait, traînant derrière lui son chariot de ténèbres. Les dix mains s'inquiétaient pour Áki, sachant qu'il n'est pas bon pour un homme honnête de passer trop de temps en compagnie d'Elísabet, qui plus est s'il est ivre, elle est plus machiavélique encore que le démon.

Mais que savons-nous, pratiquement rien.

Neuf jours après qu'Áki avait échoué à compter les poissons dans la mer, il est assis à sa place au Tekla, il vient d'appeler à Reykjavík, il doit prendre quelques jours de congé maladie, a-t-il dit, c'est le cœur, il enverra un certificat. Nous sommes jeudi soir, dans une semaine exactement, une femme du village entrera dans son bain tiède un couteau bleu à la main, une épaisse pile de feuilles repose sur la table d'Áki, vous venez de terminer l'écriture d'un roman, demande Elísabet, il entrouvre les lèvres, son visage affiche cet air carnassier, il pose sa main sur la pile de papiers et dit : Ces pages parlent de vous. Elles offrent une description complète de votre personne et de vos activités, vous y êtes consignée tout entière et vous ne pouvez pas vous en échapper, vous voulez lire ? Il se recule sur sa chaise, avale une gorgée de vin rouge italien de Foggia, elle prend une feuille au centre de la pile et se met à lire, tout au plus dix secondes, ce ne sont que des chiffres, dit-elle. Évidemment, répond Áki, nous serions dans de beaux draps en leur absence, ils permettent de tout comprendre. Elle secoue la tête, vous faites fausse route, dit-elle, moi, je ne suis constituée que de mots, eh bien, que souhaitez-vous manger ?

Jeudi soir, Kiddi projette un bon film à suspense dans la Salle des fêtes, ce qui explique que le Tekla est presque désert, il y a là Áki, Arnbjörn, le médecin, et quatre autres clients. Arnbjörn est un habitué, il vit seul depuis toujours, il met son nœud papillon le soir et asperge son visage poupin d'eau de toilette, il a parfois l'air absent et fait penser à un ours mélancolique, sa place est à la fenêtre située à l'angle du bâtiment, nuit de l'automne à sa gauche et verre de whisky à sa droite, ou quelque chose comme ça. Mais ça fait du bien d'être un peu éméché, c'est une des meilleures choses en ce monde, notre paysage intérieur se modifie, la nature même des choses se transforme, on se déplace différemment. Arnbjörn a plusieurs fois tenté d'engager la conversation avec Áki, ils ont plusieurs points communs, de formation universitaire, tous deux célibataires, tous deux quadragénaires, ceux qui ont le même âge se ressemblent de plus en plus au fil des ans, le passé envahit toujours plus nos vies lorsqu'on atteint les quarante ans. Jusque-là, Áki n'a jamais laissé personne l'approcher, mais ce jeudi soir est différent, sa pile de feuilles repose sur la table, il regarde Elísabet disparaître dans sa cuisine, déçu du peu d'intérêt qu'elle lui porte, le soir s'alourdit, se pose sur le village et les toits des maisons. Il a terminé sa bouteille de vin, il commande un cognac, va s'asseoir à la table d'Arnbjörn qui referme son livre, un roman d'André Gide en traduction anglaise. Áki lui offre un whisky, un quadruple, précise-t-il à la patronne sans quitter le médecin des yeux, ils trinquent, ils boivent. Le comptable est dans un état second, il a envie de parler, les mots débordent de sa bouche, où étiez-vous quand Lennon a été assassiné ? à votre avis, que contiennent ces feuilles, hein ? vous croyez qu'on peut compter les poissons, et les larmes ? vous êtes déjà allé à Milan, quand avez-vous baisé pour la dernière fois, est-ce qu'on peut vraiment vivre dans ce village, à votre avis, que contiennent ces feuilles, hein ? Arnbjörn s'efforce de répondre à toutes ces questions même s'il y met le temps, Áki n'attend pas, il continue à l'interroger, il se tait quelques instants quand le médecin parle de Lennon avec des sanglots dans la voix, cette balle a foudroyé ma jeunesse, dit-il, au bord des larmes, son whisky dans la main gauche, la nuit de l'automne à sa droite, les ténèbres se déploient sur le village, elles couvrent le ciel et se propagent jusqu'aux confins du cosmos, les larmes, dit-il, plus tard dans la soirée alors qu'il fait nuit noire, sont les mots de la douleur. Áki dévisage Arnbjörn, porte son verre de cognac à ses lèvres, le vide d'un trait, un double Rémy Martin XO, il s'étrangle, il tousse, se lève, fixe le médecin jusqu'à ce que le sol cesse d'onduler sous ses pieds, puis quitte le restaurant, abandonnant sur la table sa pile de feuilles vers laquelle Arnbjörn tend le bras. Áki ne dort pas de la nuit, assis dans le salon de Sólrún et de Guðmundur, il boit leur alcool, sans doute est-il né pour la picole, il excelle dans ce domaine, le niveau de la bouteille baisse avec constance et pourtant, il bégaie à peine quand le maître de maison sort de sa chambre vers trois heures du matin, s'installe face à son invité, bâille, attend que le sommeil se dissipe complètement, se sert une larme et déclare : Vous êtes assis là à boire. Nous sommes décidément très doués pour énoncer les évidences, mais ne vous y trompez pas, les mots les plus simples expriment souvent les questions fondamentales. Áki le comprend, il sait que Guðmundur lui demande en réalité quels événements, quelle douleur, quels désagréments, quel épuisement l'ont assis dans ce fauteuil en lui tendant la bouteille, tandis que la nuit suspendue au-dehors puise sa force et ses ténèbres dans les profondeurs du cosmos. En tout cas, il lui répond, tout en reboutonnant sa manche de chemise, tout n'est que ruines, avant d'ajouter machinalement : Je ne suis même pas capable de compter les poissons. Guðmundur tient compagnie à son invité, la nuit passe, ils boivent, Áki beaucoup plus que son hôte, ils ne disent pas grand-chose, ils jouent aux échecs, qu'est-ce qui n'est que ruines, demande Guðmundur, si seulement je le savais, répond le comptable, et quand Sólrún arrive dans le salon, vers six heures du matin, Áki s'est endormi dans le canapé et Guðmundur dans son fauteuil, sur la table basse, une partie d'échecs en suspens, une bouteille de whisky, deux verres, à l'ouest, la lune flotte au ras de l'horizon encore sombre, seul le froid glacial l'empêche de tomber. Sólrún étend une couverture sur Áki, elle secoue doucement son mari, ils retournent dans leur chambre, dans une heure, il faudra réveiller les enfants, on peut faire tant de choses dans un lit toute une heure durant, nous allons nous tenir la main jusqu'à ce que la lune sombre derrière l'horizon, dit-elle.

Au réveil, Áki était seul dans la maison, le jour entrait par la fenêtre du salon, la partie d'échecs attendait sur la table basse, le whisky avait disparu, remplacé par un message. Servez-vous comme vous voulez, de préférence à la cuisine. Je vous conseille du lait caillé et quelques tartines. Je ne peux pas vous empêcher de boire, vous êtes majeur et vacciné, mais ce serait une bêtise. En tout cas, faites comme chez vous. Sólrún.

Áki a lu le message, les yeux plissés par la migraine, il est allé dans la salle de bains pour prendre une douche, a mangé son petit déjeuner, relu les mots de Sólrún, les a relus dix fois encore, *faites comme chez vous,* pourquoi certaines phrases ressemblent-elles à des poignards, pourquoi les couteaux pénètrent-ils si facilement la chair, pourquoi le cœur ne supporte-t-il pas leurs blessures ? Il a passé toute la soirée du vendredi au Tekla, mangeant peu, buvant beaucoup, ne parlant presque pas et sans laisser personne l'approcher, il a tout de même demandé à Elísabet s'il pouvait coucher avec elle, j'ai un autre homme dans mon lit et notre passion est tellement brûlante qu'elle vous consumerait. Elle l'a cependant autorisé à s'allonger sur un matelas à l'étage du restaurant, la lune était à la fenêtre, seule dans le ciel, il était seul ici, sur terre. Le samedi soir, il a bu comme un trou, assis à côté de la fenêtre, le ciel était couvert, les nuages se sont écartés, dévoilant la lune, ses rayons blancs ont traversé la vitre et se sont mêlés à son cognac, comment est-ce possible, s'est-il interrogé en vidant son verre. La lune a un goût surprenant, il s'est réveillé dans une chambre inconnue, au fond d'un lit étroit, une femme nue blottie contre lui, et lui aussi, il était nu.

sept

Peut-être renaissons-nous chaque fois que nous ouvrons les yeux, on peut alors supposer que quelque chose se meurt lorsque nous les fermons. Áki resta un long moment allongé, les yeux clos, il attendait que son rêve, cette chambre inconnue, cette femme à ses côtés, se dissipent. Il rouvrit les yeux et les referma plusieurs fois puis comprit qu'il ne rêvait pas. Parfait, pensa-t-il, telle était donc la situation, il avait échoué dans une chambre inconnue, au fond d'un lit exigu, une femme respirait à ses côtés, il sentait l'odeur de son corps, tous deux étaient allongés sur le dos, blottis l'un contre l'autre à cause de l'étroitesse du lit. Je suis mort, est-ce que c'est ça, l'éternité ? La chambre n'était pas grande, il voyait le mur de droite et celui de gauche sans bouger la tête, c'est sans doute une mansarde, à moins que l'inclinaison ne s'explique par celle du monde et non par celle du toit. Il apercevait un vieux fauteuil capitonné tout élimé, une étagère ornée d'une photo où l'on voyait des gens en compagnie d'animaux, une caisse ou une boîte en bois décorée de sable et de coquillages, un chiffonnier étroit, c'était tout, d'ailleurs, il n'y avait pas de place pour mettre autre chose, un carré de ciel bleu flottait à la fenêtre. Il se sentait un peu moins mal après avoir exploré son environnement où toute chose semblait à sa place, mais on ne pouvait pas dire qu'il était à l'aise. La femme s'était réveillée, le rythme de son souffle l'indiquait clairement. Áki toussota, ce qui la fit sursauter, il l'apercevait dans le coin de son œil, elle semblait croiser les bras sur sa poitrine, où suis-je, demanda-t-il d'une voix méconnaissable, gutturale et rocailleuse. À Kálfastaðir, répondit-elle, le timbre étonnamment grave. C'est une ferme ? Oui. Où est le village ? Ils étaient jusque-là restés parfaitement immobiles, Áki avait fixé le plafond, mais voilà maintenant qu'elle levait le bras droit de l'autre côté du lit pour indiquer la direction en disant, il est là-bas, il sentit immédiatement une forte odeur corporelle, une odeur âcre, lui envahir les narines. Son estomac se retourna, son corps se couvrit de sueur, ne vomis pas, pensa-t-il, surtout, ne vomis pas ! Maîtrisant sa nausée, il lui demanda à nouveau d'un regard, c'est loin ? Vingt-sept kilomètres en comptant la petite route. On ne pouvait pas vraiment dire qu'elle bégayait, mais ses lèvres ne bougeaient qu'à peine, peut-être même pas du tout. La petite route ? Celle qui monte à la ferme. Elle est longue ? Sept cent vingt-huit mètres. Le corps d'Áki fut parcouru d'un léger frisson, il aimait tellement entendre les gens transformer leur environnement en données chiffrées avec précision, mais presque aussitôt, elle leva à nouveau le bras et se gratta la tête, il ferma machinalement les yeux, attendit que l'odeur se dissipe, les rouvrit et demanda, hésitant : que s'est-il passé cette nuit, comment suis-je arrivé ici ? Il y eut un long silence, la femme se contentait de respirer, il attendait, enfin, elle lui demanda : De quoi te souviens-tu ? Il s'accorda un instant de réflexion, essaya de se rappeler la soirée de la veille, eh bien, j'étais au Tekla, je buvais du cognac, ensuite, j'ai vu la lune à travers les nuages... puis je me suis réveillé ici. Donc, tu ne te rappelles pas ce qui s'est passé après, je veux dire, après que tu as vu la lune. Non, répondit-il, les lèvres pincées, en se disant, si elle lève encore une fois le bras, je vais vomir, elle ne se lave donc jamais ? Eh bien, soupira-t-il, tournant la tête de quelques millimètres, il constata qu'elle fixait le plafond et découvrit son visage bouffi, sa peau au grain grossier, son nez épais, son menton en galoche, ou peut-être avait-elle les lèvres lippues, charnues et gorgées de sang. Eh bien, répéta-t-il, explique-moi comment je suis arrivé ici et pourquoi. Puis il s'agrippa solidement au bois du lit, tout à coup, le monde s'inclinait dangereusement, comme pour se débarrasser de moi, pensa-t-il. Elísabet nous a dit que la meilleure solution était de t'emmener avec nous. Comment ça, nous ? Mon frère et moi. Il habite ici ? Oui. Il y a d'autres gens dans cette ferme ? Non.

La radio s'alluma au rez-de-chaussée, comme si le frère voulait attester son existence, c'était sans doute une personne discrète car l'appareil était en sourdine. Vous avez mangé au Tekla hier soir ? Non. Ah bon ? Nous étions devant. Qu'est-ce que vous faisiez, vous passiez par là ? Non, nous regardions simplement les clients, on voit très bien par les fenêtres quand il fait nuit. Donc, assis dans votre voiture, vous avez observé l'intérieur du restaurant ? Oui. Pendant longtemps ? Non, disons que nous étions là depuis trente-cinq minutes quand Elísabet est sortie. À nouveau, constatant que cette femme avait une impeccable maîtrise du temps, Áki sentit un agréable frisson lui parcourir le corps. Elísabet est venue vous voir ? Oui, nous avons d'abord cru qu'elle voulait qu'on s'en aille, j'ai demandé à Jenni de démarrer le moteur. Jenni, c'est votre frère ? Oui. Et ? Bon, notre Toyota déconne, elle n'a pas obéi tout de suite, mais seulement quand Elísabet était arrivée à quelques pas de nous et là, j'ai interdit à mon frère de partir, ça n'aurait pas été correct. Et ? Elle a ouvert ma portière, elle n'était absolument pas en colère ni même énervée, au contraire, elle nous a proposé d'entrer, elle voulait même nous offrir le dîner ! Et vous l'avez suivie ? Non, enfin, pas tout de suite, je lui ai dit que nous n'avions pas l'habitude d'aller au restaurant et que nous ne saurions pas comment nous tenir, il me semble que vous savez vous tenir assis dans cette voiture, a-t-elle rétorqué, bien sûr, ai-je dit, dans ce cas, vous saurez aussi le faire assis à une de mes tables, a-t-elle répondu, et j'ai tout de suite compris qu'elle avait raison. Et là, vous êtes entrés, demanda Áki, après un silence. Non, enfin, je suis entrée, mais Jenni refusait catégoriquement, il n'est pas aussi sociable que moi. Donc, tu es entrée, reprit Áki en respirant par la bouche dès qu'il la vit lever le bras. Oui, et j'ai pris du gigot d'agneau, pourtant, j'avais déjà soupé, je n'avais pas faim, mais l'agneau d'Elísabet était tellement délicieux, j'avais l'impression que c'était la première fois que j'en mangeais, ce que disent certains n'est peut-être pas faux. Ces certains, que disent-ils ? Qu'elle est un peu sorcière, et il y avait aussi le gamin de l'Entrepôt qui jouait du violon, c'était très agréable et aussi très culturel, j'étais soulagée que Jenni soit resté dans la voiture, il ne supporte pas le violon, il dit que c'est un truc de snobinards, pour ma part, j'aime toutes les sortes de musique. Elle se tut pour reprendre son souffle. Et moi, à ce moment-là, j'étais assis à la fenêtre ? Oui. Et j'avais... comment dire, toute ma tête ? Je crois, tu buvais, voilà tout, enfin, je ne t'ai pas beaucoup regardé, s'excusa-t-elle, gênée, tu sais, je bois très rarement du vin rouge et Elísabet m'en a offert deux verres, je me sentais tellement bien, c'était tellement agréable d'être assise là, à regarder autour de moi, et... Elle s'interrompit et bloqua l'air dans ses poumons, Áki avait l'impression qu'elle attendait son autorisation ou son assentiment pour reprendre son récit, oui, le vin rouge, dit-il. Elle reprit son souffle, il y avait tellement de gens, dit-elle. Il y avait là le médecin avec son drôle de nœud papillon, l'homme d'Elísabet avec ses drôles de vêtements, ils étaient assis à la même table et parfois, ils haussaient la voix, ce qui m'empêchait de bien entendre le violon, même si c'était aussi agréable d'écouter leur conversation, ils parlaient... et moi, à quel moment j'entre en jeu, interrompit Áki, le regrettant aussitôt, elle se tut immédiatement et, pendant un long moment, on n'entendit que le vent et la radio en sourdine, puis elle reprit la parole, je sais, je parle trop, Jenni me le reproche souvent, dit-elle tout bas. Pardon, répondit Áki de sa voix méconnaissable, gutturale et rocailleuse, ce n'est pas poli d'interrompre les gens. Elle afficha un sourire, il le voyait du coin de l'œil, le visage de cette femme s'illuminait, il essaya de se tourner pour mieux la voir, le lit craqua, la radio s'éteignit. Non mais, qu'est-ce que je fabrique, se demanda-t-il, il renonça à se tourner et se retrouva allongé sans être couché ni sur le dos ni sur le côté, ce lit était si étroit qu'on pouvait à peine bouger. En tout cas, il la voyait mieux, elle s'était raidie, ses deux mains reposaient sur la couette, elle serrait les coudes contre ses flancs, il ne voyait que sa tête, son cou et une partie de sa poitrine, elle essaya de remonter la couette, à nouveau, l'odeur âcre envahit les narines d'Áki. Il s'en accommoda et fit comme si de rien n'était, de toute manière, il n'avait pas le choix, elle le regarda de ses yeux gris, prudents et quelque peu apeurés, elle ne semblait pas prendre soin bien souvent de ses cheveux blond cendré coupés court, sa peau au grain grossier et son visage, ce gros nez, ses lèvres épaisses et charnues, non, elle n'avait pas le menton en galoche, elle s'était légèrement maquillé les joues et le tour des yeux, ce qui ne la mettait pas spécialement en valeur. Pardonne-moi de t'avoir interrompue, répéta-t-il, mais j'aimerais bien savoir comment je suis arrivé ici. Elle baissa les yeux, il ne voyait que ses paupières. C'est Elísabet qui a suggéré que tu viennes avec moi et Jenni.

Et qu'ai-je répondu ? Je ne sais pas, tu ne parlais qu'en anglais, et je n'ai pas compris grand-chose. Et ensuite ? J'ai pensé que ce n'était pas une mauvaise idée de t'emmener ici, Jenni n'était pas d'accord, mais Elísabet et moi, nous ne l'avons pas écouté. Et après ? Jenni a dû te porter dans la maison et jusque dans le lit, moi, j'ai nettoyé la voiture. Nettoyé la voiture ? Tu avais vomi. Oh, désolé. Ce n'est pas grave. C'est moi qui ai voulu dormir dans ce lit ? Le visage de la femme s'empourpra, elle le regarda brièvement puis ses yeux dérivèrent dans la chambre en quête d'un point fixe auquel s'accrocher, son frère avait rallumé la radio au rez-de-chaussée. Nous sommes nus, dit-il, bien que le commentaire fût inutile, le visage de la fermière rougit de plus belle, le léger maquillage sur ses joues vira au rose, elle lançait des regards perdus alentour, elle essaya de mieux arranger la couette en la remontant par à-coups, essaya de se blottir contre le mur, l'odeur explosa à nouveau dès qu'elle leva les bras, lourde, entêtante, mais également empreinte d'une certaine douceur, ou peut-être Áki s'y était-il habitué. Il aperçut une touffe brune sous ses aisselles, jamais il n'avait vu de poils sous les bras d'une femme. Ils étaient allongés, immobiles, il la regardait, les yeux gris de la fermière ne tenaient pas en place une fraction de seconde, elle serrait si fort la couette que ses mains blanchissaient, ne sachant pas quoi faire, Áki lui demanda : Votre ferme, elle est grande ? Trois cent dix-huit moutons, seize vaches, une génisse, deux taureaux âgés de deux ans et un droit de pêche dans la rivière, répondit-elle calmement et sans chichis en le regardant, sa voix profonde, ses yeux gris détaillaient son visage. Il s'accrocha aux chiffres, s'y cramponna, ferma les yeux, laissa sa tête retomber, il n'arrivait plus à la maintenir en l'air, son front heurta une surface plus douce que le monde, une épaule sous laquelle se trouvait une aisselle. Trois cent dix-huit moutons, seize vaches, une génisse, deux taureaux âgés de deux ans et un droit de pêche dans la rivière, un front sur une épaule, ses narines s'emplirent de l'odeur qui émanait de l'aisselle, lourde, entêtante, douce, il pensa : Reykjavík est la capitale de l'Islande, puis il pensa à son grand studio de 92,3 mètres carrés dans le quartier de Þingholt. Conformément aux normes internationales en vigueur (ISO 31-0), on ne doit placer de virgule que dans les chiffres décimaux, entre le nombre entier et la décimale. 92,3 mètres carrés, un canapé en cuir, deux fauteuils assortis, une table en verre, une cuisinière en vitrocéramique, un écran plasma 32 pouces, 26 chaînes, le programme est sans fin, mais il est seul quand il éteint sa télé, il est le seul à se refléter dans l'écran. Un. Le chiffre 1, en chiffres romains I ou ɪ ; la plus petite unité des nombres entiers, un homme, une semaine, un jour, un à un, un à la fois, une fois, pas deux, quand on soustrait un à un, il reste zéro, autrement dit rien. Pourquoi vit-on, se demanda-t-il, le front blotti contre l'épaule, il était à court d'idées à même de prolonger le fil de ses pensées, il restait là, le front plaqué contre cette épaule, le nez pour ainsi dire collé à l'aisselle qui dégageait cette forte odeur corporelle, ils étaient au lit, bien loin d'eux, il y avait le ciel, un peu moins loin, on entendait un corbeau, plus près, le vent, plus près encore, la radio, et plus près, beaucoup plus près, le souffle de cette femme, sa respiration prudente et timide, j'ignorais qu'une respiration pût être timide, je ne savais pas qu'il existât un zéro assez vaste pour contenir toute l'existence, qu'il existât des odeurs corporelles aussi puissantes, je ne savais pas qu'il existât des yeux aussi gris, il leva la tête, difficilement, aussi haut qu'il pouvait la soulever, assez haut pour voir le visage de la fermière et ses yeux gris. Il fit la seule remarque qui lui vint à l'esprit : Vous avez les yeux gris, puis son membre se mit à durcir. Très lentement, pour ainsi dire prudemment, mais sûrement, les yeux gris s'écarquillèrent, il avait oublié à quel point c'était bon de se sentir durcir contre un corps chaud, il leva la main, repoussa la couette, au début, elle tenait fermement le tissu entre ses doigts, puis elle les desserra et la couette descendit, découvrant ses petits seins et leurs mamelons roses qui durcirent dès qu'il y posa ses lèvres, un instant à peine, il continua à observer la couette qui descendait, puis tombait par terre. La femme avait des hanches larges et des jambes solides, je n'ai jamais fait l'amour avec un homme, dit-elle. Tu as quel âge ? trente-six ans. Je n'ai jamais couché avec une vierge, observa-t-il en pensant à son hymen, mais il n'est plus là, murmura-t-elle, comme si elle avait lu dans ses pensées, il m'arrive parfois de me servir d'objets, j'ai perdu mon hymen à dix-huit ans, la première fois que je me suis servie de ma brosse à cheveux. Ta brosse à cheveux ? Je l'ai encore, murmura-t-elle si bas qu'on l'entendait à peine, puis elle approcha prudemment sa main comme si elle la tendait vers un animal effarouché, prit dans sa paume le membre d'Áki et le serra vigoureusement, il ferma les yeux, je m'appelle Fanney, précisa-t-elle en un soupir. Moi, c'est Áki. Je sais… désolée, Áki, mon lit craque beaucoup.

Jenni quitta la maison dès que sa sœur commença à crier, il se réfugia dans l'étable où il attendit patiemment. Une demi-heure plus tard, il se risqua à rentrer et se mit à faire de la pâte à crêpes.

[Qu'il est bon de se réveiller tôt au village ! Ceux qui habitent près de la mer contemplent sa surface qui ondule en permanence depuis la fenêtre de leur salon, ils peuvent rester dans la véranda, leur tasse de café à la main, pieds nus, écouter les bavardages rauques de l'eider, les interventions criardes du goéland, le couvercle gris perle du ciel est immobile en l'absence de vent, la mer oscille à peine, seules quelques vaguelettes submergent par moments les rochers qui remontent presque aussitôt à la surface pour respirer. Il est inutile de penser, on se contente d'exister, d'écouter, d'accueillir le réel et les sons matinaux, de pareils instants réduisent en poussière les grandes puissances de ce monde.

Matthías se lève aux aurores, il n'y a que lui, sa tasse de café, sa cigarette, la mer qui somnole, l'eider et le goéland, les nuages immobiles. Elísabet dort encore, il sort et contemple un moment l'océan, il rentre, la regarde dormir, elle inspire et les galets sont submergés. Il se penche sur elle, attrape ses cheveux et les laisse glisser entre ses doigts, ses cheveux sombres, aussi noirs que les ténèbres au-dehors. Le monde est plus simple, mais également plus pauvre quand elle dort, il quitte la chambre, cherche un bout de papier, écrit quelques mots comme il le fait souvent, il est déjà parti au travail quand elle se réveille, elle trouve alors un petit message caché dans le beurrier, dans le tiroir à couverts, dans ses chaussures, ou tracé au feutre sur le miroir de la salle de bains : Je fais deux choses — respirer et penser à toi. Il faut du temps pour effacer le feutre de la glace et c'est tant mieux, parce qu'un message important recèle une manière de vérité, quelque chose d'essentiel, il renferme dans son caractère éphémère une beauté qui confine au désespoir, il faut veiller à ce qu'il ne soit pas facile de l'effacer. Je fais deux choses — respirer et penser à toi. Matthías a parfaitement raison et, en même temps, c'est tout à fait faux ou, en tout cas, rudement exagéré. Parce qu'il fait des tas de choses, il s'occupe de l'Entrepôt, lui et Sólrún sont le gouvernail de la vie sociale du village, l'air vibre et s'agite autour de lui, il reçoit des paquets cocasses de son ami, cet anthropologue qui viendra peut-être bientôt nous rendre visite, vous le reconnaîtrez au premier coup d'œil, précise Matthías, Louis a la peau complètement noire, il porte toujours un chapeau noir et une veste jaune. Parfois, on lui demande, ça te plaît d'être rentré ici, au royaume de la monotonie ? Alors il répond, on s'habitue à tout, les choses les plus absurdes finissent par nous sembler platement quotidiennes, et inversement.

Il a sans doute raison, on s'habitue à tout, aux rêves en latin, aux fantômes et aux revenants. L'Astronome passe sa vie à l'écart de notre quotidien, il y a lui et le ciel, lui et la nuit, lui et d'innombrables missives en latin arrivées des quatre coins du monde. C'est une bonne chose d'avoir un hurluberlu comme lui au village, voilà qui met un peu de piment, mais peut-être n'est-il pas un hurluberlu, peut-être est-il le seul parmi nous qui pense avec logique, avec intelligence, en homme responsable, en revanche, nous ne savons pas trop quoi dire de son fils Davíð qui a brisé son violon sur la tête du mari de Harpa après que ce dernier l'avait mis à terre par deux fois. L'incident a eu lieu au Tekla, Elísabet est sortie de sa cuisine en brandissant une poêle à frire au moment où Davíð a sacrifié son instrument, nous attendons la suite des événements. Harpa quittera-t-elle son mari pour emménager chez le jeune homme avec ses deux enfants, Davíð le supportera-t-il, supportera-t-il qu'elle ne vienne pas vivre avec lui et, dans ce cas, quittera-t-il le village, laissera-t-il leur aventure en décider, ou bien s'achètera-t-il un nouveau violon ? La vie déborde de questions, mais n'a pas les réponses. Cela dit, qu'il est bon de se réveiller tôt au village, plongé dans un univers familier où presque tout est à sa place, les vaguelettes submergent les galets qui remontent presque aussitôt à la surface pour respirer.

Matthías emprunte toujours le même itinéraire pour se rendre au travail. Il gravit la colline, passe devant le Tekla, la mairie, la Salle des fêtes, le bureau de poste, vêtu de son manteau monacal, Elísabet dort encore à la maison, ses cheveux de ténèbres. Quand il rabat sa capuche sur sa tête, il ressemble à un franciscain, ou peut-être à un grand singe à cause de sa démarche déhanchée. Il arrive une demi-heure, parfois même trois quarts d'heure avant Davíð et Kjartan, il allume la lumière dans son bureau, à l'accueil, dans le hangar, les ampoules éclairent la croix et le trou dans la chape de ciment à l'angle nord-est du bâtiment, il va y faire un tour, dit quelques mots sur la météo, sur la politique, sur le sentiment qui le traverse à cet instant.

Quelque temps après son arrivée, il a installé un grand planisphère à l'accueil, pour nous rappeler que nous faisons partie d'un tout, a-t-il expliqué. Nous aimons beaucoup le regarder et nous sommes frappés par la petitesse de l'Europe, on y distingue à peine la Suisse, et pourtant, il y a là-bas beaucoup de lacs et de hautes montagnes. Gaui a apporté à l'Entrepôt une belle carte d'Europe où on voit clairement tous les pays, il voulait qu'on l'affiche à côté du planisphère — pour mettre les choses en perspective, disait-il. Matthías a balayé l'idée d'un revers de main et accroché une grande carte de notre province à la place. Mais le monde et notre province ne sont pas les seuls à nous attendre à l'Entrepôt ; sur le comptoir est posée une pile de cartes postales qu'Elísabet a achetées en grande quantité pendant son voyage en Allemagne et en République tchèque avec Matthías l'été dernier, Davíð et Kjartan encouragent les clients à en emporter une chez eux et à la placer en évidence, par exemple sur leur frigo. Ces cartes, toutes identiques, affichent une photo en couleur de singes vivant dans les montagnes japonaises, assis dans des sources chaudes, seule leur tête sort de l'eau. Ces singes s'y réfugient dès l'arrivée des grands froids, ils y passent des journées entières, immergés jusqu'au cou tandis qu'autour d'eux il gèle à pierre fendre et que la tempête se déchaîne, seule la faim les pousse à s'en extraire et ils y retournent dès qu'ils ont mangé à satiété. Matthías ne se lasse pas d'expliquer qu'en réalité, nous sommes comme ces singes, à cette différence près que nous n'avons pas besoin de sortir de l'eau pour chercher notre pitance, le confort et l'abondance nous assaillent, c'est à peine si notre tête émerge. Un jour, l'Astronome est passé à l'Entrepôt, il a emporté dix cartes en disant qu'il les enverrait à ses correspondants aux quatre coins du monde, nous aimerions bien savoir ce qu'il a écrit à cette Hongroise, comment dit-on Je te désire, en latin ? Il a ri de bon cœur en voyant ces singes, c'est si bon de rire, parfois tellement bon que les mots ne sauraient l'exprimer. Mais la vie part dans tous les sens puis s'interrompt au milieu d'une phrase ; parfois, il vaut mieux se réveiller tôt, regarder l'océan et laisser passer le temps.

La mer, une tasse de café, les bavardages de l'eider, les galets que les vagues submergent et qui remontent à la surface pour respirer. Je fais deux choses — respirer et penser à toi. Il nous reste une histoire ou plutôt un destin particulier à exposer dans ces pages, des événements qui se sont produits pendant le printemps et l'été avant qu'Elísabet ne décroche les lettres de l'Atelier, avant l'arrivée d'Áki, nous n'avons pas pris le soin de raconter les choses de manière chronologique, à moins que nous n'ayons pas pu le faire. Encore une histoire, puis ce sera terminé, et pourtant, pas tout à fait —]

Quel monde de merde ce serait sans elle…

Þuríður est grande et solidement charpentée, elle répond au téléphone du dispensaire, reçoit les patients, prépare les ordonnances à la pharmacie, organise les journées d'Arnbjörn, le médecin, veille à rendre la vie supportable à Guðríður, notre infirmière qui sombre si facilement dans la dépression, se perd dans les affres du désespoir et peine à affronter les jours. Þuríður a le caractère joyeux, son visage éclatant rayonne de gaieté, son accueil chaleureux et la clarté qu'elle dégage nous ont plus d'une fois laissés espérer qu'en fin de compte, la vie n'est pas si maudite, et qu'il y a dans l'existence quelques lueurs. Elle rit parfois si fort et si franchement que nos organes en tremblent.

Mais derrière ce rire, derrière toute cette clarté et cette chaleur, se cache un désir qu'elle n'a jamais pu réaliser. Elle a trente-cinq ans, elle mesure un peu plus d'un mètre quatre-vingts, elle est forte sans toutefois être grasse, à cause de sa taille, certains hommes se sentent gênés à l'idée de danser avec elle, depuis plusieurs années, elle réfléchit à quitter le village, à s'en aller pour assouvir ce désir brûlant et irrépressible qui la prive désormais de sommeil et commence à saper sa joie de vivre. Le village ne compte hélas que quatre cents âmes auxquelles il faut ajouter les quelque cinq cents éparpillées dans les campagnes environnantes, ce qui ne facilite pas les choses pour une femme de trente-cinq ans, grande et charpentée, si elle veut se trouver un époux, un ami, un compagnon avec qui partager sa vie. Deux fois, elle s'est réveillée dans le lit d'Arnbjörn et lui, une fois dans le sien, mais leurs sentiments sont dénués de profondeur, c'était simplement pour eux un moyen d'occuper le temps, de remplir un peu l'existence. Elle avait dansé avec Benedikt, une fois, elle l'avait même embrassé, c'était au bal de fin d'année, animé par les Góðu Synirnir, Les Bons Fils, ensuite, ils s'étaient croisés à la Coopérative, avaient échangé quelques mots et, pendant la séance de février organisée par Kiddi, elle s'était assise dans la rangée juste derrière lui. Puis, un soir de mars tout en nuages et en bruine, vers onze heures, Þuríður était apparue sans crier gare à la porte de Benedikt.

Il faisait nuit noire, la bruine avait eu raison des lumières extérieures éclairant les fermes voisines. Benedikt et son chien étaient seuls au monde, ils avaient renoncé à regarder la télé, n'étaient ni l'un ni l'autre très portés sur les livres, aucun programme radio ne les intéressait, ça n'aurait pas servi à grand-chose de se coucher et d'essayer de dormir, ce crachin insistant semblait vouloir leur ôter le sommeil et la tranquillité. Ils étaient assis au salon, plus exactement, le chien était allongé et observait son maître qui se massait les mains, peut-être pour percevoir la chaleur de son propre corps. C'est alors qu'ils entendent une voiture approcher. Certes, le faisceau de ses phares se perd dans le rideau de pluie, mais nom de Dieu, une voiture monte à la ferme, à une heure si tardive, or une voiture implique la présence d'un être humain, une vie de chair et de sang, un peu de chaleur et une voix. Le chien se lève d'un bond, Benedikt s'extirpe lentement du canapé, va dans la cuisine, regarde par la fenêtre, qu'est-ce que c'est que ça ? dit-il assez fort, son chien ne répond pas, il est derrière la porte et veut aller tirer l'affaire au clair, flairer les pneus, les marquer de son odeur et ce genre de choses. Il gratte le bois pour attirer l'attention de son maître parce qu'il est urgent d'ouvrir cette porte, mais Benedikt se contente de regarder par la fenêtre, il n'arrive pas immédiatement, celui qui ouvre sa porte déclare par ce geste que sa maison, son foyer, est accessible. L'être humain est parfois étrange, il se sent seul, aspire à un peu de compagnie, et si quelqu'un arrive, tout s'inverse, il a envie de rentrer dans sa coquille pour avoir la paix — il en va ainsi de Benedikt. Debout à la fenêtre de sa cuisine, il regarde Þuríður qui marche vers la maison et qui tient à la main une petite valise marron ! Le fermier marmonne des paroles incompréhensibles, elle frappe, le chien aboie. J'espère que je ne te réveille pas, demande-t-elle en souriant quand il vient enfin ouvrir, ou plutôt entrouvrir. Benedikt regarde par-dessus l'épaule de Þuríður, ses yeux se perdent dans la bruine et la nuit, on dirait qu'ils n'ont jamais dansé ensemble, qu'elle ne s'est jamais tenue blottie contre lui, ses lèvres posées sur son oreille gauche. Tu m'invites à entrer, demande-t-elle, les yeux baissés sur le chien comme si c'était à lui qu'elle posait la question, espérant sans doute une réponse plus positive de sa part, l'animal lève vers elle ses yeux bruns et joyeux, il remue la queue, beaucoup trop sociable, pense Benedikt en regardant la valise sans savoir que dire ni que faire, étonné de la voir apparaître ainsi, n'osant pas s'en réjouir, presque certain qu'elle vient le voir poussée par la pitié, à moins qu'elle ne soit membre d'une congrégation et que sa valise ne soit remplie de livres religieux. Je m'apprêtais à aller me coucher, dit-il enfin, ouvrant un peu plus grand sa porte, le chien regarde tour à tour les deux humains qui le surplombent, l'air bêtement réjoui, la langue pendante, puis il sort dans la cour pour aller renifler les pneus. Mécontent, Benedikt le suit du regard, il se sent vulnérable, laisse-moi entrer dix minutes, ensuite, si tu veux, je repartirai, dit Þuríður.

Benedikt : Une valise pour une visite de dix minutes — j'imagine qu'il te faudrait un camion pour passer la nuit.

Elle a une bouche assez grande et des lèvres épaisses. La bruine a mouillé ses cheveux bruns et courts, elle laisse sa valise devant la maison, ôte ses bottes en cuir de taille 42. J'aime beaucoup prendre un café en fin de soirée, dit-elle en s'adressant au dos de Benedikt qu'elle suit dans le couloir, la cuisine est à droite, il va directement au salon, c'est plus formel, pense-t-il, voilà qui permet de garder ses distances. La pièce n'est ni très grande ni très élégante, Benedikt y va pour regarder la télé, écouter de la musique en fixant le vide devant lui, parler à son chien ou se plonger dans un des volumes d'*Öldin okkar, Notre siècle*.

Il y a là un canapé brun, deux fauteuils assortis, une chaîne hi-fi et des haut-parleurs, une vieille étagère en acajou sur laquelle sont exposés des animaux sculptés dans le bois, des chevaux, des moutons, des chiens, un phoque et un renard, tous polis par les ans, c'est la mère du paysan qui les a sculptés il y a plus de trente ans, puis elle est morte et son père l'a suivie quelque temps plus tard, ce sont des choses qui arrivent. Voilà donc le salon, dit Þuríður, ils se tiennent côte à côte, comme s'ils voulaient évaluer la valeur du mobilier, Benedikt mesure presque un mètre quatre-vingt-dix. Þuríður s'installe sur le canapé, tu ne viens pas t'asseoir, s'enquiert-elle prudemment, non, répond-il, ce qui ne l'empêche pas d'aller dans le fauteuil face à la télé, n'offrant à son hôte que son profil gauche, il est obligé de regarder sur le côté pour voir son visage. Ne t'inquiète pas, je ne compte pas m'attarder, je t'ai parlé de dix minutes et je tiens en général parole, disons que c'est un peu mon hobby de ne jamais me dédire. Elle sourit, ses dents fortes et bien alignées, ses lèvres rouges, mais Benedikt ne l'aperçoit que dans le coin de son œil. Il préfère ne pas tourner la tête, elle risquerait d'imaginer qu'elle l'intéresse, en outre, il regarde rarement de côté, son nez long et imposant comme une péninsule l'en empêche. Parfois, il maudit cet appendice, quand il regarde droit devant lui, il le remarque à peine puis voilà que tout à coup, il lui crève les yeux, rouge, hideux, ridiculement gros, dès qu'il jette un regard de côté. Voilà pourquoi il regarde toujours droit devant lui, ce qui explique aussi qu'il est réputé pour sa détermination, son assurance et la force de sa volonté.

Þuríður : Tu ne viens pas souvent au dispensaire.

Le chien rentre, ruisselant, Benedikt a laissé la porte entrouverte, les chiens n'aiment pas beaucoup le parquet, leurs griffes ne sont pas rétractiles, on l'entend marcher dans le couloir, ils l'écoutent, regardent vers la porte du salon, puis l'animal arrive, il est noir et encore jeune. Les chiens ne se soucient pas des convenances sociales, de cette politesse qui tend à figer la vie, il entre et se met aussitôt à renifler les orteils de Þuríður à travers ses collants, puis il tend son museau pour qu'elle le caresse. Benedikt n'est pas satisfait. Ils se taisent, Þuríður se concentre sur le chien, Benedikt regarde droit devant lui, il aurait tellement envie d'être seul avec son compagnon, de faire un café et une réussite. Les dix minutes sont passées, annonce-t-il tout à coup comme s'il s'adressait à la télé, mais ça ne sert pas à grand-chose de parler à une télé, elle n'a pas envie de nous écouter, il est bon de garder ce détail à l'esprit lorsque nous l'allumons. Dans ce cas, il n'y a plus à attendre, répond Þuríður presque joyeusement, elle prend la tête du chien entre ses mains, l'embrasse, se lève, l'animal la regarde, prêt à sacrifier sa vie pour elle. C'était si pénible que ça, demande-t-elle avec un sourire, elle regarde Benedikt dans les yeux, il voit ses dents parfaitement alignées, ses lèvres qui ont murmuré à son oreille gauche, ses lèvres rouges, ses yeux bleu vif et ses cheveux bruns. Elle va dans le couloir, le chien la suit, Benedikt la suit en maudissant le chien, en maudissant les yeux de cette femme. Elle a de longues jambes, on s'en rend compte quand on la voit enfiler ses bottes en cuir, longues, mais pas aussi larges qu'il l'avait imaginé pour une femme aussi grande. Je suis rarement malade, déclare Benedikt. Il faut à Þuríður un certain temps pour comprendre qu'il répond à son observation quant à la rareté de ses visites au dispensaire. C'est une chance, dit-elle en enfilant sa doudoune verte d'un geste vif et sans chichis, ses cheveux bruns, sa doudoune verte. Puis elle le regarde à nouveau, ses yeux d'un bleu vif, et lui dit, bonne nuit, et la voilà sortie sous la bruine, elle marche vers sa voiture, ta valise ! crie-t-il en tapotant le bagage du bout de son gros orteil, il porte d'épaisses chaussettes en laine, je la reprendrai la prochaine fois, lance-t-elle par-dessus son épaule, Benedikt n'a jamais vu femme aussi grande quitter sa ferme. Elle s'est assise dans la voiture, elle a mis le contact et il est trop tard pour lui dire quoi que ce soit, elle lui laisse cette valise sur les bras, il observe le véhicule et le rougeoiement des feux arrière bientôt happés par les ténèbres et la pluie. Il reste là, debout sur le pas de sa porte, son chien à côté de lui.

deux

Nous avons tous besoin d'aller chez le médecin, à la pharmacie, sinon pour nous-mêmes, du moins pour accompagner nos enfants, à la consultation des nourrissons, ils sont pesés, ils sont mesurés, on entreprend immédiatement de nous classer, de nous situer, de nous transformer en points sur des graphiques, nous sommes évalués par rapport à la moyenne, vaccinés contre presque tout sauf la tristesse, les déceptions, la mort. Benedikt n'a pas d'enfant, il le regrette, celui qui a un enfant peut pointer son doigt vers le ciel en disant, voilà Vénus, voilà Jupiter, et comme il est rarement malade, il passe rarement au dispensaire où Þuríður est très présente. Il n'empêche qu'il a dansé avec elle pendant le bal de fin d'année, elle a murmuré des mots dans son oreille gauche, puis elle est apparue sur le pas de sa porte, par un soir de crachin tellement opaque et sombre que le monde lui-même semblait s'être égaré. Elle est arrivée et repartie, jamais il n'avait vu femme aussi grande quitter sa ferme. Ah ça, non, jamais ! a dit Benedikt à son chien, c'était au printemps, lorsque la lumière commençait à brouiller la limite entre jour et nuit, les étoiles s'estompaient graduellement avant de disparaître tout à fait, des milliers d'oiseaux migrateurs arrivaient à tire-d'aile depuis l'horizon, Jónas arpentait les landes avec son cahier, il arpentait la plage avec ses jumelles, peu à peu, les touffes d'herbe reverdissaient — et un jour Benedikt a téléphoné à son ex-épouse. Quatre heures du matin, le monde semblait être en expansion. Il avait passé du temps au grand air sous le ciel lumineux, s'était adossé au silence, avait vu naître un agneau, avait bu une bière et tout à coup, il était ivre, il était allé dans le salon, avait écouté de la musique, mis la chanson *Les montagnes veillent* du groupe Egó au moins cinq fois de suite en montant le son presque au maximum, il était ressorti pour se replonger dans le silence, tu crois que je devrais appeler Lóa, avait-il demandé à son chien qui n'avait pas d'opinion, bon, dans ce cas, je l'appelle, avait dit Benedikt une demi-heure plus tard. Il s'était étonné du manque de clarté de sa voix au téléphone, sa pensée était limpide, mais il avait l'impression que les mots se dissolvaient sur sa langue ou devenaient flous, aussi pelucheux qu'un nuage de laine brute. En outre, ce n'était pas elle qui avait décroché, mais un homme, elle avait évidemment rencontré quelqu'un, Benedikt avait préféré oublier ce détail, en tout cas, ce gars-là, et plus tard Lóa elle-même, mais principalement lui, s'étaient agacés, il appelait au milieu de la nuit, il les réveillait, Benedikt avait regardé son chien en secouant la tête, quelle idée ridicule de dormir en ce moment, alors que la lumière céleste inonde la terre et que l'herbe reverdit dans le silence. Il s'était gardé de mentionner ces arguments au début de la conversation et s'était contenté de dire, l'agnelage se déroule correctement, ah bon, c'est une bonne chose, Benedikt, lui avait répondu Lóa. Et la nature est magnifique en ce moment, avait-il ajouté, incapable de se taire plus longtemps, debout à la fenêtre de la cuisine, il avait tiré le fil du téléphone depuis le salon, la porte était grande ouverte pour laisser la nuit blanche entrer dans la maison, d'ailleurs, j'ai ouvert la porte en grand, avait-il dit, si je le pouvais, j'enlèverais même le toit, du reste, quelle idée d'avoir un toit sur la tête par une nuit... pareille, avait-il ajouté en s'accompagnant d'un geste de la main et, tellement satisfait de l'élégance de son geste, il l'avait répété. Hélas, Lóa n'était pas là, il n'y avait que sa voix, la nuit vous berce parfois d'illusions, ce joli geste était inutile. Lóa lui avait demandé, tu as bu, avant de répondre à sa propre question, tu *as* bu ! Juste deux ou trois bières, avait-il confessé d'un ton calme, en veillant soigneusement à ne pas regarder les canettes empilées qui formaient deux tours dans l'évier de la cuisine, il essayait également d'oublier le petit verre de vodka qu'il avait avalé pour mieux se convaincre que c'était une bonne idée d'appeler Lóa. Mon cher Benedikt, avait-elle dit, ou plutôt avait dit sa voix puisque celui qui vous parle au téléphone n'est pas entièrement à vos côtés, il manque ses yeux, son parfum, sa présence et tout le poids de son corps tel que le définissent les lois de Newton. Il regardait droit devant lui, la nuit n'était plus aussi lumineuse, le chien s'était endormi, le ciel s'éloignait légèrement de la terre et la laissait suspendue dans le vide où elle tournait avec une lenteur extrême, seule dans le cosmos, sans rien sur quoi s'appuyer. Puis il n'y avait plus eu personne au téléphone, à part naturellement Benedikt qui restait là, le combiné à la main, hébété, lui avait-elle dit au revoir, est-ce qu'ils s'étaient dit d'autres choses ? Oui, il ne se souvenait plus vraiment, mais elle lui avait dit, dors bien, ce à quoi il avait sans doute répondu, oui, même si, évidemment, il n'était pas allé se coucher, son lit n'avait pas envie de compagnie à ce moment-là, il était sorti, s'était assis devant sa ferme, avait senti la fraîcheur de la nuit sur sa peau, la terre était tachetée de vert et de brun, il avait regardé la bouteille de vodka puis s'était réveillé vers midi, là, au pied de ce mur, engourdi, courbatu, transi, si ce n'est qu'il n'était plus assis mais allongé sur la terre, son chien lové contre lui, il avait rêvé : quelqu'un embrassait son visage, le couvrait de gentils petits baisers, il voulait continuer à dormir, il voulait seulement entrouvrir les yeux pour voir qui l'embrassait ainsi, pour savoir à qui appartenaient ces lèvres, mais il s'était réveillé, allongé sur la terre, calé entre le mur et le corps de son chien, et il pleuvait sur son visage.

trois

Gardez-vous de croire que c'était là son quotidien, oh que non, il y avait des semaines où il était simplement paysan, il vaquait à ses occupations, s'oubliait dans la réfection de ses clôtures, se concentrait sur ses moutons, il n'y a de place pour rien d'autre que les travaux de la ferme et le ciel peut aller jouer ailleurs son blues pour guimbarde. Il a hâte de rentrer chez lui le soir, de s'asseoir devant la télé pour regarder un bon feuilleton, un bon film, écouter la radio, mettre un disque ou un CD, qu'il est bon d'être seul, ou disons deux en comptant le chien, la vie est alors surmontable, il va au village, fait ses courses, passe à l'Entrepôt, y reste souvent un bon moment, ils jouent aux échecs à quatre, le gagnant est celui qui atteint le premier les trente points, le prix qu'il remporte est une bouteille de whisky qu'il doit boire en pleine journée et en semaine sur place, il semble bien que le duel final se jouera entre Benedikt et Matthías, Kjartan gagne rarement, ou alors sur un coup de chance, Davíð est plutôt combatif, mais bien qu'excellent attaquant, il manque de résistance, celui qui joue contre lui doit faire preuve de patience, au bout de vingt coups, Davíð commence à se perdre dans ses rêves et se déconcentre. Ce sont là des moments agréables pour tout le monde, et c'est l'été. Þuríður est passée chez Benedikt en mars, elle a laissé une valise marron devant sa porte avant de disparaître derrière l'écran de bruine en même temps que le rougeoiement des feux arrière de sa voiture. Le fermier a rentré la valise, mais seulement pour éviter qu'elle s'abîme, c'est la seule raison, a-t-il claironné à son chien. L'animal a ouvert la gueule pour en sortir sa langue qui pendouillait, trop large et trop molle pour lui répondre. Puis Þuríður est revenue, c'était en avril, nous nous embrouillons un peu dans la chronologie ; elle est arrivée dans la lumière bleue d'un samedi. Le froid intense collait le gel à la terre, on ne risquait plus de se perdre dans la brume. Benedikt supposait qu'elle repasserait même s'il ne l'attendait pas, mais si, bien sûr qu'il l'attendait, bien sûr qu'il regardait cette valise chaque fois qu'il enfilait sa doudoune ou ôtait ses chaussures, le chien la reniflait souvent puis levait des yeux interrogateurs vers son maître qui feignait de ne pas comprendre et ne disait rien. Elle était arrivée dans la lumière bleutée, nous étions plusieurs à avoir vu sa Toyota rouge gravir le chemin qui montait vers la ferme, Benedikt en avait conscience, je m'en fiche, avait-il dit à son chien. Cette visite avait été un peu moins brève que la première, même si elle n'avait pas non plus été très longue, disons une demi-heure, ils n'avaient rien dit ni fait qui soit mémorable, Benedikt avait dans son frigo un quatre-quarts acheté à la Coopérative, elle en avait mangé une tranche, ils avaient pris un café, parlé de choses et d'autres, puis elle était repartie, cette entrevue leur avait laissé à tous deux une impression mitigée, je m'attendais à mieux que ça par une journée aussi bleue et glaciale, s'était dit Þuríður en repartant. Quant à Benedikt, il ressentait une vague insatisfaction dont il ne cernait pas vraiment l'origine, il était allé ranger la grange presque vide, s'était démené pour que cette journée laisse dans son sillage une trace visible. Lorsqu'il était repassé à l'Entrepôt, trois visages avaient affiché un sourire narquois, c'est que parmi nous, les nouvelles vont vite.

La troisième visite de Þuríður avait eu lieu en mai, le soir, il faisait frais, il pleuvait à seaux, le monde n'était plus qu'un bourbier et il n'y avait pas moyen de laisser les moutons dehors, et encore moins les brebis qui venaient d'agneler, Benedikt en avait à peine cru ses oreilles quand le chien s'était mis à aboyer à la porte de la bergerie qui s'était ouverte quelques instants plus tard. Þuríður était entrée, grande, vêtue de sa veste en Gore-Tex et d'épaisses chaussures de marche, ce n'était pas un temps à mettre des bottes en cuir. Au début, Benedikt avait été plutôt maussade, et pourtant, bien que refusant de le reconnaître face à lui-même et à son chien, il avait attendu cette troisième visite et l'avait imaginée par temps calme et sec, c'est plus facile de discuter avec une personne qu'on connaît à peine parmi les touffes d'herbe plutôt qu'entre quatre murs, et si les choses se passent mal, on peut toujours s'accouder à un des poteaux de la clôture. Mais elle était là, la pluie battait les toits en tôle ondulée des bâtiments agricoles, le chien lui avait tenu compagnie tant que Benedikt était occupé, tant qu'il allait et venait, tant qu'il se démenait, tant qu'il s'accrochait à la moindre lueur à laquelle il pouvait s'accrocher, autant pour se débarrasser de son insatisfaction en travaillant que parce qu'il ne comprenait pas sa réaction face à cette femme qui s'était assise à côté d'une mangeoire, parlait avec le chien et laissait une brebis renifler ses doigts en souriant. Bien sûr qu'il avait pensé à elle, évidemment, il s'était interrogé sur ses intentions, il s'était posé des questions sur le but de ses visites, est-ce que, tout simplement, il lui plaisait ? C'était à son avis très peu probable, ses terres n'étaient pas spécialement vastes, la rivière qui les traversait n'était pas poissonneuse, c'est à peine si trois truites par jour y passaient, et il s'était plus d'une fois soigneusement examiné dans la glace, parfois nu, grand et osseux, il avait les clavicules saillantes, sa pomme d'Adam, trop grosse pour son long cou maigrelet, semblait animée d'une volonté indépendante, on aurait dit un petit rongeur. Ses lèvres étaient fines, il semblait grommeler chaque fois qu'il souriait et surtout, il y avait ce nez, mon Dieu, qu'est-ce qui pouvait bien justifier un nez pareil ! Il le cachait parfois dans sa main quand Þuríður ne le regardait pas, l'appendice remplissait presque sa paume, or Benedikt a de sacrés battoirs. Ce n'était sans doute pas cette péninsule qui l'avait séduite, certes, elle l'avait embrassé au bal de fin d'année, il fallait cependant n'en tirer aucune conclusion, ils étaient tous les deux ivres, elle avait parlé de ses yeux, mais seulement pour dire qu'elle les trouvait tristes. Elle n'avait sans doute pas non plus été attirée par sa personnalité, Lóa lui avait reproché très souvent d'être beaucoup trop réservé, il passait parfois des journées entières seul dehors sans jamais venir faire un tour dans la maison puis, le soir venu, elle préparait un bon dîner et elle avait envie de discuter, mais là, elle arrivait à peine à lui arracher quelques mots, il s'adossait au silence, le roulait en boule sous sa tête et s'en faisait un oreiller. Je ne suis qu'un rustre, se dit Benedikt, or Þuríður n'est pas du genre à apprécier les ours mal léchés — elle vient donc me voir par pitié, voilà tout. Benedikt bouillonne, la pitié le dégoûte, il préfère encore qu'on le haïsse, la haine est un sentiment plus pur. Il attrape un pied-de-biche, puis se rend compte qu'il n'en a pas besoin, Þuríður s'est levée, elle s'avance vers lui, sa démarche est élégante bien qu'il rechigne à se l'avouer, son pas est tellement franc, tellement naturel, tu as beaucoup à faire, dit-elle en souriant, ce qui se comprend, quiconque a des dents aussi blanches et bien alignées ne peut que sourire. Il lève le bras, il a toujours le pied-de-biche à la main, il le brandit comme s'il s'apprêtait à la frapper, le repose où il peut, pourquoi viens-tu ici, par pitié, demande-t-il, brutal et un peu trop amer, il ne voulait pas employer ce ton-là, mais un gouffre s'est ouvert en lui lorsqu'il a posé la question. Le sourire de Þuríður s'efface, elle connaît ses torts, elle a honte, ou plutôt, elle n'a pas l'air d'avoir honte, l'expression de son visage laisse entendre autre chose, Benedikt s'accroche à sa colère et reprend en s'efforçant de chasser toute trace d'amertume de sa voix, je ne supporte pas la pitié, je la déteste, il vaut sans doute mieux que tu partes et que tu emportes ta valise marron, elle est dans l'entrée, puis il se baisse pour reprendre son pied-de-biche comme pour donner plus de poids à ses paroles, que vais-je faire de ce maudit machin, se dit-il, en tout cas, je ne le lâcherai pas avant qu'elle soit partie. Mais elle n'a pas l'air de vouloir s'en aller, elle est encore là, grande, ses cheveux coupés à la garçonne, solidement charpentée, il perçoit sa présence, il sent la pression qu'elle exerce sur sa peau, il baisse les yeux sur le pied-de-biche. Je viens peut-être par pitié pour moi-même, répond-elle, parfaitement calme, si seulement Benedikt pouvait s'exprimer comme ça, avec cette assurance, il baisse les yeux sur son outil, les lève vers son visage, une femme est plus agréable à regarder qu'un pied-de-biche. Il s'étonne, non de la différence qu'il y a entre un pied-de-biche et un visage de femme, mais des paroles qu'elle vient de prononcer, il s'apprête à lever le bras pour se gratter la nuque, ce qu'il fait souvent quand il est désemparé, puis il se souvient de ce maudit pied-de-biche, je n'ai aucune idée de ce que je dois faire de cet outil, avoue-t-il, embarrassé.

Ainsi en alla-t-il de cette troisième visite.

Bravant la pluie battante et le vent insistant, ils sont tranquillement sortis de la bergerie pour aller dans la maison, ils n'ont pas dit grand-chose, les mots ne venaient pas ou étaient inutiles, Benedikt n'était sûr de rien, mais il appréciait de marcher aux côtés de cette femme, même si ce sentiment l'effrayait un peu. Il avait tout de même trouvé le moyen de lui demander pourquoi elle avait apporté cette valise marron à sa première visite, j'ai un sens de l'humour très particulier et j'avais envie de faire quelque chose de... loufoque, une chose complètement absurde, j'ai parfois l'impression que c'est un dernier recours, avait répondu Þuríður avant de s'en aller brusquement sans expliquer ce qu'elle entendait par là. Il n'y avait plus eu que son sourire sous la pluie, sa coupe à la garçonne, puis elle était partie. À ce moment-là, Benedikt s'était rendu compte qu'il avait oublié de lui parler de son voyage à Londres prévu quinze jours plus tard, puis il avait secoué la tête et déclaré, s'adressant à lui-même, à son chien ou à la pluie : Comme si elle en avait quelque chose à faire.

Une semaine s'était écoulée, puis deux, c'est ainsi, le temps passe et nous vieillissons, ou bien, comme le dit un poème, les jours vont, les jours viennent puis nous mourons. Si ce n'est que chez nous, les choses ne sont ni aussi dramatiques, ni aussi poétiques, les jours vont, les jours viennent puis Benedikt part pour Londres. Vous êtes peut-être surpris d'apprendre que cet homme, ce fermier esseulé, cette solitude au grand nez, aille à Londres, que vont devenir ses moutons, que fera son chien, et surtout, comment est-il possible que des campagnards comme lui aillent plus loin que Reykjavík, ou disons Oslo ? Eh bien, comme vous savez, le facteur vous apporte parfois toutes sortes de choses, Vigdís de Brúsastaðir est la factrice qui distribue le courrier dans la campagne de Benedikt, elle fait partie des troupes d'infanterie d'Ágústa, même s'il est idiot de parler d'infanterie puisque Vigdís apporte les lettres à bord d'une Jeep japonaise où elle écoute la radio, quand elle roule très lentement entre les fermes, elle écoute une histoire diffusée sur les ondes ou enregistrée sur cassette en mâchant des pastilles Ópal bleues, dont elle consomme quotidiennement trois paquets pour éloigner la tentation du tabac. Un jour, Vigdís a déposé un petit livret publié par une agence de voyages dans la boîte aux lettres de Benedikt, ce n'est évidemment pas une nouveauté, notre époque regorge de jolies brochures de ce genre ; plages ensoleillées, cocotiers, mer des Caraïbes, métropoles franchissent le battant de votre boîte aux lettres, elles vous rappellent la diversité de la Terre, elles mettent un peu de couleur dans la grisaille du quotidien, elles promettent d'autres cieux en échange de votre carte Visa, il est difficile d'y résister à la longue. Au début, Benedikt n'avait même pas ouvert ce livret, il l'avait mis sans le lire dans la corbeille à journaux, puis deux jours plus tard, alors que le temps s'étirait en longueur, qu'il peinait à avancer comme un vieillard épuisé, que le ciel était gris et que ses jours semblaient comptés, Benedikt avait regardé la pendule de la cuisine, s'attendant à ce que les aiguilles se figent, à ce que l'éternité prenne le relais, et qu'elle se résume à cette image immobile : Benedikt assis à la table de sa cuisine, avec son chien endormi pour toute compagnie. C'est alors qu'il avait aperçu le livret dans la corbeille, parmi les numéros lus et relus du *Morgunblaðið*. Métropoles du monde, proclamait la couverture, ces dernières étaient au nombre de douze d'après le livret, naturellement, Reykjavík n'en faisait pas partie, pas plus que le village, du reste ce n'est pas une ville, tout comme d'ailleurs Reykjavík à strictement parler. Il avait feuilleté les pages, allant de ville en ville, et s'était arrêté sur Londres, il était incapable de dire pourquoi, il ne s'intéressait pas au football, ce qui aurait pourtant expliqué ce choix. Penché sur la table, il avait scruté deux photos de rues commerçantes, la première avait été prise à Oxford Street, la seconde sur un marché, et là, on voyait une femme, ou une jeune fille, qui tenait un fruit, sans doute une prune, avait marmonné Benedikt après être allé chercher sa loupe pour vérifier, elle devait avoir vingt-cinq ans, peut-être un peu plus, les cheveux blonds joliment attachés en queue-de-cheval, sans doute très sympathique, elle portait un T-shirt blanc, un jean, elle était pieds nus dans ses sandales, ses genoux semblaient fins et délicats « comme des baisers », elle avait un profil rêveur et de jolies épaules et son attitude suggérait qu'elle attendait quelqu'un, peut-être moi, avait murmuré Benedikt, les yeux rivés sur la photo. Il avait regardé cette jeune femme plusieurs jours durant, parfois équipé de sa loupe, parfois sans, puis avait réservé le billet par téléphone, un voyage de cinq jours, du mardi au dimanche.

quatre

Il se met en route à trois heures du matin par une nuit de juin où seule la pluie veille, le chien se tient sur le pas de la porte, il regarde la voiture s'éloigner, l'oreille droite affaissée, sans comprendre pourquoi il ne peut pas accompagner son maître. Benedikt jette un œil dans le rétroviseur, évidemment, on n'emmène pas un chien à Londres, même si le voyage lui plairait sans doute, deux yeux bruns et canins sortis de la campagne islandaise, plongés dans la grande ville. Benedikt lui a laissé assez de nourriture dans son écuelle, assez d'eau dans un bol, Heimir et Gústa, qui vivent dans une des fermes voisines, ont promis de veiller sur lui. Benedikt roule à travers les campagnes qui somnolent, les essuie-glaces s'acquittent de leur tâche sans qu'il leur accorde aucune attention, il traverse le village, nous sommes tous plongés dans un profond sommeil, les rêves planent au-dessus des toits. Au lieu de prendre le chemin le plus court, il oblique sur la rue qui mène à la maison de retraite, ralentit, roule au pas devant le domicile de Þuríður et déclare à voix haute, me voilà donc parti à Londres, puis il accélère et atteint les 90 kilomètres à l'heure lorsqu'il dépasse la maison de l'Astronome qui ne dort peut-être pas, même si les gouttes de pluie et la lumière de l'été abolissent les étoiles.

Benedikt a deux heures devant lui dans le duty free de l'aéroport de Keflavík, il se balade de boutique en boutique, achète des objets dont il n'a aucune utilité, surtout pour se donner une contenance, il s'assoit dans un bar pour manger un sandwich, boire une bière, il sort une carte postale de son sac, observe un moment par la grande baie vitrée les terres plates et désolées aux alentours, aspergées par les gouttes de pluie que le vent puissant déchire et éparpille, il replonge sa main dans son sac, y prend un stylo et écrit : Je suis assis ici. Point. Il fixe longuement ces quatre mots, ces quatre mots imbéciles. Évidemment qu'il s'est assis pour écrire la carte, quelle idée de le préciser ! Je respire ici, ajoute-t-il, pour rire de sa bêtise. Point. Puis il déchire la carte. De toute manière, c'est ridicule d'envoyer des cartes postales, dans quel but et à qui ? Il se recule sur sa chaise, avale une gorgée de bière, se lève, va acheter une autre carte, parfois, on n'a vraiment pas toute sa tête, il se rassoit, réfléchit un long moment, regarde la lande désolée et inhabitable autour de l'aéroport, et écrit : Me voilà donc parti pour Londres, puis il ajoute un point d'exclamation qu'il regrette aussitôt, la phrase devient ridicule, comme si c'était un événement mémorable d'aller dans une ville que des milliers d'Islandais visitent chaque année. Il soupire, se lève, se dépêche d'aller acheter une troisième carte, écrit le nom de Þuríður : Me voilà donc en route vers Londres. Point, sans exclamation. Comme il faut ensuite qu'il donne une explication à ce voyage, il ajoute : Le monde est vaste. Point, qu'il transforme en virgule après mûre réflexion : et il faut évidemment en parcourir une partie. Voilà, ce n'est pas mal, il se recule à nouveau sur sa chaise, satisfait, avale une grande gorgée de bière, il l'a bien méritée, il est légèrement éméché, ça non plus, ce n'est pas mal, il relit ses phrases, leur ton est désinvolte, digne d'un vrai citoyen du monde, d'ailleurs, Benedikt est déjà allé deux fois à l'étranger, d'abord à Dublin, puis comme on dit, au soleil, dans ce cas, on ne visite pas vraiment un pays en particulier, on passe son temps sur une plage, dans un hôtel, c'était un séjour ennuyeux, la chaleur était insupportable et les bavardages des compagnons de voyage pires encore, oui, il est allé à l'étranger deux fois et toujours en compagnie de gens de la région, mais là, il est seul et ce n'est pas plus mal, même si son chien lui manque déjà ; phrase suivante : À Londres, on peut voir Tower Bridge, le célèbre Parlement et une foule de monuments, ce n'est pas ce qui manque. Point. Il lui reste encore de la place pour écrire. Son avion décolle dans trois quarts d'heure, il a fini sa bière, que pourrait-il lui dire de plus et à nouveau, il se pose la question : pourquoi cette carte ? Qu'est-ce qui le pousse à l'envoyer à Þuríður, de quel droit le fait-il, est-ce un moyen de lui dire qu'elle lui plaît ? Puis il se souvient d'Ágústa qui ne manquera pas de la lire, peut-on déduire certaines choses de ses paroles ? Enfin, c'est assez pour qu'Ágústa en parle autour d'elle, comme à son habitude dans de telles circonstances, elle s'arrange pour le faire sans en avoir l'air, glisse subtilement l'information dans le fil de la conversation, entre deux phrases, de manière à ce qu'on ait l'impression qu'elle n'a rien dit du tout, ainsi, son interlocuteur est au courant d'une chose sans savoir où il l'a apprise. Non, on ne pouvait rien déduire des mots que Benedikt avait écrits, en revanche, le fait qu'il envoie cette carte à Þuríður ouvrait la porte à toutes sortes de suppositions. Il laisse échapper un juron à voix basse, se penche sur la table, se tient le front, ces pensées lui donnent des sueurs froides et l'avion va bientôt décoller, il écrit sans réfléchir, oui, sans mesurer la portée de ses mots : Je rentre dimanche, est-ce que tu pourrais m'enregistrer le Bêtisier ? Et voilà, il a tout gâché, quel imbécile ! D'abord en soulignant qu'il ne survivra pas s'il manque une semaine du Bêtisier, ensuite, parce que sa requête laisse entendre clairement, et même de manière tout à fait limpide, qu'il y a quelque chose entre lui et Þuríður. Et c'est n'importe quoi, il n'a ni le droit ni l'envie de suggérer une telle idée, il n'est qu'un crétin et il reste à peine plus d'une demi-heure avant son vol. Il doit conclure sa missive d'une manière ou d'une autre, le mieux serait naturellement de déchirer cette carte, ce serait plus raisonnable, mais il s'en abstient parce qu'il est idiot, et on doit évidemment terminer une tâche quand on l'a entreprise, c'est comme ça. Il faut qu'il en finisse en toute hâte, qu'il sauve ce qui peut l'être, qu'il ajoute une phrase réfléchie, calculée, posée, et surtout, sans point d'exclamation, mais conclue par un point des plus banals : Ça ne fait pas de mal de s'en aller un peu, l'Islande est parfois un peu limitée — ou devrait-il plutôt écrire limitante, non, c'est très bien comme ça, c'est parfait. Benedikt balaie les alentours d'un regard satisfait, il est content de lui, par le diable, il s'en est honorablement tiré, enfin, on cesserait de le voir comme un pauvre type solitaire. Vingt minutes avant le vol. Vingt minutes ! Il sursaute, cherche son sac à tâtons, attrape la carte, écrit l'adresse sous le nom de Þuríður, sous les lettres placides de son prénom, ces lettres équilibrées, placées dans le contexte adéquat et qui ne semblent pas s'apprêter à s'enfuir où que ce soit, celles de l'adresse ressemblent plutôt à un groupe de malades des nerfs surexcités, elles se tortillent dans tous les sens, il lui reste encore à écrire une salutation en guise de conclusion, rien ne lui vient à l'esprit et il se contente d'ajouter son nom, illisible tant il se presse, personne ne saura qui a envoyé cette carte, c'est très bien comme ça, c'est parfait, il court dans le couloir du terminal, bouscule trois Japonais devant la petite agence postale, balance la carte sur le comptoir, marmonne des mots incompréhensibles, pose quelques pièces sous le nez de la préposée, repart en courant, monte à bord, en sueur, le cœur battant, puis quelques instants plus tard : le bleu infini du ciel.

Il y a beaucoup de gens à Londres, infiniment plus qu'au village, et les bâtiments sont plus grands, certains ont une longue histoire. Nous avons un petit musée local où sont exposés un tracteur de 1936, une machine agricole datant de 1920, une pipe vieille de cent ans et ce genre d'objets, mais ici, à Londres, on peut visiter toute l'histoire du monde, une momie égyptienne de quatre mille ans, une autre momie encore plus âgée venue d'Assyrie, Londres a dirigé le monde pendant des centaines d'années, à l'endroit où les Romains ont jadis construit une voie dallée se trouve aujourd'hui une des plus importantes rues commerçantes du monde, le spectacle bigarré offert par les avenues et les artères est tel qu'il faudrait une foule de livres pour décrire ce qu'il s'y passe en une seule journée. Benedikt s'assoit en terrasse, sa bière à la main, il regarde les gens qui passent, le fleuve majestueux de la vie, il médite sur la taille de la ville, sur son histoire, sur cette momie, il boit sa bière, tout ça lui donne le tournis, la momie, la foule, l'histoire, tout ça ne vaut rien comparé à une femme qui vit dans un petit village, sur une île loin de tout bien qu'à deux pas de l'éternel hiver et de ses pesantes ténèbres, une terre qui serait inhabitable si elle n'était pas baignée par un courant chaud. Benedikt médite un moment sur ce courant marin, le Gulf Stream, il en aurait presque la gorge nouée tant il lui est reconnaissant, parce que, où serait Þuríður si le Gulf Stream n'existait pas ? Quel monde de merde ce serait si elle n'était pas là, que ferions-nous des momies, de l'histoire, de tous ces gens, du bleu infini du ciel ? Est-ce que, par exemple, Tony Blair continuerait d'afficher son sourire radieux, n'irait-il pas simplement se coucher ? Benedikt écrit une carte, il a le cœur qui tremble, il écrit : Sans toi, les momies d'Égypte n'auraient plus aucun sens. Il se redresse, relis la phrase, ferme un œil pour la voir clairement derrière les brumes d'alcool et ajoute : Mais fort heureusement, le Gulf Stream existe, sinon, tu ne serais pas là et Blair ne sourirait plus jamais, ton Benedikt. Puis il souligne vigoureusement le *ton,* il lui a fallu six bières pour l'écrire, *ton* est un mot qui coûte d'ordinaire au minimum dix bières, oui, au minimum. Il regarde l'homme assis à la table voisine, ici, les tables sont très proches les unes des autres, il en va ainsi dans les grandes métropoles, il y a tellement de gens et il faut bien qu'ils s'assoient quelque part. L'homme est un Arabe petit et rondouillard vêtu d'un élégant costume, sans doute en soie, Benedikt engage la conversation : en fin de compte, on n'a pas besoin de dire grand-chose, il suffit de savoir choisir ses mots, exactement comme quand on redescend les moutons des montagnes à l'automne, il y a des idiots qui passent leur temps à courir dans tous les sens plutôt que de s'économiser en se postant aux points stratégiques. Il fait de son mieux pour s'exprimer en anglais, mais l'islandais s'invite souvent dans les phrases, cela n'empêche pas son voisin de hocher la tête, il lui répond dans un anglais mâtiné d'arabe, Benedikt installe sa chaise à sa table et lui dit, elle s'appelle Þuríður, son voisin lui demande de répéter et Benedikt s'exécute, she is Thuríður, puis il lui parle de sa haute stature, de ses yeux, de ses bottes en cuir, lui dit qu'elle rayonne d'une lumière intérieure, son voisin le regarde dans les yeux, il écoute, il sort la photo d'une femme orientale, Benedikt le regarde dans les yeux et hoche la tête, ainsi passe le jour et aussi le soir. Vers minuit, le fermier étreint son voisin de table, tous deux ont les larmes aux yeux en se séparant, ils s'échangent leurs adresses, l'homme lui offre sa cravate. Le lendemain, Benedikt retrouve le bleu infini du ciel.

cinq

Environ vingt-quatre heures après sa discussion dans ce bar londonien situé à proximité de la momie égyptienne, témoin de la vie d'il y a quatre mille ans, Benedikt se tenait sur le pas de sa porte, le chien se blottissait contre lui, la langue haletante de bonheur, il n'y avait autour d'eux rien d'autre que de l'air, Benedikt aurait pu courir un bon moment sans tomber sur qui que ce soit, étrange, à Londres, il lui suffisait de tendre la main pour se heurter à quelqu'un, la foule était parfois si nombreuse et compacte qu'on pouvait à peine se retourner, on se demandait s'il y avait assez d'oxygène dans les rues les plus fréquentées, en tout cas, il y avait des moments où je suffoquais, confia-t-il à son chien qui leva les yeux vers lui, cet animal comprenait tout. Benedikt sourit, il se rappela les cartes qu'il avait postées avec son voisin de table, ils en avaient envoyé au moins trois, sur l'une d'elles, il parlait du Gulf Stream et de la momie, mais il n'arrivait absolument pas à se rappeler ce qu'il avait écrit sur les autres et elles ne tarderaient pas à arriver au village, les lèvres rouges d'Ágústa les liraient, il faut être idiot pour exposer ainsi ses sentiments en place publique, les envoyer par carte postale, c'est à se demander, dit-il à son chien, si je ne me prends pas pour une star de la pop ou un poète, allez, viens, on va travailler pour oublier ces bêtises.

Puis un événement s'est produit et nos mains tremblent un peu quand nous y pensons, comment dire, c'était l'été.

Le mois de juin, aussi pour les momies égyptiennes, on avait emmené les brebis et leurs agneaux sur les hautes terres où ils se nourrissaient d'herbe des montagnes, se désaltéraient dans les ruisseaux, puis quand vient l'automne, ils se transforment en carcasses congelées, on les fait griller, on les met au four et on les mange sans savoir où est passé ce qui, de leur vivant, donnait à leurs yeux cette limpidité. Benedikt osait à peine aller au village, mais il fallait bien qu'il achète les produits de première nécessité, il se gare devant l'Entrepôt, demande aux trois employés s'ils ont entendu parler de certaines cartes postales, ce à quoi ils répondent, oh que oui, et pas qu'un peu, nom de Dieu, s'alarme Benedikt, l'air tellement navré que Kjartan, qui s'était réjoui à la perspective de le taquiner, y renonce presque entièrement. Il va même au magasin de la Coopérative pour chercher ce dont le fermier a besoin, il fait les courses pendant que Davíð joue aux échecs avec lui, Matthías annonce que la Coopérative est au bord de la faillite, j'espère que ça viendra au plus vite, se dit Benedikt, ainsi, tout le monde oubliera ces cartes postales. Et ensuite, que se passera-t-il, demande Davíð, assis devant l'échiquier, des investisseurs vont nous racheter, assure le contremaître, ah bon, en effaçant les soixante-dix ans d'histoire de notre Coopérative, répond Davíð en secouant la tête. Benedikt ne dit rien, ces soixante-dix ans ne sont qu'un instant par rapport aux quatre mille des momies égyptiennes. Tu devrais aller la voir, conseille Kjartan quand il revient, chargé de victuailles, Benedikt secoue la tête, non, dit-il, puis il rentre chez lui, terrifié à l'idée de rencontrer Þuríður, il s'est dévoilé, il est vulnérable et s'il la voit, ce sera chez lui, là-bas, il pourra au moins s'accouder à un poteau de sa clôture — puis voilà qu'elle lui rend visite par une journée légèrement couverte.

La voici devant la ferme, en jean noir, en pull rouge, ses bottes en cuir sont de retour, ses cheveux bruns vont tellement bien avec sa tenue, ainsi qu'avec le ciel, les nuages, la lumière du jour et le temps qui passe. Benedikt repeint sa maison, il tient son pinceau, il le pose peut-être pour la regarder, les nuages sont dans le ciel, pourquoi pense-t-il à eux en ce moment ? Tous les poteaux de ses clôtures sont parfaitement verticaux, est-ce par obsession ou par ambition, en tout cas, c'est parfois rassurant de savoir qu'on peut remettre certaines choses d'aplomb dans cette vie, mais n'a-t-il pas mieux à faire que penser à ses clôtures en ce moment, le ciel est plus bleu que le jour, un ciel azuré est parfaitement assorti à des bottes en cuir et à des cheveux bruns, Marie Madeleine portait probablement des bottes comme celles-là quand elle a rencontré Jésus et il a sans doute dû penser aux clôtures de son époque en la voyant pour ne pas perdre la tête, c'est évidemment ridicule de dire des choses pareilles, Þuríður sourit également, ça ne me gênerait pas que ses dents me mordillent, pense-t-il, merci pour les cartes, annonce-t-elle enfin en s'approchant. Au début, il y avait eu entre eux d'énormes blocs de pierre, désormais, il n'y avait plus que de petits cailloux, les pattes avant du chien reposent sur les cuisses de Þuríður dont la main caresse la tête de l'animal. Tu as reçu les quatre que je t'ai envoyées de Londres, demande prudemment Benedikt, les trois, répond-elle en souriant encore plus largement, tu étais soûl à ce point, demande-t-elle en riant, il se tait un long moment et se contente de la regarder dans les yeux, qu'est-ce qu'une momie datant de quatre mille ans par comparaison à deux yeux bien vivants ? Puis il répond : Oui, j'étais tellement soûl que j'en ai même oublié Ágústa. On ne peut pas dire qu'elle sache garder sa langue. Ces cartes t'étaient adressées à toi, et pas à l'ensemble du village, dit-il. Tu m'aurais envoyé des choses pareilles si tu n'avais pas bu ? Oui, répond Benedikt sans une hésitation bien qu'il ne se rappelle plus exactement ce qu'il lui a écrit. Elle s'approche encore un peu plus, ils sont maintenant si proches qu'on pourrait croire qu'ils sont dans la foule d'une immense métropole, dans un ascenseur bondé plutôt que devant la ferme où ils ont beaucoup trop d'espace autour d'eux. Oui, répète Benedikt, elle s'approche encore un peu, son souffle chaud et doux pourrait aisément faire fondre l'inlandsis du Groenland, ce qui ferait s'élever la surface des océans et noierait des milliers de gens, par exemple à Reykjavík, à Akranes et à Ísafjörður où la ville est bâtie sur une langue de terre au ras du fjord, je ne vais pas souffler sur les glaciers groenlandais, promet-elle, ah bon, tu en es sûre, s'étonne-t-il, elle lui répond en s'approchant encore un peu plus, elle est si proche qu'il sent ses cuisses, ses seins, il y a si longtemps qu'il n'a pas senti le contact d'une poitrine, il pense à la momie égyptienne, mais même une personne décédée il y a quatre mille ans ne peut plus rien pour lui, elle se serre si fort contre lui qu'elle doit sentir la réaction physique qui se produit, c'est le cas, il s'apprête à lui dire pardon, mais elle se blottit plus fort encore, Benedikt reprend son souffle, le ciel tremble, le temps passe, il doit s'écouler au moins quatre mille ans. Puis elle s'éloigne, elle recule de deux pas, il trouve subitement qu'il a beaucoup trop d'espace, je reviens demain, annonce-t-elle, tu ne veux pas venir maintenant, non, laissons passer une nuit sans sommeil, mais non, oublions ça, je ne peux pas attendre, bien sûr que tu peux attendre et demain, j'arriverai avec un camion, dit-elle, sur quoi, elle monte dans sa voiture, démarre le moteur, abaisse sa vitre et ajoute : Nos enfants seront grands.

Et comment dire — il y a parfois si longtemps du jour au lendemain que, par comparaison, quatre mille ans ne sont rien, il arrive aussi qu'il n'y ait pas de lendemain. Þuríður rentre chez elle, Benedikt et son chien accompagnent la voiture du regard jusqu'à ce qu'elle disparaisse, alors, le fermier saute de joie devant sa porte et le chien l'imite. Il rentre, cherche l'adresse de son voisin de table oriental, s'arme de son dictionnaire islandais-anglais et commence à écrire, *dear friend*, cher ami, *now I can touch the sky !* je touche maintenant le ciel ! Qu'il est agréable d'écrire une lettre quand on est fou de joie, en revanche, il est hasardeux de prendre sa voiture quand on est euphorique, on a l'esprit ailleurs, on n'est pas concentré, un instant d'inattention entre la ferme de Benedikt et le village, et Þuríður quitte la route à un endroit bien trop dangereux où la pente est très abrupte, la voiture fait trois tonneaux. En contrebas, un gros bloc de pierre dépasse des autres, plus petits, façonné depuis des années par les pluies et les vents, c'était un rocher tout à fait banal à l'époque où la momie égyptienne était une personne avec son cortège de désirs, mais aujourd'hui, il ressemble à la pointe d'une flèche gigantesque. Quand la voiture l'a heurté, la pointe a brisé la vitre de la conductrice, or lorsqu'une tête rencontre une pierre, la tête cède. Ce rocher était donc là depuis tout ce temps, n'attendant que son heure comme un assassin. Il a fallu longtemps à Benedikt pour le desceller, il l'a d'abord attaqué à la pioche, à la pelle et à la barre à mine, en laissant sa voiture sur la route, mais n'a pas tardé à aller chercher son tracteur équipé de la pelleteuse, il s'y est mis tôt le matin, il était presque minuit quand il a remonté l'assassin qui oscillait sur sa vieille charrette à foin, lui arrivait à la poitrine et encombrait la cour devant la ferme où lui et Þuríður s'étaient tenus. Benedikt a passé tout l'été, l'automne et l'hiver devant la maison et par tous les temps à frapper cette pierre avec sa masse, il a acheté des lunettes de protection pour ne pas risquer de perdre la vue, de toute manière, il n'avait pas besoin d'y voir bien clair, il lui suffisait de distinguer la pierre, c'était bon de sentir ses éclats voler de tous côtés, c'était bon d'avoir le visage et les bras écorchés, mais c'était la seule chose qui soit bonne, et elle était amère. Puis le printemps est arrivé, le gel a peu à peu libéré la terre, les oiseaux sont revenus, le soleil a grandi dans le ciel et la pierre avait disparu de la cour, réduite en poussière. Benedikt s'adossait à sa maison, il y avait lui, il y avait son chien et une valise en cuir brun dans le salon, une valise qui attendait une main que la terre peu à peu anéantissait. L'animal s'appelle Kolur. Benedikt et Kolur. Les chiens vieillissent plus vite que l'homme, dans sept ou huit ans, il ne restera plus que Benedikt. Et ensuite ?

DU MÊME AUTEUR

Aux Éditions Gallimard

ENTRE CIEL ET TERRE, 2009 (Folio n° 5212)

LA TRISTESSE DES ANGES, 2011 (Folio n° 5121)

LE CŒUR DE L'HOMME, 2013 (Folio n° 5713)

D'AILLEURS, LES POISSONS N'ONT PAS DE PIEDS, 2015 (Folio n° 6267). Grand Prix SGDL de traduction 2016

À LA MESURE DE L'UNIVERS, 2017 (Folio n° 6517)

Aux Éditions Grasset

ÁSTA, 2018 (Folio n° 6692)

LUMIÈRE D'ÉTÉ, PUIS VIENT LA NUIT, 2020 (Folio n° 7024)

TON ABSENCE N'EST QUE TÉNÈBRES

COLLECTION FOLIO

Dernières parutions

6703.	Dave Eggers	*Une œuvre déchirante d'un génie renversant*
6704.	Nicolas Fargues	*Je ne suis pas une héroïne*
6705.	Timothée de Fombelle	*Neverland*
6706.	Jérôme Garcin	*Le syndrome de Garcin*
6707.	Jonathan Littell	*Les récits de Fata Morgana*
6708.	Jonathan Littell	*Une vieille histoire.* Nouvelle version
6709.	Herta Müller	*Le renard était déjà le chasseur*
6710.	Arundhati Roy	*Le Ministère du Bonheur Suprême*
6711.	Baltasar Gracian	*L'Art de vivre avec élégance. Cent maximes de L'Homme de cour*
6712.	James Baldwin	*L'homme qui meurt*
6713.	Pierre Bergounioux	*Le premier mot*
6714.	Tahar Ben Jelloun	*La punition*
6715.	John Dos Passos	*Le 42e parallèle. U.S.A. I*
6716.	John Dos Passos	*1919. U.S.A. II*
6717.	John Dos Passos	*La grosse galette. U.S.A. III*
6718.	Bruno Fuligni	*Dans les archives inédites du ministère de l'Intérieur. Un siècle de secrets d'État (1870-1945)*
6719.	André Gide	*Correspondance. 1888-1951*
6720.	Philippe Le Guillou	*La route de la mer*
6721.	Philippe Le Guillou	*Le roi dort*
6722.	Jean-Noël Pancrazi	*Je voulais leur dire mon amour*
6723.	Maria Pourchet	*Champion*

6724. Jean Rolin — *Le traquet kurde*
6725. Pénélope Bagieu — *Culottées Livre II-partie 1*
6726. Pénélope Bagieu — *Culottées Livre II-partie 2*
6727. Marcel Proust — *Vacances de Pâques* et autres chroniques
6728. Jane Austen — *Amour et amitié*
6729. Collectif — *Scènes de lecture. De saint Augustin à Proust*
6730. Christophe Boltanski — *Le guetteur*
6731. Albert Camus et Maria Casarès — *Correspondance. 1944-1959*
6732. Albert Camus et Louis Guilloux — *Correspondance. 1945-1959*
6733. Ousmane Diarra — *La route des clameurs*
6734. Eugène Ébodé — *La transmission*
6735. Éric Fottorino — *Dix-sept ans*
6736. Hélène Gestern — *Un vertige* suivi de *La séparation*
6737. Jean Hatzfeld — *Deux mètres dix*
6738. Philippe Lançon — *Le lambeau*
6739. Zadie Smith — *Swing Time*
6740. Serge Toubiana — *Les bouées jaunes*
6741. C. E. Morgan — *Le sport des rois*
6742. Marguerite Yourcenar — *Les Songes et les Sorts*
6743. Les sœurs Brontë — *Autolouange* et autres poèmes
6744. F. Scott Fitzgerald — *Le diamant gros comme le Ritz*
6745. Nicolas Gogol — *2 nouvelles de Pétersbourg*
6746. Eugène Dabit — *Fauteuils réservés* et autres contes
6747. Jules Verne — *Cinq semaines en ballon*
6748. Henry James — *La Princesse Casamassima*
6749. Claire Castillon — *Ma grande*
6750. Fabrice Caro — *Le discours*
6751. Julian Barnes — *La seule histoire*
6752. Guy Boley — *Quand Dieu boxait en amateur*
6753. Laurence Cossé — *Nuit sur la neige*
6754. Élisabeth de Fontenay — *Gaspard de la nuit*
6755. Elena Ferrante — *L'amour harcelant*

6756.	Franz-Olivier Giesbert	*La dernière fois que j'ai rencontré Dieu*
6757.	Paul Greveillac	*Maîtres et esclaves*
6758.	Stefan Hertmans	*Le cœur converti*
6759.	Anaïs LLobet	*Des hommes couleur de ciel*
6760.	Juliana Léveillé-Trudel	*Nirliit*
6761.	Mathieu Riboulet	*Le corps des anges*
6762.	Simone de Beauvoir	*Pyrrhus et Cinéas*
6763.	Dōgen	*La présence au monde*
6764.	Virginia Woolf	*Un lieu à soi*
6765.	Benoît Duteurtre	*En marche !*
6766.	François Bégaudeau	*En guerre*
6767.	Anne-Laure Bondoux	*L'aube sera grandiose*
6768.	Didier Daeninckx	*Artana ! Artana !*
6769.	Jachy Durand	*Les recettes de la vie*
6770.	Laura Kasischke	*En un monde parfait*
6771.	Maylis de Kerangal	*Un monde à portée de main*
6772.	Nathalie Kuperman	*Je suis le genre de fille*
6773.	Jean-Marie Laclavetine	*Une amie de la famille*
6774.	Alice McDermott	*La neuvième heure*
6775.	Ota Pavel	*Comment j'ai rencontré les poissons*
6776.	Ryoko Sekiguchi	*Nagori. La nostalgie de la saison qui vient de nous quitter*
6777.	Philippe Sollers	*Le Nouveau*
6778.	Annie Ernaux	*Hôtel Casanova* et autres textes brefs
6779.	Victor Hugo	*Les Fleurs*
6780.	Collectif	*Notre-Dame des écrivains. Raconter et rêver la cathédrale du Moyen Âge à demain*
6781.	Carole Fives	*Tenir jusqu'à l'aube*
6782.	Esi Edugyan	*Washington Black*
6784.	Emmanuelle Bayamack-Tam	*Arcadie*
6785.	Pierre Guyotat	*Idiotie*
6786.	François Garde	*Marcher à Kerguelen.*
6787.	Cédric Gras	*Saisons du voyage.*

6788.	Paolo Rumiz	*La légende des montagnes qui naviguent.*
6789.	Jean-Paul Kauffmann	*Venise à double tour*
6790.	Kim Leine	*Les prophètes du fjord de l'Éternité*
6791.	Jean-Christophe Rufin	*Les sept mariages d'Edgar et Ludmilla*
6792.	Boualem Sansal	*Le train d'Erlingen ou La métamorphose de Dieu*
6793.	Lou Andreas-Salomé	*Ce qui découle du fait que ce n'est pas la femme qui a tué le père* et autres textes psychanalytiques
6794.	Sénèque	*De la vie heureuse* précédé de *De la brièveté de la vie*
6795.	Famille Brontë	*Lettres choisies*
6796.	Stéphanie Bodet	*À la verticale de soi*
6797.	Guy de Maupassant	*Les Dimanches d'un bourgeois de Paris* et autres nouvelles
6798.	Chimamanda Ngozi Adichie	*Nous sommes tous des féministes* suivi du *Danger de l'histoire unique*
6799.	Antoine Bello	*Scherbius (et moi)*
6800.	David Foenkinos	*Deux sœurs*
6801.	Sophie Chauveau	*Picasso, le Minotaure. 1881-1973*
6802.	Abubakar Adam Ibrahim	*La saison des fleurs de flamme*
6803.	Pierre Jourde	*Le voyage du canapé-lit*
6804.	Karl Ove Knausgaard	*Comme il pleut sur la ville. Mon combat - Livre V*
6805.	Sarah Marty	*Soixante jours*
6806.	Guillaume Meurice	*Cosme*
6807.	Mona Ozouf	*L'autre George. À la rencontre de l'autre George Eliot*
6808.	Laurine Roux	*Une immense sensation de calme*
6809.	Roberto Saviano	*Piranhas*

6837. Isabelle Mayault — *Une longue nuit mexicaine*
6838. Scholastique Mukasonga — *Un si beau diplôme !*
6839. Jean d'Ormesson — *Et moi, je vis toujours*
6840. Orhan Pamuk — *La femme aux cheveux roux*
6841. Joseph Ponthus — *À la ligne. Feuillets d'usine*
6842. Ron Rash — *Un silence brutal*
6843. Ron Rash — *Serena*
6844. Bénédicte Belpois — *Suiza*
6845. Erri De Luca — *Le tour de l'oie*
6846. Arthur H — *Fugues*
6847. Francesca Melandri — *Tous, sauf moi*
6848. Eshkol Nevo — *Trois étages*
6849. Daniel Pennac — *Mon frère*
6850. Maria Pourchet — *Les impatients*
6851. Atiq Rahimi — *Les porteurs d'eau*
6852. Jean Rolin — *Crac*
6853. Dai Sijie — *L'Évangile selon Yong Sheng*
6854. Sawako Ariyoshi — *Le crépuscule de Shigezo*
6855. Alexandre Dumas — *Les Compagnons de Jéhu*
6856. Bertrand Belin — *Grands carnivores*
6857. Christian Bobin — *La nuit du cœur*
6858. Dave Eggers — *Les héros de la Frontière*
6859. Dave Eggers — *Le Capitaine et la Gloire*
6860. Emmanuelle Lambert — *Giono, furioso*
6861. Danièle Sallenave — *L'églantine et le muguet*
6862. Martin Winckler — *L'École des soignantes*
6863. Zéno Bianu — *Petit éloge du bleu*
6864. Collectif — *Anthologie de la littérature grecque. De Troie à Byzance*
6865. Italo Calvino — *Monsieur Palomar*
6866. Auguste de Villiers de l'Isle-Adam — *Histoires insolites*
6867. Tahar Ben Jelloun — *L'insomniaque*
6868. Dominique Bona — *Mes vies secrètes*
6869. Arnaud Cathrine — *J'entends des regards que vous croyez muets*
6870. Élisabeth Filhol — *Doggerland*

6871.	Lisa Halliday	*Asymétrie*
6872.	Bruno Le Maire	*Paul. Une amitié*
6873.	Nathalie Léger	*La robe blanche*
6874.	Gilles Leroy	*Le diable emporte le fils rebelle*
6875.	Jacques Ferrandez / Jean Giono	*Le chant du monde*
6876.	Kazuo Ishiguro	*2 nouvelles musicales*
6877.	Collectif	*Fioretti. Légendes de saint François d'Assise*
6878.	Herta Müller	*La convocation*
6879.	Giosuè Calaciura	*Borgo Vecchio*
6880.	Marc Dugain	*Intérieur jour*
6881.	Marc Dugain	*Transparence*
6882.	Elena Ferrante	*Frantumaglia. L'écriture et ma vie*
6883.	Lilia Hassaine	*L'œil du paon*
6884.	Jon McGregor	*Réservoir 13*
6885.	Caroline Lamarche	*Nous sommes à la lisière*
6886.	Isabelle Sorente	*Le complexe de la sorcière*
6887.	Karine Tuil	*Les choses humaines*
6888.	Ovide	*Pénélope à Ulysse* et autres lettres d'amour de grandes héroïnes antiques
6889.	Louis Pergaud	*La tragique aventure de Goupil* et autres contes animaliers
6890.	Rainer Maria Rilke	*Notes sur la mélodie des choses* et autres textes
6891.	George Orwell	*Mil neuf cent quatre-vingt-quatre*
6892.	Jacques Casanova	*Histoire de ma vie*
6893.	Santiago H. Amigorena	*Le ghetto intérieur*
6894.	Dominique Barbéris	*Un dimanche à Ville-d'Avray*
6895.	Alessandro Baricco	*The Game*
6896.	Joffrine Donnadieu	*Une histoire de France*
6897.	Marie Nimier	*Les confidences*
6898.	Sylvain Ouillon	*Les jours*
6899.	Ludmila Oulitskaïa	*Médée et ses enfants*
6900.	Antoine Wauters	*Pense aux pierres sous tes pas*

6901. Franz-Olivier Giesbert *Le schmock*
6902. Élisée Reclus *La source* et autres histoires d'un ruisseau
6903. Simone Weil *Étude pour une déclaration des obligations envers l'être humain* et autres textes
6904. Aurélien Bellanger *Le continent de la douceur*
6905. Jean-Philippe Blondel *La grande escapade*
6906. Astrid Éliard *La dernière fois que j'ai vu Adèle*
6907. Lian Hearn *Shikanoko, livres I et II*
6908. Lian Hearn *Shikanoko, livres III et IV*
6909. Roy Jacobsen *Mer blanche*
6910. Luc Lang *La tentation*
6911. Jean-Baptiste Naudet *La blessure*
6912. Erik Orsenna *Briser en nous la mer gelée*
6913. Sylvain Prudhomme *Par les routes*
6914. Vincent Raynaud *Au tournant de la nuit*
6915. Kazuki Sakuraba *La légende des filles rouges*
6916. Philippe Sollers *Désir*
6917. Charles Baudelaire *De l'essence du rire* et autres textes
6918. Marguerite Duras *Madame Dodin*
6919. Madame de Genlis *Mademoiselle de Clermont*
6920. Collectif *La Commune des écrivains. Paris, 1871 : vivre et écrire l'insurrection*
6921. Jonathan Coe *Le cœur de l'Angleterre*
6922. Yoann Barbereau *Dans les geôles de Sibérie*
6923. Raphaël Confiant *Grand café Martinique*
6924. Jérôme Garcin *Le dernier hiver du Cid*
6925. Arnaud de La Grange *Le huitième soir*
6926. Javier Marías *Berta Isla*
6927. Fiona Mozley *Elmet*
6928. Philip Pullman *La Belle Sauvage. La trilogie de la Poussière, I*
6929. Jean-Christophe Rufin *Les trois femmes du Consul. Les énigmes d'Aurel le Consul*

6930. Collectif — *Haikus de printemps et d'été*
6931. Épicure — *Lettre à Ménécée* et autres textes
6932. Marcel Proust — *Le Mystérieux Correspondant* et autres nouvelles retrouvées
6933. Nelly Alard — *La vie que tu t'étais imaginée*
6934. Sophie Chauveau — *La fabrique des pervers*
6935. Cecil Scott Forester — *L'heureux retour*
6936. Cecil Scott Forester — *Un vaisseau de ligne*
6937. Cecil Scott Forester — *Pavillon haut*
6938. Pam Jenoff — *La parade des enfants perdus*
6939. Maylis de Kerangal — *Ni fleurs ni couronnes* suivi de *Sous la cendre*
6940. Michèle Lesbre — *Rendez-vous à Parme*
6941. Akira Mizubayashi — *Âme brisée*
6942. Arto Paasilinna — *Adam & Eve*
6943. Leïla Slimani — *Le pays des autres*
6944. Zadie Smith — *Indices*
6945. Cesare Pavese — *La plage*
6946. Rabindranath Tagore — *À quatre voix*
6947. Jean de La Fontaine — *Les Amours de Psyché et de Cupidon* précédé d'*Adonis* et du *Songe de Vaux*
6948. Bartabas — *D'un cheval l'autre*
6949. Tonino Benacquista — *Toutes les histoires d'amour ont été racontées, sauf une*
6950. François Cavanna — *Crève, Ducon !*
6951. René Frégni — *Dernier arrêt avant l'automne*
6952. Violaine Huisman — *Rose désert*
6953. Alexandre Labruffe — *Chroniques d'une station-service*
6954. Franck Maubert — *Avec Bacon*
6955. Claire Messud — *Avant le bouleversement du monde*
6956. Olivier Rolin — *Extérieur monde*
6957. Karina Sainz Borgo — *La fille de l'Espagnole*
6958. Julie Wolkenstein — *Et toujours en été*
6959. James Fenimore Cooper — *Le Corsaire Rouge*

Tous les papiers utilisés pour les ouvrages des collections Folio sont certifiés et proviennent de forêts gérées durablement.

Composition Nord compo
Impression Novoprint
à Barcelone, le 13 décembre 2021
Dépôt légal : décembre 2021

ISBN 978-2-07293032-4 / Imprimé en Espagne

376394